JN318330

新潮文庫

海流のなかの島々

上巻

ヘミングウェイ
沼澤洽治訳

新潮社版

2429

海流のなかの島々

上巻

はしがき

メアリー・ヘミングウェイ

　この本はチャールズ・スクリブナー・ジュニアと私が協力し、故人の原稿より刊行いたしたものです。綴《つづ》り字や句読点の訂正という当り前の作業に加え、若干原稿のカットを行いましたが、これは故人が生きていれば当然自分でいたしたはずと私に思えたカットです。この本はすべてアーネストのもの、私たちはいっさい加筆いたしておりません。

I ビミニ

1

家は港と外海の境目、舌状に細く突き出た岬《みさき》の天辺《てっぺん》にあった。三度の大暴風《ハリケーン》に堪え、船のように堅牢《けんろう》な家だった。貿易風にたわんだココ椰子《やし》の木々が陰を投げかけ、海側から外に出ると、急な崖《がけ》を降り、白砂を突っ切ってそのままメキシコ湾流の水に入る。湾流の水は、風の無い日に浜から見れば、普通は紺色。が、歩いて入って見ると、真っ白な粉を思わせる白砂の上に緑の光が映るだけで、大きな魚は浜に寄るずっと前から影となって見えるのだ。

昼間つかるには安全で良い場所だったが、夜泳ぐなど論外である。夜になると鮫《さめ》どもが浜に寄って来て、湾流の縁で餌《え》を漁《あさ》り、静かな夜など、その家の二階のベランダから、鮫に追われる魚が跳ねる音が良く聞え、浜に出れば、鮫どもの引く夜光虫の光跡が見えるのだった。夜になると鮫どもは恐《こわ》い物知らずであり、他のすべての生物が彼らを恐れる。が、昼間は真っ白な砂を敬遠して近づかぬ彼らであり、寄って来たとしても影をはるか遠くから見つけることができる。

トマス・ハドソンという男がその家に住み、その家で仕事をしていた。ハドソンは優れた画家であり、年の大半をこの島で過す。この緯度で長く過せば、四季の変化はやはりよそなみに大事な出来事となり、島を愛するハドソンは、春夏秋冬をいっさい逃したくなかった。

暑すぎる夏もある。八月に凪《な》いだり、六、七月に貿易風がやんでしまう時だ。ハリケーンもまた季節外れの九月や十月、時には十一月初旬にやって来ることがあり、六月以降はずっと気まぐれ暴風の来る可能性が絶えない。しかし、真のハリケーン・シーズンは、嵐《あらし》さえ無ければ好天が続くものだった。

トマス・ハドソンは永年暴風を研究していたので、熱帯性の気圧の乱れは、気圧計に出るずっと前に、空を眺めるだけで見分けることができた。暴風のコースを引くこともできたし、どんな用意をしておけば良いかもわきまえている。島の人々と共にハリケーンを切り抜けることがどんな経験かも知っていたし、ハリケーンがこの経験を経たすべての人間にもたらす連帯感も知っていた。何物も生き残れないほどひどいハリケーンがあることも知っている。だが、そんなひどいハリケーンが来、家が飛ぶようなことがあれば、待っていて、家と運命を共にしたいもの、といつでも思うのだった。

家は家であると共に、船のようにも思えた。嵐を乗り切るためそこに建てられた家は、島の一部分を思わせるように、この島に組み込まれている——とはいうものの、全部の窓から海が見え、縦横に風が吹き抜けるので、どんなに暑い夜でも涼しく眠れた。夏涼しいように家は白く塗られ、湾流の沖遠くから望むことができる。島が見えだす時、真っ先に目に入るのは、長い帯のように植林された高い木麻黄《もくまおう》の林で、これを除けば、この家が島の最高部にある。水平線にぼっと薄黒くこの林が見えだすと、じきにこの家が白い塊となって目に映る。さらに近づくと、ココ椰子、板葺《いたぶき》屋根の家々、浜の白い筋と島の全長が見え、そのかなたに南ビミニ島の緑が広がって見える。トマス・ハドソンは、この島の家を目にするたびに、きまって幸福感を覚えた。船とまったく同じことで、いつもこの家を女性として考えていた。冬になり、メキシコ湾独特の冷たい北風《きた》が吹き、本当に寒くなっても、この家は暖かく快適である。島唯一《ゆいいつ》の暖炉があるからだ。大きな開け放しの暖炉で、ハドソンは流木を薪《まき》にして燃す。

家の南側の壁に寄せて、流木を山のように積んでおいた。日にさらされて白くなり、風の吹きつける砂に磨かれた流木の中には、あれこれとハドソンの気に入るものが出て来て、燃すに忍びないこともある。しかし、大きな嵐が吹けば、浜にはあとからあとから流木が流れ着くので、たとえ気に入った木でも、燃すのは楽しかった。海がもっと木を彫ってくれる。だからハドソンは寒い夜、火の前の大きな椅子《いす》に坐《すわ》り、どっしりとした板細工のテーブル上に置いたスタンドの明りで本を読んだ。時々顔を上げては、戸外に吹きつのる北西風や、砕ける波に耳を傾け、大きな、白くさらされた流木が燃えるのを見守るのだった。

スタンドを消し、床の絨毯《じゅうたん》に伏せって、木に含まれる海の塩と砂が焼け、炎の縁を色取るのに見とれることもある。床に伏せれば目が燃える木と同じ高さに来るので、木から立ち昇る炎の線が見える。これを見ていると、悲しくもあり、楽しくもあった。燃える木はすべてこんな気分をハドソンにもたらす。が、燃える流木は、形容できぬある作用を彼に及ぼすのだった。これほど気に入った木を燃やすのは良くないことかもしれぬ、とはいうものの、べつに気が咎《とが》めるわけではない。

床に伏せていると、風の下に潜ったような気がするけれども、実際は、風は家の土台ぎわや島で一番背の低い草を叩《たた》きつけ、さらには浜かんざしやおなもみ類の雑草の根を分けて、砂そのものにまで食い入る。床の上にいると、轟々《ごうごう》と叩く波の響きも伝わって来た。遠い昔、ハドソンが子供だったころ、砲台の近くの地面に伏せて、重砲の発射の響きを感じたあの感触に似ている。

冬には実にありがたい暖炉であり、ハドソンは冬でない時にも、ずっと情愛のこもった目でこの暖炉を眺め続け、また冬が来れば、と思うのだった。冬がこの島最良の季節であり、残りの季節を冬楽しみに過すハドソンなのだ。

2

その年、トマス・ハドソンの息子たちが島に来たのは、冬も終り、春もほとんど尽きたころである。三人の息子たちは打ち合せて、ニューヨークで合流し、汽車で南に下ってから、飛行機で本土をあとにして渡って来た。例によって、うち二人の兄弟の母親である女性との間が揉《も》めた。彼女はヨーロッパ旅行を計画しており——当然ながら二人の父には相談なしの計画である——二人を夏中そばに置きたがった。クリスマスの休暇なら、父に渡しても良い。もちろんクリスマスが終ってからだが。クリスマスそのものは母のそばで過させる。

トマス・ハドソンは、もうお定まりのいきさつに馴《な》れっこになっており、結局例によって例のごとき妥協となった。こうして、次男と三男の二人は、島に父を訪ねて五週間を過し、のちニューヨークに行き、そこからフランスの汽船会社の船の学生割引クラスに乗ってパリに向う。母はパリで二、三必要な衣類の買物をして待っている。パリ行きの道中は、長兄に当る若トムが二人の面倒を見る。そのうえで若トムは、彼自身の母に合流する。若トムの母は南仏でロケ中なのだった。

若トムの母は、べつに息子を寄越すよう要求してはいないし、むしろ島で父と共に過させることを歓迎したはずである。だが、若トムに会えば喜ぶだろうし、残る二人の息子たちの母の頑《かたく》な決心があることだから、これはまず妥当な妥協なのだ。この二人の母のほうは、愉快にもチャーミングな女性である。生れてこの方、一度立てた計画は絶対変えたことがない。名将と同じことで、計画は秘密裡《り》に立て、断固として実行する。妥協はしても良い。だが、基本計画の変更は絶対にお断わり——たとえ計画が、眠れぬ夜に立てられたものだろうと、不機嫌な朝、あるいはジンで一杯機嫌の宵に立てられたものだろうと、絶対なのである。

計画は計画であり、決定は確かに決定だ。そうわきまえているし、離婚のしきたりは充分修業したトマス・ハドソンのこと、妥協が成立して子供たちが五週間来てくれるのは嬉《うれ》しかった。同じ五週間なら——とハドソンは考える——あてがいぶちと思わず、進んで引き当てた五週間と思うことだ。おのれが愛し、片時も離れたくない者と過すなら、五週間とは充分長い時間ではある。だが、そもそも俺は、なぜトムの母と別れたりしたのか？　いや、そんなことは考えるな、とハドソンは自分に言い聞かせる。貴様が考えてはならぬことの一つがそれだ。しかも、一人の女から授かった二人の息子も、立派な子たちではないか。かなり変った、複雑な子たちだが、あの二人の長所の実に多くが母親譲りとは、貴様も承知のはず。あの女も立派な女、貴様はあの女とも別れるべきではなかった。が、そこでハドソンは自分に言う——「いや。俺としてはやむをえなかった」

しかし、ハドソンはこういうことすべて、あまり心配はしていない。遠い昔に心配しなくなったし、罪の意識はできるかぎり仕事で浄《きよ》め落している。今心にかけているのは、息子たちが来てくれること、息子たちに良い夏を過させてやること、それだけだった。終れば、また仕事に戻ろう。

仕事、それにこの島で築きあげた仕事中心の安定した日常生活――ハドソンは子供たちさえ除けばほとんどすべてをこれらで置き換えることに成功した。この生活の中に、何か永続し、自分を支えてくれるものを作りえたと信ずる。今のハドソンは、パリが恋しくなれば、出かけて行く代りにパリの思い出にふける。ヨーロッパ全部、アジア・アフリカのかなりの部分に対しても同じ手を使う。

ゴーギャンがタヒチに絵を描きに行ったと聞いて、ルノワールが言った言葉を思い出した。「このバティニョル*でこんなに良い絵が描けるのに、なぜ高い金払って、そんな遠くに行かなければならないのかね？」フランス語のほうが良い――“quand on peint si bien aux Batignolles”――そして、トマス・ハドソンは、この島を自分の土地《カルチエ》と思い、腰を落ち着け、近くの人々となじみになり、かつて赤ん坊の若トムをかかえ、パリでそうしたように、仕事に打ち込むのだった。

時々、島を離れ、キューバ沖で釣りをしたり、秋の山に登ったりする。だがモンタナ州に持っている牧場式の別荘は人に貸してしまった。ここで過すには、夏と秋が一番良いのだが、秋になると息子たちは学校に戻らねばならなくなったからである。

たまに、自分の絵を扱っている画商に会いに、ニューヨークに行かなければならぬこともあった。だが、画商のほうから出向いて来て、彼の作品をニューヨークに持って帰ることのほうが多い。画家としてはすでに定評があり、国内でもヨーロッパでも尊敬されている。祖父の持っていた土地の石油採掘権をリースに出し、ここからの固定収入もある。牧草地だが、売った時に、鉱物資源権だけは留保しておいたのだ。収入の半分は離婚した妻たちへの手当となり、残り半分で安定した生活が送れた。だから、商業的な圧力なしに、好き勝手な絵が描ける。好きな所に住み、好きに旅することもできた。

結婚生活を除けば、ほとんどの面での成功者だった。もっとも、昔から成功を意に介したことなど、正直言って無い。意に介することといえば、絵と息子たちのことだけ、そして初めて愛した女性をまだ愛し続けている。それ以後多くの女性を愛した彼であり、時には女が島に来て滞在することもあった。女に会うことは彼にとって必要であり、しばらくはありがたく思う。女がそこにいてくれることを喜び、この気持が時にはかなり長い間続く。が、結局は、女が去ってくれるとほっとする。たとえ非常に気に入った女でもそうである。二度と女とはいさかいをせぬよう、自分を鍛えてあり、また結婚を逃れる術《すべ》も身につけていた。この二つは、腰を落ち着けること、また、整然と安定したやり方で絵を描くこととほとんど同じ程度に、学ぶのにてこずった。が、とにかく学ぶことができたし、願わくは忘れずにいたいものである。絵の描き方は大分前に分ったと思うし、年々歳々学び続けていると思う。しかし、腰を落ち着け、規律をもって描くことを学ぶのは難かしかった。過去に規律無く暮した時期があったからである。本当の意味で無責任に走ったということは無かったが、規律に欠け、わがままで、酷だったことはある。今これを悟っているのは、大勢の女にそう言われたばかりでなく、自分自身で気がついたからだった。気がついた時に決意した。わがままになるなら、自分の絵のためだけに、酷になるなら自分の仕事のためだけに、そして自分に規律を課し、また進んで規律を受け入れよう。

人生を楽しむのは、この規律の範囲内で行い、ひたすら働くつもりである。その彼も、今日はとても嬉しかった。子供たちが明日朝着くのだ。

「トム旦那《だんな》、何にもいらないかね？」ハウスボーイのジョゼフが聞いた。「今日はもう仕事は休みだね？」

ジョゼフは背が高く、長細い顔が真っ黒である。手足が大きい。上衣とズボンは白、足ははだしだった。

「ありがとう、ジョゼフ。何もほしくないな」

「ジン・トニックでも少し？」

「いや。ボビー旦那の店に行って飲むつもりだ」

「家で飲んだほうがいいよ。安上がりだ。それにボビー旦那、俺が店の前通った時、機嫌悪かったよ。カクテルの注文が多すぎて腹が立つんだと。ヨットの客が、『白い貴婦人《ホワイト・レディ》』とか何とかいうのを注文したんだって。だから旦那、アメリカの鉱泉水を一瓶《びん》出してやったそうだ。ホラ、よくあるあいつよ――白い蚊屋みたいな洋服着た女の人が、泉の側に坐ってる絵のついた瓶の」

「そろそろ旦那の店に行ってやったほうがいいな」

「俺がまず一杯作るから飲んできなさいよ。水先案内《パイロット》の船で郵便が届いてる。郵便読みながら一杯飲んで、それから旦那の所に行くといい」

「じゃ、そうするか」

「良かった。実は俺、もう一杯作っちまったんで。郵便は大したことなさそうだよ」

「どこに置いた？」

「台所。俺、持って来る。女らしい字のが二つ。一つはニューヨーク、も一つはパーム・ビーチから。きれいな字だよ。それからニューヨークで旦那の絵売ってるあの人からのが一つ。ほかに俺が知らないのが二つ」

「代りに返事書いてくれるか？」

「いいとも、旦那がそうしろっていうなら。俺、貧乏なわりにはうんと教育あるからね」

「とにかくここに持って来てくれ」

「ハイ、旦那。それに新聞も一つ来てたけど」

「頼む、そいつは朝飯まで取っといてもらうか」

トマス・ハドソンは腰を下ろし、手紙を読みながら、冷たい酒をちびちび飲んだ。中の一通だけをふたたび読み返すと、全部揃《そろ》えて机の引出しにしまう。

「ジョゼフ、家の坊主《ぼうず》たちのための支度は全部できてるかね？」

「ハイ、旦那。コカコーラも二箱余分に仕入れといた。若トムは、俺より大きくなっちまっただろうな？」

「いや、まだだ」

「もう俺をノセるかしら？」

「そうは思わんが」

「俺、若トムとはずいぶん喧嘩《けんか》したものね、仕事離れてただの俺としてね。さん呼ばわりなんて妙な気がするな。トムさんにデイヴィッドさんにアンドルーさんなんてね。三人揃って、最高に立派な坊主たちだ。一番乱暴なのがアンディー」

「生れつきだ、あれは」とハドソン。

「全然治まらないものな」ジョゼフの声には、敬意がこもっている。

「今年の夏は、あんた、良いお手本になってやってくれ」

「旦那、俺に良いお手本はないだろ。三、四年前、俺がまだねんねえだったころなら話分るけど。俺、トム見習うつもりだよ。トムはお金のかかる学校に行って、お作法も上品でお金がかかってる。外見《そとみ》でトムそっくりにはなれないけど、トムのすることの真似《まね》ならできる。のびのびと気楽にしてて、しかも礼儀正しくって。それから、デイヴみたいに利口になるんだ。これが一番難かしそうだな。それから今度は、アンディーがどうしてあんな乱暴なのか、その秘密を勉強する」

「このあたりであんまり乱暴されちゃ困るぞ」

「違うよ、旦那、そりゃ思い違いだ。この家の中で乱暴するんじゃない。ただの俺になった時にほしいんだ、あの乱暴さが」

「坊主たちが来ると楽しいだろうな、そう思わんかね？」

「旦那、例の大火事以後最高の出来事だ。俺に言わせりゃ、キリスト様の再来に負けないぐらいさ。『楽しいだろうな』もないもんだよ。楽しいに決ってる」

「皆が楽しめるよう、いろいろ予定を考えなくてはいかんな」

「そうじゃないよ、旦那。考えなくちゃいけないのは、坊ちゃんたちをどうやって助け出すかだ、坊ちゃんたち自身が考え出すとんでもないワルサからね。エディーに助けてもらえばいいや。エディーなら俺より良く知ってるからな、坊ちゃんたちを。俺は坊ちやんたちの友達だから、やりにくいや」

「エディーはどうしてる？」

「皇太后様の誕生日の前祝いで、少し飲んでる。ピンピンしてるよ」

「ボビー旦那があんたの言うようにご機嫌斜めのうちに、行ってやったほうがいいな」

「旦那さんどうしてるって聞いてたっけ。ボビー旦那は本当の紳士だけど、時々ヨットで舞い込むろくでなしどものせいで、参っちまうんだね。俺が店を失礼するころには、もうかなりウンザリしてた」

「あんた、あの店で何してたんだ？」

「コカコーラ取りに行って、ついでに球撞《たまつ》きやってたのさ、腕が鈍らないように」

「勝負事の調子はどうだ？」

「ますます落ち目」

「じゃ、行ってみるか」とハドソンは言った。「シャワーを浴びて、着替えたいが」

「着替えは、ベッドの上に出しといた」ジョゼフは教えて、「ジン・トニックのお代りは？」

「いや、たくさんだ」

「ロジャー旦那が船で帰って来た」

「よし。どこかでつかまえよう」

「ロジャー旦那もここに泊るのかね？」

「ひょっとするとな」

「いずれにしろ、ベッドの支度はしとくよ」

「よし」

3

トマス・ハドソンはシャワーを浴び、石鹸《せっけん》で頭をごしごしこすってから、激しくほとばしるシャワーの刺すような水圧の下で流した。大男だが、着痩《きや》せするたちで、裸になったほうが大きく見える。真っ黒に日焼けし、髪も日を浴びて色が褪《あ》せ、濃淡の縞《しま》が走っていた。贅肉《ぜいにく》の無い身体《からだ》は、秤《はかり》に乗ってみると、百九十二ポンドだった。

シャワーの前に一泳ぎするべきだったかな、と思う。だが、今朝、仕事に取りかかる前にかなり長く泳いだので、疲れている。息子たちが来れば、たっぷり泳がされるだろう。ロジャーも島に来ているとか。良い知らせだ。

洗いたてのショーツ、古びたバスク・シャツ*にモカシンという姿で外に出、斜面を下って柵囲《さくがこ》いの出口を出ると、そこがキングズ街道である。日にさらされた珊瑚土《さんごど》が白くまぶしかった。

ひどく背筋を突っ張って歩く一人のニグロの老人が、黒アルパカの上衣、黒っぽいプレスの利《き》いたズボンといういでたちで、街道沿い、二本のココ椰子《やし》の木陰にある板張りでペンキも塗っていない小屋から出て来、一足先に街道に出た。老人が振り向くと、真っ黒の立派な顔だちが、ハドソンの目に入った。

小屋の陰から、からかうようにイギリス古謡のメロディーに合わせて歌う子供の声がした。

「エドワード小父《おじ》さん、ナソーから
キャンデー売りにやって来て
おいらが買って、P・H・坊やが買って
とたんにお腹《なか》がピードンドン――」

エドワード小父は立派な顔だちを午後の明るい日ざしに振り向けたが、怒りと同時に悲しみのこもった表情である。

「分ってるぞ、誰だか」と言うのだった。「姿は見えないがちゃんと分ってる。駐在に言ってやるからな」

子供の声は、さらに陽気に澄みわたり、

「やい、エドワード、エドワード、
トンマ、がさつ、乱暴親爺《おやじ》、

お前のキャンデー腐ってる」

「駐在に言いつけるぞ」とエドワード小父。「駐在がきっと始末してくれる」

「今日は腐れキャンデー持ってないのかい？」子供の声が叫ぶ。が、用心深く姿は見せない。

「迫害だよ、これは」エドワード小父は、歩きながら独り言を言うのだった。「人の威厳の衣をむしり取って破り捨てる。神よ、彼らを許したまえ、その為《な》すところを知らざればなり」

　街道の行手から、ひとしきり大きな歌声が聞えてくるのは、ポンセ・デ・レオン亭*の二階の部屋からである。珊瑚土の道を急ぎ足で一人のニグロ少年が通りかかった。

「喧嘩があってね、トム旦那」と少年は言った。「喧嘩だと思うんだけど。ヨットで来た旦那が、窓から物投げてたんだ」

「物というと何だね、ルイス？」

「何でもいいのさ。その旦那、手当りしだいに何でも投げちまうんだ。奥さんが止めようとしたら、奥さんも投げちまうぞって」

「どこから来たんだ、その旦那？」

「北から。偉い人だって。こんな島なんか右から左に売り買いしてみせるとさ。あんな調子で物投げ散らかしてたら、この島もただ同然の安物になっちまうがね」

「駐在は何か手を打ったのか？」

「いや、旦那。まだ誰も駐在を呼んでないんで。でも、そろそろ駐在の出番だって、皆言ってる」

「あんた、その旦那方に雇われてるのか、ルイス？　明日、少し釣りの餌《えさ》がほしいものだから」

「いいとも、持って来てやるよ、旦那。餌のことなら心配御無用。俺、その旦那方とはずっと一緒だった。今朝、外鰯《そといわし》の投げ釣りに連れてってくれって俺を雇ったんで、それからずっと一緒にいたってわけ。でも釣りになんて行きやしないんだよ、あの人たち。皿や茶碗《ちゃわん》やコップや椅子《いす》を投げちゃ、ボビー旦那が弁償しろってツケを持ってくと、ビリビリ破って、ボビー旦那を泥棒だの悪党だの言うんだ。投げ釣りもいいとこだね」

「厄介な旦那らしいな」

「厄介も何も、あんなひどい旦那は初めてお目にかかったな。俺に唄歌《うた》えって言うんだ。旦那も知ってのとおり、俺はジョージーの奴《やつ》みたいにうまくは歌えない。でも自分なり精一杯に歌うし、時には我ながらほれぼれって出来のこともある。とにかく精一杯やるだけさ。トム旦那は知ってるよね、俺の歌聞いたことあるから。ところが、この旦那、『ママは豌豆豆《えんどうまめ》もお米もココナッツ油もいらないよ』*ばっかり歌わせるんだ。何度も何度も。古い歌だし、俺もうんざりしちゃって、こう言ったの、『ねえ、旦那、俺新しい歌だって知ってるんだよ。良い、上等の歌を。それに古い歌も。ジョン・ジェイコブ・アスター＊が、氷山にぶつかった〈タイタニック〉号に乗ってて、死んじまった時のこと歌った歌なんかもね。旦那がそうしろって言うなら、こんな豌豆豆にお米の歌より、そういうのを歌ってもいいんだけど』俺、丁寧に愛想良く言ったんだよ。トム旦那は知ってるよね、俺の口のきき方が丁寧なことは。すると、この旦那、こうなんだ、『やい、この抜け作の黒チビ、俺は店や工場や新聞をしこたま持ってる人間だぞ。ジョン・ジェイコブ・アスターが集めてた小便壺《つぼ》よりずっとずっとどっさりな。俺が聞きたい歌をお前にどうこう言われる覚えはない。黙らんと、お前の頭をアスターの小便壺の中にどし込んでやる』すると奥さんのほうが、『あなた、この坊やにそんなひどいことおっしゃらなくてもいいでしょ？　とても上手だったわ、この坊や。だから、新しい歌聞かしてもらいましょうよ』すると旦那が、『いいか、お前に新しい歌など金輪際《こんりんざい》聞かせんし、この野郎にも金輪際歌わせん』本当に不思議な旦那だよ、この人。でも、奥さんはただこう言っただけ、『まあ、あなたって、難かしいのね』ねえ、トム旦那、難かしいにも何にも、生れたての猿の赤ん坊がディーゼル・エンジン扱うよりもっと難かしいや。おしゃべりしすぎちまったらご免よ。でも、俺、ちょっと頭に来たものだから。奥さん、すっかり気分悪くしてたもの」

「で、その人たちをどうするつもりだ？」

「俺、籬貝《まがきがい》の珠《たま》取りに行ってたの」

少年の話の間に、二人は椰子の木陰に来てたたずんでいたが、少年はポケットから珍しく汚れていない布を出し、ほどいて見せた。中には、五、六個の桃色の光沢を帯びたあまり真珠らしくない真珠が入っている。原住民たちが採った大籬貝の腸《わた》を抜いていると、時々見つかるのがこれだが、ハドソンの知るかぎりでは、これをプレゼントにもらって喜ぶ女性は、後にも先にも英国のメアリー皇太后*だけだった。もちろん、ハドソンはメアリー皇太后のことを知っているなどとはお世辞にもいえない。精々、新聞や写真や『ニューヨーカー』誌の「人物プロフィル」記事を通じての知識にすぎなかったが、皇太后が籬貝真珠が好きという事実だけで、永年の旧知の多くより、皇太后を親しく知っているような気がするのである。メアリー皇太后は籬貝真珠を好む、そして今夜、この島*は皇太后誕生日を祝う、が、とハドソンは思う。少年の言う「旦那《だんな》」の「奥さん」は、籬貝真珠をもらっても、気はさして晴れまい。しかも、メアリー皇太后は、バハマ一帯の民草を喜ばそうとして、籬貝真珠が好きだと言ったのかもしれぬ。その可能性は常にある。

二人は歩いてポンセ・デ・レオン亭に着いていた。ルイス少年が言っている――「奥さん、泣いてたっけな。とっても悲しそうに。だから俺、ロイの奴の所に行って、籬貝の珠取って来て、奥さんに見せるよって言ったのさ」

「奥さん、きっと大喜びするさ」とハドソン。「もっとも籬貝真珠が好きならの話だが」

「喜んでくれるといいな。俺、さっそく持ってってみるよ」

　トマス・ハドソンはバーに入った。中は涼しく、珊瑚土のまぶしい照り返しに馴《な》れた目には、真っ暗に見える。ジン・トニックにライムの薄切りを一枚、それにアンゴスツラ・ビターズ*を数滴落したのを一杯飲んだ。ボビー旦那はカウンターの後ろで、ひどく浮かぬ顔である。四人のニグロ少年が球撞きに興じていた。難かしい「キャノン」をやってのける時には、いざとなれば、テーブルを持ち上げてしまう。二階の歌声はやみ、球のカチカチいう音以外、静まり返った室内だった。突堤に舫《もや》ってあるヨットの乗組員《クルー》二人がカウンターの前に立っており、目が馴れてくると、ほの暗く、涼しくて心地良い。ルイスが二階から降りて来た。

「旦那寝ちまったよ。奥さんに珠あずけてきた。奥さん、珠見ながら泣いてらあ」

　二人のクルーが顔を見合せるのがハドソンの目に入ったが、二人とも何も言わない。深いグラスに入った、快く苦味の利いた酒を手にし、ハドソンは立っていた。一口つけると、タンガ、モンバサ、ラムなど、アフリカの東海岸を思い出し、ふいにアフリカに郷愁を覚える。こうしてこの島に腰を落ち着けてしまっている自分だが、いっそアフリカでも良かったのではないか。何、かまうことはあるまい、いつでも行く気なら行けるのだから。どこにいようと、行きたい所があれば、心の中で行くだけのこと。しかも、ここで結構楽しくやっているのだから。

「トム、あんた本当にその酒うまいと思ってるのかね？」ボビーが聞く。

「そうさ。嫌いなら飲まん」

「俺、いつか間違って一本封を切っちまってね。キニーネみたいな味がしたぞ」

「事実、キニーネが入ってる」

「気狂《きちが》いだね、人ってものは。どんな酒飲んでもかまやしない。払う金はある。楽しみで飲む――なのに、よりによって、上等のジンを、インド風だか何だか、キニーネ入りの訳の分らんものの中に割って台無しにするとはな」

「私にはうまいのさ。キニーネの味がレモンと一緒になったところがいい。胃袋の毛穴だか何だか知らんが、開いたような気がしてな。ジンを入れる酒の中じゃ、こいつが一番いけるな。良い気分になれる」

「そうらしいね。あんたはいつも飲むとご機嫌だ。俺は逆で、飲むといやな気になる。ロジャーはどこ？」

ロジャーはトマス・ハドソンの友達で、島の南の方に釣り用のキャビンを持っていた。

「じき、来るんじゃないかな。私たちはジョニー・グッドナーと食事する予定でね」

「あんたやロジャー・デイヴィスやジョニー・グッドナーや、あちこち股《また》にかけた連中が、なぜこんな島でブラブラしてるのか、俺にゃ飲み込めんがねえ」

「良い所さ、この島は。あんただってここに落ち着いてるじゃないか」

「食うためさ」

「食うためなら、ナソーでもいい」*

「ナソー？　冗談じゃねえ。ここのほうが面白い。楽しむんなら、この島はおあつらえだ。しこたま稼《かせ》いだ奴だっているしな、この島で」

「私はここに住むのが好きでね」

「そうとも」とボビー。「俺もそうよ。そいつはあんたもご存じのとおり。飯が食えればの話だけどね。あんた、始終絵描いてるけど、売れるのか？」

「昨今わりに売れるな」

「金出して買う人がいるんだからね。エドワード小父さんの絵。海にいるニグロの絵。陸にいるニグロの絵。船に乗ったニグロ。海亀《うみがめ》採りの船。海綿採りの船。出来かかりのスコール。竜巻。難破したスクーナー。建造中のスクーナー。何でもただで見られるってのに。本当に買う奴いるのか？」

「いるとも。年に一度はニューヨークで展覧会をやって売りさばく」

「競売か？」

「いや。展覧会をやる画商が値をつける。買って行くよ。美術館も時々買ってくれる」

「あんた、自分じゃ売らないのか」

「売るさ」

「竜巻の絵がほしいな。うんとでかいのがいい。真っ黒けでな。いっそ竜巻二丁じゃどうかね？　浅瀬の上をごうごう耳がつんぼになるような音をたてて渡って行く。水を端から端まで吸い上げちまう。人は皆肝をつぶす恐ろしい竜巻。俺はちっぽけな海綿船に乗ってるが、もうお手上げ。竜巻が、俺の手から樽《たる》眼鏡を吹っ飛ばす。船まで吸い上げられかけてる。神様お手製の地獄みてえな竜巻だ。そういうのを描いた絵はいくらぐらいするかね？　この店の中に掛けてもいいし、かみさんさえ恐《こわ》がらねえなら、家に掛けてもいい」

「絵の大きさしだいだな」

「できるだけでっかくしてもらうぞ」ボビーは勿体《もったい》ぶって言う。「そういう絵なら、いくらでかくしてもでかすぎるってことはない。ついでに竜巻三丁にするか。俺、前に、アンドロス島の沖で、三本の竜巻がこんな具合にスレスレにやって来るのを見たことがある。まっすぐ天まで届いててな。一本が海綿船を吸い上げちまった。落っこって来たら、エンジンが船体《ハル》をぶち抜いちまう始末」

「画布《キャンバス》代だけでいいよ」とハドソン。「キャンバスの金だけ出してもらえば」

「おう、それならうんとでかいキャンバスにしてくれ。人が見たら縮みあがって、このバー、いや、この腐った島から逃げ出しちまうような竜巻にしようじゃないか」

ボビーは雄大な計画に現《うつつ》を抜かしていたが、次から次に新しいアイディアが湧《わ》き上がってくる様子である。

「トム、本式のハリケーンは描けるか？　ハリケーンの目の所がいいな。片方から吹いて、一度凪《な》いで、今度は逆側から吹き始める、ちょうどそこん所を描くんだ。ココ椰子《やし》に身体《からだ》を縛りつけたニグロどもから、吹っ飛ばされて島のてっぺんを越えて行く船にいたるまで、皆描いといてくれないかな？　大きなホテルがぶっ倒れるところもな。板っぱが槍《やり》みたいに空を飛ぶところも、死んだペリカンどもが殴りつける雨粒と見分けがつかないみたいに、そこらをびゅんびゅん飛んでくところも。気圧は九二七ミリバールに落ち、風力計はけし飛んじまう。底が十尋《ひろ》もある砂洲《さす》の上で、波がどんどん割れ、嵐《あらし》の目の中で月が出る。津波を一つ頼むぞ、生きてる物は全部飲み込んじまう津波を。女どもが着物を風で剝《は》ぎ取られ、海に吹き落されるところも頼む。死んだニグロが一面にぷかぷか浮き、空をぶんぶん飛んでるところも――」

「ひどくでかいキャンバスだな」

「キャンバスなど糞喰《くそく》らえ！　俺、スクーナーの主帆《メインスル》を手に入れて来るから。世界一でっかい絵描こうよ。そしたら俺たちの名は歴史に残る。あんた、まだちっぽけであっさりした絵しか描いてねえだろ？」

「さっそく竜巻から取りかかるさ」

「ようし」ボビーは超大作の夢去りやらずといった調子で、「そいつは賢明だ。でもな、あんたと俺の知識に、あんたのこれまで鍛えた技術を足せば、俺たち、凄《すご》い絵が描けるぞ、絶対」

「竜巻には明日取りかかる」

「上等。とにかく手初めにはなる。だが、どうしてもこのハリケーンを描いてみてえな。誰か〈タイタニック〉の沈没を絵にした奴はいるかね?」

「本当に大きな絵にした奴はいない」

「そいつもいってみようよ。昔から俺はあの話がお気に入りでな。一度船にぶつかった氷山が、流れ去って行く。その冷たい感じを出す。一面の濃霧といこう。細々《こまごま》したことを全部入れる。ヨット乗りだから頼りになるはずだとか何とかぬかして、女どものボートに乗り込んだあの野郎も描いとこうじゃないか。奴が女を二、三人踏んづけながらボートに乗り込むところ——等身大でな。上にいるあの旦那のことを思い出すね、奴のことを思うと。あんた、ひとつ上に行って、寝てるところを写生して来て、この絵に使わねえかい?」

「まあ、まず竜巻から始めとくほうがいいな」

「トム、俺はあんたに大画家になってもらいてえな。あんな吹けば飛ぶような物はやめにして。才能の無駄遣いしてるよ、あんた。たった三十分もしないうちに、俺たちもう三枚の絵の計画立てちまったろ。しかも、俺、まだ脳味噌《のうみそ》を小出しにさえしちゃいない。なのに、あんた、今まで何をやってきた？　浜で赤海亀を引っくり返してるニグロの絵。しかも大きくもねえ亀だ。ありふれた赤海亀じゃねえか。それに小舟に乗った二人のニグロが、海老《えび》どもを痛めつけてるところ。人生を無駄にしてるぜ、あんた」言葉を切ったボビーは、カウンターの下から一杯注いで、一口に飲む。

「今のはナシだよ。見て見なかったことにしといてくれ。なあ、トム、さっき考えた三枚の絵、ああいうのこそ偉大な絵というんだ。でかい絵、世界的な絵だ。ロンドンの水晶宮に、世界の名画と一緒に飾ってもいいような絵よ。もちろん、最初の奴《やつ》は題材がケチだけどね。だが、話はいよいよこれから。ありとあらゆる絵の最後のとどめって絵を描いたって悪くなかろう、俺たち二人で。どうかね？」

また一杯、すばやくあおった。

「どうかねとは？」

はたに聞えぬよう、カウンターごしに身を乗り出したボビーは、

「はぐらかすんじゃない。あんまりスケールがでかいんで腰抜かすなよ。想像力を持たなくちゃいかん。世界の終りの絵だ」間をおいてから、「実物大でな」

「地獄変か。こいつは参った」

「参っちゃ困る。地獄の手前だよ。地獄がいよいよ口を開けようってところだ。

ゴロゴロ屋《ローラーズ》*たちは、山の上の教会でゴロゴロのたうち回り、めいめいチンプンカンプンの言葉でしゃべってる。悪魔が一匹、三叉《みつまた》の熊手《くまで》でこいつらをすくい取っては荷車に積み込む。奴らはわめき、呻《うめ》き、エホバの名を唱える。黒んぼどもがいたる所に這《は》いつくばり、うつぼに海老に蜘蛛蟹《くもがに》が黒んぼどものまわりや、身体の上をうようよ這いずり回る。大きな艙口《ハッチ》みてえのがあんぐり口を開けてて、悪魔たちが黒んぼや、教会のご連中や、ゴロゴロ屋、有象に無象、まとめてこの中にほうり込み、みんなたちまち姿が見えなくなる。島のまわりはすっかり水かさが増し、湯気の立つハッチに熊手でほうり込まれるのを逃れて泳ぎ出した奴らは、ぐるぐる泳ぎ回ってる撞木鮫《しゅもくざめ》に青鮫、鼬《いたち》鮫にレモン鮫にパクパク食われちまう。飲んべえどもは末期《まつご》の水とばかりにがぶがぶあおっては、酒瓶で悪魔をどやしつけるが、悪魔はおかまいなしに熊手でハッチにほうり込む、さもなきゃ水かさの増した海に飲まれておだぶつだ。今や大きな鮫どもが人間をムシャムシャやってるまわりに、甚兵衛《じんべえ》鮫に頬白鮫、しゃちなどという超大型の連中が遊弋《ゆうよく》中。島のてっぺんは犬や猫でいっぱい、悪魔たちはこいつらも熊手でハッチにほうり込んじまう。犬は縮みあがり、哀れっぽく吠《ほ》え、猫はすっ飛んで逃げたり、悪魔を引っかいたり。総身の毛を逆立てた猫は、最後に海に飛び込んで一生懸命泳ぐ。時々鮫にやられた猫が沈んで行くのも目に入るが、ほとんどの猫はその間をかいくぐって泳いで逃げる。

「ハッチからひどい熱気が立ち昇り始め、悪魔どもは教会のご連中をほうり込んでるうちに熊手を折っちまったので、ハッチまで人間を引きずって行かなけりゃならん。あんたと俺はこの一部始終を真ん中に立って平然と見守る。あんたはノートを取り、俺は瓶から気つけをあおってる。おりを見てあんたにもサービスするよ。時々、大働きして汗びっしょりかいた悪魔が、お偉い牧師さんを引きずって通りかかる。牧師めハッチに叩《たた》き込まれないようにと砂をかきむしっては、エホバの名を金切声で呼ぶ。悪魔は、俺たちに向って、『失礼、トムさん。失礼、ボビーさん。今日は忙しくってね』

「汗とほこりにまみれた悪魔が、また牧師を探しに戻って来るのを俺は呼びとめ、一杯どうだいとすすめると、悪魔の奴、『いや、結構です、ボビーさん。あたしゃ仕事中は控えてましてな』

「どうだい、トム、動きとスケールのでかさが出せりゃ、こいつはすてきな絵になるだろ」

「今日の分はそんなところで手一杯だな」

「違《ちげ》えねえ」とボビーは言う。「こんな絵工夫してると、俺も喉《のど》が乾いちまう」

「ボッシュという画家がいてな、そういう絵がかなり得意だった」

「自動車用の発電機でもうけてる奴か？」

「いや、ヒェロニマス・ボッシュだ。大昔の先生だよ。腕は飛びきり良かった。ピーター・ブルーゲルもそんな絵を描いたな」

「そいつも大昔の先生か?」

「大昔の先生だ。これも腕は飛びきり。あんたも気に入るだろう」

「てっ、昔の奴が俺たちにかなうわけあるかい。しかも世界はまだ終っちゃいない。そんな昔の奴が、世界の終りのことを俺たちよりよく知ってるわけねえだろ」

「いや、その先生の右に出るのは大変だな」

「信じられねえな。俺たちの絵にかかれば、そんな奴はたちまちおまんまの食い上げだ」

「これのお代りはどうなってる?」

「そうだ、いけねえ。どうも。ここがバーだってことをついつい忘れちまって。皇太后様に神のお恵みがありますよう。今日が何の日かも、つい忘れかけた。さ、一杯おごるから、二人で皇太后様のご健康を祝して乾杯といこう」

ボビーは自分用に小さなグラス一杯のラムを注ぎ、ハドソンにはブースのイエロー・ジン一瓶、皿に乗せたライム、ナイフ、それにシュエップスのインディアン・トニックを一瓶渡した。

「自分で作りな。俺はそんな粋《いき》がった酒なんかまっぴらだからな」

ハドソンが酒を作り、かもめの羽軸を刺した栓のついた瓶から、数滴のビターズをたらし込んだところで、ボビーはグラスをかざしたが、カウンターごしに目を走らせると、

「そこのお二人さんは何を飲んでたっけ？　簡単な酒なら言ってくれ」

「ドッグズ・ヘッドだ」ヨットのクルーの一人が答える。

「ドッグズ・ヘッド、ただ今」そう言うとボビーは、氷バケツの中に手をさし込み、冷えたビールを二本出して渡した。「コップは抜きだよ。酔っぱらいどもが、朝からコップをのべつ叩き割りやがって。皆、酒渡ったね？　じゃ、皆さん。皇太后様のために。皇太后様はこの島などあまりお気に召さんだろうし、おいでになっても快適とおぼし召すかどうか、自信はねえが。とにかく皆さん、皇太后様のために。神のお恵みがありますよう」

　全員、皇太后の健康を祈って乾杯した。

「偉い人なんだろうな、皇太后様は」とボビーが言う。「俺の好みからすると、ちょいとお固い感じだがね。昔っから俺は、アレクザンドラ皇太后*に参っててな。すてきなお方だ、あれは。でも、とにかく皇太后誕生日のお祝いは万端手落ちなくやらなけりゃ。この島はちっぽけだが、忠君愛国だからね。前の大戦にゃこの島から出征して、片腕無くして来た奴が一人いる。これ以上の忠君愛国はねえものな」

「誰の誕生日と言ってるんだ、あの親爺《おやじ》さん？」クルーの一人が聞いている。

「イギリスのメアリー皇太后だよ」とボビー。「今の国王陛下の母君だ」

「〈クイーン・メアリー〉号ってのは、その人の名前を取ったわけか、そうだろう？」

も一人のクルーが聞いた。

「トム旦那《だんな》よ」とボビー。「次の乾杯はあんたと俺だけでやろうな」

4

もうあたりは暗く、軽い風があるので蚊もぶよも出ない。船は水道にさしかかると張出し竿《アウトリガー》を畳んで、全部戻って来ており、浜から港内に突き出た三本の桟橋間の水面に舫《もや》ってある。潮は急速に引き、船燈が水に映え、水は緑色に見える。引きが激しいので水は桟橋の下杙《したくい》を音たてて吸い、一同が乗っている大型クルーザーの艇尾《スターン》に渦巻く。艇の胴板に反射した光は、桟橋の何も塗っていない下杙に向って注ぎ、桟橋の側面に防護材《フェンダー》としてくりつけられた乗用車やトラックの古タイヤが、岩の下の暗がりにひとしお黒い輪の数々を描いていた。反射光の映るまわりに、光に寄って来たダツが、潮の流れに逆らいながら群がっている。細長く、水と同じ緑色に光りながら、尾だけを動かす。餌《えさ》を漁《あさ》っているわけでも、戯《たわむ》れているわけでもない——光に魅入られ、ただそこに頑張っている。

一同が乗ってロジャー・デイヴィスを待っているジョニー・グッドナーのクルーザー、〈一角《ナーワル》〉号は、引潮に艇首を立てているが、同じ突堤の水面、〈一角《ナーワル》〉号の艇尾《アスターン》側に、例の一日中ボビーの店にいた連中の乗って来た船があり、二隻のキャビン・クルーザーは、艇尾と艇尾を突き合わす形で固縛してあった。ジョニー・グッドナーは艇尾の椅子に腰を下ろし、足をも一つの椅子の上に投げ出して、右手にトム・コリンズを注いだグラス、左手にチリー唐辛子を持っている。

「いけるよ、これ」とジョニー。「ほんの少し嚙《か》みちぎっただけで、口の中が燃え上がる。それをこいつで冷やすというわけだ」

まず一嚙みすると、飲み込み、舌を丸くして「シュー!」と息を吐き、それから背の高いグラスに入った酒を深々とあおった。肉の厚い下唇で、アイルランド系特有の薄い上唇をなめ、灰色の目がにっと笑う。ジョニーの唇は両端が切れ上がっているので、いつもこれからほほ笑むか、今ほほ笑んだばかりのように見えるが、実はその口もとから彼を読み取ることはほとんど不可能である。上唇の薄さに着目すれば話は別だが。注意するなら、まず目を見ることだ。身体《からだ》つきや大きさは、少し肥《ふと》りだしたミドル級の選手というところ。が、こうして横になってくつろいでいる姿を見ると、体調充分と思える。この姿勢は、身体が本当に不調な連中にとっては覿面《てきめん》なのだ。顔は茶色に焼けているが、鼻のまわりと、禿《は》げかかった額が剝《は》げかかっていた。顎《あご》先に疵痕《きずあと》があり、も少し中央に寄っていればえくぼとも見えかねない。注意してやっと分る程度だが、鼻柱が少し潰《つぶ》れている。ひしゃげた鼻というわけではない。いきなり石相手にのみをふるってしまう現代彫刻家が、ほんのわずかばかり石を欠きすぎたという感じ。

「トム、このごくつぶしめ、このごろ、一体何をやってるんだ？」

「着実に仕事をしてる」

「大層なこと言う」と言って、ジョニーは唐辛子をもう一口かじった。大分しわが寄り、ぐにゃりとなった長さ六インチほどの代物《しろもの》である。

「ヒリヒリ痛むのは最初の一発だけ」とジョニー。「色事と同じよ」

「冗談じゃない。唐辛子は女にも男にもヒリヒリくる」

「色事は？」

「色も愛も糞喰《くそく》らえ」とハドソン。

「何たるひどいことを。何たる口のきき方か。貴公、一体どうなっちまっとるのかね？ ついに、この島にも羊飼い病*で狂った奴が出てきたか？」

「ここには羊はいないよ、ジョニー」

「じゃ、蟹《かに》採り病だ。あんたが網か何かでがんじがらめにされるなど、見るに忍びん。この唐辛子でも一つ食ってみろ」

「前に食った」

「貴公の前歴など百も承知。栄光満ち満ちた過去を小生に向ってひけらかすなどご遠慮願いたい。チリー唐辛子は俺の発明だなどと言いだしかねん男だ、貴公は。ヤクの背中に唐辛子を積んで、パタゴニアに初めて持ち込んだのも俺、とくる。だが、小生は現代派だ。なあ、トム公、俺はこの唐辛子に鮭《さけ》を詰めたのも食った。鱈《たら》を詰めたのも食った。チリーの鰹《かつお》を詰めたのも食った。メキシコの雉鳩《きじばと》の胸肉を詰めたのも食った。七面鳥ともぐらの肉を詰めたのも食った。奴らはこれに何でも詰め込み、俺はそれを片端から買って食う。ちょっとした王様気取りになれる。だが、そういうのはすべてゲテ物でな。最高なのは、この長くでれっとした、冴《さ》えない、詰物もない、くすんだ古唐辛子にチュパ*ンゴのブラウン・ソースをかけて食うこと。こん畜生——」ジョニーはふたたび舌を丸めて息を吐き出すと、「さっきは貴様をかじりすぎたぞ」

トム・コリンズをぐいぐいとあおった。

「人に言わせると、俺は飲んでもかまわん理由があるんだそうだ」とジョニーは説明するのだった。「口やかましいから、舌を酒で冷やすためだとさ。あんた、何を飲む？」

「ジン・トニックをもう一つもらおうか」

「坊や」とジョニーは呼びつけ、「閣下《ブワナ・マクブワ》にジン・トニックをも一つ」

フレッドという、ジョニーの艇の艇長が雇った島の少年が酒を持って来た。

「トム旦那、お待ちどおさま」

「ありがとう、フレッド」とハドソンは言ってから、「皇太后に。神のお恵みを」二人は乾杯した。

「あの好き者はどこにいるんだ？」

「奴《やっこ》さんの家に。じき来るさ」

ジョニーはそれ以上唐辛子をあげつらわず、少しかじってから酒を飲み干し、「あんた、本当のところはどんな具合なんだ、トム？」

「ＯＫだな。一人暮しも大分板についたし、よく仕事をする」

「ここが気に入ってるのか？　ここに年がら年中いるという意味でだが」

「ああ。もういちいち動き回るのはいやになった。ここでかまわん。うまく行ってるからな、ジョニー。きわめてうまく」

「良い所だ、ここは。あんたみたいに何か内面的なものを持った人間にはな。俺みたいに年中追っかけ回すか逃げ回るかって人間にはいやな所さ。ロジャーの奴《やつ》が赤になっちまったというのは本当か？」

「なるほど、もうそんな噂《うわさ》が流れてるのか」

「西海岸で小耳にはさんだが」

「奴、西海岸で何があったのかね？」

「全部は知らんが、とにかくかなりひどかったらしい」

「本当にひどかったのか？」

「あの土地じゃ、ひどいという概念が違うのさ。断わっとくが、未成年の女に手出ししたわけじゃない。いずれにせよ、気候は良し、生野菜は食えるし、何やかやで、あそこじゃ万事でかい、あそこ出身のフットボール選手見りゃ分るが。十五の小娘が二十四に見える。二十四になりゃ、メイ・ホイティー*みたいないいお婆《ばあ》さんさ。結婚が苦手な男は、相手の歯をよく見ることだ。もちろん、歯からなど何も分りゃせんがね。それにあそこの女たちは全部父母揃《そろ》って健在か、さもなけりゃ片親どっちかが健在ときてるし、しかもみんな揃って腹ぺことくる。もちろん、腹が空《す》くのも気候のせい。困ったことに、人間はついつい頭に血が上るものだから、相手の運転免許証とか社会保険証を見るのを忘れちまう。俺に言わせりゃ、ああいうものは身長や体重、それに一般的な能力で判断するべきもので、年だけでああこう決めるべきものじゃない。年だけでやるから、片手落ちだらけになる。四方八方な。早熟にペナルティーがつくなど、ほかのスポーツじゃ通用せんことだ。話があべこべだろうが。新米ジョッキーは抱かされる錘《おもり》を手加減してもらう——精々そこらが良いところさ。競馬と同じことよ。俺はこいつには二進《にっち》も三進《さっち》も行かん目に会わされてな。が、ロジャーがやられたのは、こいつじゃない」

「僕がやられたのは何だって?」と言ったのは、ロジャー・デイヴィスだった。麻縄底の靴で桟橋から音もなくデッキに飛び下りたロジャーは、そのまま突っ立っていたが、サイズが三番ばかり大きくだぶだぶのスェット・シャツに、細身の古ぼけた木綿ズボンの姿が、ばかに大男に見える。

「いよう」とジョニーが言った。「呼鈴が聞えなかったぞ。あんたがひっかかったのがどんなことか俺は知らんが、とにかく未成年の女に手出したんじゃない、そうトムに言ってたところだ」

「そりゃ結構」とロジャー。「その話はやめにしよう」

「大分高飛車だな」とジョニー。

「高飛車じゃない。丁寧に頼んでる。この船では酒は出るのか?」艇尾《スターン》をこちらに向けたクルーザーを見やったロジャーは、「誰が乗ってるんだ?」

「ポンセにいた連中よ。話聞いてないのか?」

「ああ、あれか」とロジャーは言う。「あんな手合は酒飲みの風上にもおけないが、とにかく僕たちも飲もう」

「坊や」とジョニーが呼ぶと、フレッド少年がキャビンから姿を現わした。「ハイ、旦那」

「このお偉方《サヒブ》たちのご注文をうかがえ」

「何にいたします?」

「僕は何でもいい、トム旦那の飲んでるのをもらおう」とロジャー。「旦那は僕のガイド兼指導員だからな」

「今年の臨海学校はどうだ? 大勢集まってるのか?」ジョニーが聞いた。

「二人だけだ、今のところ」とロジャー。「指導員先生と私と」

「指導員先生と俺と言え」ジョニーが言う。「そんな調子でよく本が書けるな」

「文法なら誰かを雇って直してもらえばいい」

「ロハで雇うのも良かろう」とジョニー。「今、あんたの指導員と話してたところだ」

「指導員先生はここにご満足でね。この島に永久上陸だとか」

「ロジャーの家を見に行くと良い」トムはジョニーに言う。「時々寄らしてくれるがね、一杯飲みに」

「女子《おなご》は？」

「いない」

「あんたら二人で、一体何やってるんだ？」

「僕は一日中、その何ってやつをせっせとね」

「だが、あんたは前にもここに来たろう。その時は？」

「泳ぐ、食べる、飲む。トムは仕事する、読む、しゃべる、読む、釣る、釣る、泳ぐ、飲む、寝る――」

「女子無しか？」

「同じく無し」

「不健康だぞ、俺に言わせりゃ。一種病的な雰囲気《ふんいき》が感じられる。あんたら、阿片《あへん》をしこたまやるのか?」

「どうかね、トム?」とロジャー。

「最上等品しかやらん」とハドソン。

「大麻《マリワナ》はどうだ?　立派な畑でも持ってるのか?」

「植えてあったかな、トム?」とロジャー。

「今年は不作でね」ハドソンは答える。「雨ですっかり駄目だ」

「何から何まで不衛生な感じだぞ」ジョニーは酒を飲んで、「たった一つの救いは、あんたら、酒だけはやめとらんということ。二人とも、信心でも始めたか?　トムめ、神の光でも見たのか?」

「どうだ、トム?」とロジャー。

「神との関係はおおむね以前同様」

「うまく行ってるということか?」

「寛容だからな、我々は」ハドソンは言う。「どんな信心もお好みしだい、やってみること。新人養成なら、島のはずれに野球のグランドがあるから精々ご利用のほど」

「神様があんまりホーム・プレートに乗り出してかまえるなら、内角に速球を嚙ませる」とロジャー。

「おい。ロジャー」ジョニーはなじる口調になった。「もう暗くなってるんだ。貴公、たそがれ来たり、宵闇《よいやみ》迫り、夜のとばりが降りるのが目に入らなかったのか？　作家のはずだよ、貴公は。暗くなってから、神の名をおとしめるべからず。神様、バットを振りかざして、貴公の背後に立っとるかもしれん」

「やはり、乗り出してかまえそうだな、神様は」ロジャーは言う。「最近大分乗り出してるのが目に立つ」

「そうとも」とジョニー。「踏み込んで貴公の速球を一撃。貴公の脳天を粉々にするぞ。神様の打棒の冴えは俺も見とるからな」

「いやというほど見てるだろうな、あんたみたいな人間なら」ロジャーは相槌《あいづち》を打つ。

「実はトムも僕も見てる。でもあえて速球で勝負するぜ、僕は」

「神学論はよそう」とジョニー。「飯だ」

「例の代物をもたもた走らせるためにあんたが雇ってるもうろく爺《じじ》い、まだ料理ができるのか？」ハドソンが聞く。

「寄せ鍋《チャウダー》」とジョニー。「それに黄色の炒《いた》め飯と千鳥。金色まだらの胸黒千鳥」

「黄色の金色の黒のと、まるで室内装飾屋だ」とハドソン。「大体、今ごろの季節の胸黒千鳥には、金色まだらなど見えるわけがない。どこでしとめた？」

「南島に錨《いかり》を打って泳ぎに出た時。笛で群れを二度呼び戻し、つるべ撃ちに撃ち落した。一人二羽ずつあるぞ」

良く晴れた夜で、夕食が終ると一同はスターンのデッキに腰を下ろし、コーヒーと葉巻を楽しんだ。舫《もや》ってある船の一隻から二人、揃ってごくつぶしの道楽者がギターとバンジョーを持って乗り込んで来、桟橋にはニグロたちが集まって、散発的な歌声が響く。闇に包まれた桟橋の上でニグロたちがまず歌いだすと、ギターをかかえたフレッド・ウィルソンがこれに続いて歌い、フランク・ハートが適当にごまかしてバンジョーを弾く。ハドソンは歌が駄目で、暗闇の中、椅子《いす》に深く背を預けたまま耳を傾けるのだった。

ボビーの店ではかなり派手な騒ぎで、開け放しのドアからこぼれる光が水面に映っていた。相変らず潮の引きは強く、光の当る辺では魚が跳ねている。灰色笛鯛《ふえだい》がほとんどだろうな、とハドソンは思う。引潮に取り残された餌食《えじき》の魚を漁《あさ》り回るのだ。数人のニグロ少年が手釣りの糸をたれていて、その話し声や釣り落した時低くののしる声が聞え、釣り上げられた魚が桟橋の上で跳ねる音も聞えた。その辺にはかなり大型の笛鯛が来る。子供たちはまかじきの肉片を撒《ま》き餌《え》にして寄せていたが、このまかじきは午下《ひるさ》がりに或《あ》る船が持ち帰った魚で、すでに吊《つる》し、写真を撮り、計量した上で料理《りょう》ったものだ。

桟橋は歌声に誘われてかなりの人だかりだった。ルパート・ピンダーという大男のニグロが——この男は、昔、政府桟橋から一人でピアノを背負い、キングズ街道を歩いて、今はハリケーンに飛ばされて失《な》くなったあるクラブまで届けたという伝説の持主で、喧《けん》嘩《か》っ早いのが自慢——桟橋から船に向って叫んだ。「ジョン船長、野郎ども、喉《のど》が乾いてるってんですが」

「安くて身体《からだ》に悪くない酒を買ってやれ」

「へえ、じゃラムを買いましょ、船長」

「俺もそう思ってたところだ」とジョニー。「籠《かご》入りの大瓶《おおびん》はどうだ？　割安で良いだろう」

「ご馳走《ちそう》様、船長」と言うとルパートは集まった連中をかき分けて行ったが、集まった連中もそのあとに続き、たちまち人数が減ってしまう。皆ロイの店の方に向うのが、ハドソンの目に入った。

ちょうどその時、ブラウンの私有桟橋に舫ってある船の一隻から、花火が打ち上げられ、シュッと空高く上がるとパンとはじけて、水道を明るく照らし出した。続いてシュッともう一発、これは斜めに上がり、ハドソンたちのいる桟橋の手もとの端の頭上ではじけた。

「畜生め」フレッド・ウィルソンである。「俺たちもマイアミから取り寄せときゃ良かったな」

今や夜空はシュシュシュッ、パンと上がる花火であかあかと照らされ、その明りで、ルパートがぞろぞろとお伴《とも》を従えて桟橋に戻って来る姿が見える。ルパートは籠入りの大きな瓶を肩にかついでいた。

誰かが船から打ち上げた一発が、桟橋の真上ではじけ、集まった連中を照らし出した。黒い顔に首筋に手、ルパートの平たい顔、広い肩、太い首、頭の横にそっと、だが鼻高々と乗っている籠入りの酒瓶。

「コップだ」肩ごしにルパートがお伴の連中に言う。「エナメル引きの奴にしろ」

「金物のコップならあるよ」と一人が答えた。

「エナメルのだ。持って来い。ロイの店のを買い取れ。そら、金」

「俺たちの信号ピストルを取って来いよ。フランク」フレッド・ウィルソンが言う。

「全部ぶっぱなして、ついでに新しい弾を補給すればいい」

ルパートが勿体《もったい》ぶってコップを待っている間に、誰かシチュー鍋《なべ》を出して来た者があり、ルパートがこれに注いで回し飲みとなった。

「名もねえ連中のために」とルパート。「さ、干せよ、吹けば飛ぶような連中」

歌声はやまずに続いていたが、およそまとまりが無い。花火と一緒に、ライフルやピストルを乱射する船もあり、ブラウンの桟橋からは、誰かがトミー・ガンで曳光弾《えいこうだん》を水道めがけて飛ばしている。三発、四発と連射し、あげく、弾倉が空になるまで撃ち続けて、ダダダダダッと赤い曳光弾が港の上に美しい弧線を描いた。

フランク・ハートがスターンに信号ピストルと照明弾一式を入れたケースを持って飛び下りるのと同時にコップが届き、ルパートのお伴の一人が注いで配り始めた。

「皇太后に神のお恵みを」フランクは言うと、弾丸をこめ、桟橋の端をかすめ、まっすぐボビー旦那《だんな》の店の開け放しの戸口めがけて照明弾を一発。弾はドアの横のコンクリート壁に当り、炸裂《さくれつ》して、珊瑚土《さんごど》の道で明るく燃え上がる。白い光が一面を照らし出した。

「いい加減にしろ」とハドソン。「人が火傷《やけど》しかねない」

「いい加減にしろはいい加減にしろ」とフランク。「弁務官の家をやっつけられるかどうか、物はためしだ」

「火事になるぞ」ロジャーがいさめた。

「焼けたら俺が弁償してやるさ」とフランク。

大きな、白いポーチのある屋敷めがけて、信号弾はカーブを描いて飛んだが、届かず、屋敷の正面ポーチのすぐ手前に落ちてあかあかと燃え上がった。

「弁務官閣下殿」フランクは弾をこめ、「俺たちが愛国者かどうか、今ので分るだろう、おたんちんめ」

「いい加減にしとけ」ハドソンは説き伏せようとする。「乱暴するにも及ばん」

「今夜は俺の晩よ」とフランク。「皇太后と俺の晩だ。どきな、トム、今度はブラウンの桟橋をやる」

「あそこにはガソリンが積んであるぞ」ロジャーが言った。

「じき、消えてなくなるさ、そんなもの」フランクはロジャーにやり返す。

ロジャーとトマス・ハドソンをいやがらせるのがフランクの目的で、わざと狙《ねら》いを外すつもりでいるのか、それとも本気で悪さをするつもりなのか、見分けがつかぬ。ロジャーもハドソンもどっちとは言えなかったが、いずれにせよ信号ピストルなどというものは、いくら狙いを外す気でもそれほど正確に撃てるわけではない。桟橋の上には本当にガソリンが積まれている。

立ち上がったフランクは、左腕を脇腹《わきばら》につけ、決闘スタイルで入念に狙いを定めると、引金を引いた。桟橋のドラム罐《かん》の山とは反対側の端に当った照明弾は、はね返って水道に落ちた。

「おいおい」ブラウンの桟橋に舫ってある船の一つから誰かがどなる。「何のつもりだ？」

「見事な一発、もうちょいのところ」とフランク。「さて、ふたたび弁務官殿だ」

「本当によせよ」ハドソンはフランクに言う。

「ルパート」ハドソンを黙殺したフランクは、桟橋に向って声をあげ、「俺にも少しそいつを飲ませろ」

「へい、船長。コップあるかね？」

「コップを頼む」フランクは、立って見物しているフレッド少年に言う。

「合点です、旦那」

フレッドは飛んで行き、コップを持って来た。その顔が興奮と喜びに光っている。

「旦那、弁務官を焼き殺すんで？」

「奴《やつ》の身体に火がつけばの話よ」

フランクはルパートにコップを渡し、ルパートは四分の三ほど満たすと、桟橋から手をさし出してフランクに戻した。

「皇太后に乾杯。神のお恵みを」フランクは一息で干してしまう。

こんな飲み方をするには、強すぎるラム酒だった。

「皇太后に神のお恵みを。神のお恵みを、フランク船長」しかつめらしくルパートは言い、他の連中もおうむ返しに、「神のお恵みを皇太后に。神のお恵みを」

「さて、いよいよ弁務官殿だ」フランクは照明弾を幾分向い風でまっすぐ高々と打ち上げた。パラシュートつきの照明弾を使ったので、風に流された白く明るい光は、スターンにいるクルーザーの上に落ちかかる。

「弁務官に命拾いさせちまったね」とルパート。「どうかしたんで、フランク船長？」

「このえもいわれぬ情景を照らし出してやりたかったのさ。弁務官殿はゆっくり片づければ良い」

「弁務官はよく燃えるよ、船長」ルパートが口を出す。「余計な智恵《ちえ》つけるわけじゃねえが、この島じゃ二カ月も雨無しでね。弁務官はカサカサに干上がってる」

「駐在はどこだ？」とフランク。

「遠慮して引っ込んでらあ。駐在のことなら心配いらねえ。この桟橋の上の連中は、何ぶっぱなしても見て見ねえふりさ」

「桟橋にいる野郎ども、総員伏せ。何も見るんじゃねえぞ」弥次馬《やじうま》たちの奥の方からの声である。「何も聞えなかったし、何も見えねえ」

「俺の命令だ」ルパートは持ちかけた。「どの顔も、一つ残らずそっぽ向いてまさあ」畳みかけて、「あの屋敷もカサカサに乾きってる」

「本当かどうか、一見にしかずだ」とフランク。

パラシュート弾をもう一発装塡《そうてん》すると、また向い風で頭上に打ち上げた。落ちかかるギラギラした光の中で、桟橋の連中は全員ぺったり顔をつけて伏せているか、あるいは目をふさぎ、四つん這《ば》いである。

「あんたに神のお恵みを、フランク船長」照明弾が消えると、闇の中からルパートの深く響く、しかつめらしい声がした。「無限のお慈悲をお持ちの神が、あんたに弁務官を焼き殺す度胸を授けて下さるよう」

「弁務官の女房と子供はどこにいる？」フランクが聞く。

「俺たちが助け出すから心配いらねえ」とルパート。「罪の無い連中には絶対迷惑かけねえから」

「弁務官を焼くか？」フランクは振り向き、コックピットの一同に尋ねる。

「よせったら」とハドソン。「本当にいい加減にしろ」

「俺は明日の朝出航でな」とフランク。「もう手続きもすんでる」

「焼いちまえよ」フレッド・ウィルソンが言う。「土地の奴らも乗り気らしい」

「焼いて下せえ、船長」ルパートはたきつける。「どうだ、みんな？」仲間に聞いた。

「焼いちまえ。焼いちまえ。神様、旦那に力を」桟橋の連中は口々に言うのだった。

「弁務官を焼かずにそっとしときたいのはいないんだな？」フランクが聞く。

「焼いちまえ、船長。誰も見てねえ。何も聞えねえ。何も言わねえ。焼いちまえ」

「二、三発腕だめしがいるな」とフランク。

「弁務官を焼き殺す気なら、この船から出て行けよ」ジョニーが言った。

ジョニーを見たフランクは首を横に振ったが、ほんのかすかで、ロジャーと桟橋の連中の目には入らない。

「弁務官はもう灰だ」とフランク。「ルパート、度胸固めにもう一杯」

コップを桟橋に渡した。

「船長」ルパートは桟橋から乗り出してフランクに話しかけた。「こいつは一生のお手柄だよ」

桟橋の上では、男たちが新しい歌を歌いだす。

「フランク船長、ご入港
いよいよ今夜はお楽しみ」
間があってから、オクターブが上がり、
「フランク船長、ご入港
いよいよ今夜はお楽しみ」
二行目はドラムがボンボンと鳴る調子で歌う。続いて――
「ルパートやい、黒い犬めと弁務官。
ズドンと一発、照明弾、
フランク船長ぶっ放し、
メラメラ燃える弁務官」
そこで男たちはふたたび前の古いアフリカのリズムに戻った。クルーザーにいる四人は、このリズムを以前耳にしたことがある。モンバサ、マリンジ、ラムとケニヤの海岸沿いに走る街道の所々にある渡し舟の引綱を引くニグロたちが口ずさむリズムだった。力を合わせて綱を引きながら、ニグロは渡し舟に乗せた白人たちの姿形をあげつらい、ひやかす歌を即席で歌う。
「フランク船長ご入港
いよいよ今夜はお楽しみ。

「フランク船長ご入港」

ふて腐れた、ののしるように、自棄の嘆きのようにふて腐れた短調が高まる。と、ドラムのボンボンがこれに答える。

「いよいよ今夜はお楽しみ！」

「どう、フランク船長？」ルパートはクルーザーのコックピットめがけ身を乗り出して、うながす。「あんた、手を下さねえうちから、もう歌になっちまってるよ」

「これは手が引けん羽目になったな」フランクはハドソンに言った。それからルパートに、「腕馴《うでな》らしにもう一発」

「そう、習うより馴れよ、だ」ルパートは嬉《うれ》しそうである。

「フランク船長、いよいよ殺しの稽古《けいこ》だとよ」桟橋の上から声がした。

「船長はとてつもない暴れん坊だもの」もう一つの声。

「船長は男だもの」

「ルパート、もう一杯そいつをよこせ。度胸づけじゃない。狙いを良くするためよ」

フランクは一息で干した。

「ラスト一本」スターンにいるキャビン・クルーザーの頭上すれすれの一発が、ブラウン桟橋のガソリン・ドラムにはね返り、水面に落ちた。

「大阿《おおあ》呆《ほう》めが」ハドソンは声をひそめてフランクに言う。

「うるさいぞ、えせ坊主《ぼうず》」フランクがやり返す。「今のは名人芸の一発だ」

と、その時、隣のクルーザーのコックピットに上半身裸でパジャマのズボンだけはいた男が現われ、スターンに歩み寄ってどなった。「やい、豚野郎！　やめんか！　キャビンでご婦人が寝ようとしてるんだ」

「ご婦人だと？」ウィルソンが聞く。

「そうだ、畜生め、ご婦人だ。俺のワイフだよ。貴様ら糞《くそ》野郎が照明弾ぶっぱなすものだから、ワイフは眠れんし、誰も彼も一睡もできやせん」

「睡眠薬飲ませてあげな」とフランク。「ルパート、誰か使いにやって睡眠薬を持って来い」

「あんた、どうすりゃいいか知らないのかね、大佐殿？」とウィルソン。「善き夫としてお勧めすりゃいいんだよ。すれば奥さんもぐっすりだ。奥さん、抑圧されてるんじゃないのか。欲求不満てやつかもしれん。分析医が俺の女房にいつもそう言ってるとさ」

フランクもウィルソンも相当な乱暴者であり、ことにフランクはこの場合いけない。が、一日中飲んで荒れていた相手の男の切り出し方はあまりにもまずかった。ジョニーもロジャーもハドソンも一言も言わなかったのだが、残る二人は、相手の男がスターンに出て来て「豚野郎！」とわめいた途端に、軽快なショート・セカンドのコンビのように息を合わせてしまったのである。

「この不潔な豚野郎！」と男が言う。あまり語彙《ごい》が豊かでない。年は三十五から四十の間。コックピットのライトを自分でともしたが、それでもこの男の年はあまりはっきり分らぬ。一日中いろいろ話を聞かされている話題の人物にしては、思ったより元気そうで、少しは睡眠をとったに違いない、とハドソンは考えた。そういえば、ボビーの所で寝ていたな、と思い出す。

「俺なら〈ネンビュトール〉*を使うがね」フランクはひそひそと内緒話の口調で言う。「奥さんがアレルギー体質でなけりゃだが」

「どうして奥さん欲求不満なのか、俺にゃ飲み込めないが」とウィルソン。「あんた、立派な身体《からだ》してる。体調十二分とお見受けするぞ。テニス・クラブじゃ恐怖の的だろうて。いくらかかる、それだけ身体を鍛えとくのに？　フランク、見てみろ、こんなに贅《ぜい》沢《たく》な上半身にお目にかかったことがあるか？」

「だが長官殿、いささか間違ったな」とフランク。「パジャマの上下《かみしも》を逆にお召しだ。正直言うと、俺はあんたみたいにパジャマのズボンなどはいてる人間には初めてお目にかかる。あんた、本当にそんな物はいて寝床に入るのかね？」

「この口汚ない豚野郎ども、ご婦人をそっと寝かせるくらいのことができんのか？」と男が言う。

「おとなしくキャビンに入ったらどうかね？」とフランク。「そんなきれいな言葉ばかり使ってると、この界隈《かいわい》じゃ痛い目に会いかねないよ。面倒見てくれるおかかえ運転手も連れてないじゃないの。あんた、学校に行く時は、いつも運転手に送ってもらうのかい？」

「いや、このお方は学校になど行ってないさ」ギターを下に置きながら、フレッド・ウィルソンが言った。「立派な大人でおいであそばす。実業家だよ、このお方は。おぬし、一目見て実業家と分らんのかね？」

「あんた、実業家なの、坊や？」とフランク。「実業家なら機を見るに敏でなくちゃいけない。とっととキャビンに降りることだね。こんな所にしゃしゃり出てると、商売あがったりになるぞ」

「こいつの言うとおりだよ」とウィルソン。「俺たちにかかわり合ってても、先の望みはない。おとなしくキャビンに降りな。やかましい音など、じき馴れる」

「不潔な豚野郎ども」男は一同をねめ回した。

「その見事なお身体を、キャビンに降ろすことだ」とウィルソン。「その身体なら充分奥さんを寝かしつけられるはずよ」

「豚ども、腐った豚野郎ども」

「ほかに、も少し言い回しは思い当らんものかねえ」とフランク。「豚野郎はどうも耳にたこだ。風邪引かんうちに、とにかく下に行きな。俺がそんなに見事な胸してたら、こういう風のある晩、空気にさらすなんて危ない真似《まね》はしないがね」

男は顔を覚えようとするかのごとく、一同をじっと見た。

「大丈夫、忘れやしないさ、俺たちの顔なら」とフランク。「忘れたら、いつでもお目にかかった時、こっちから思い出させて進ぜる」

「このゴミめ」言うと、男は振り向いてキャビンに降りて行った。

「誰だ、あいつは？」ジョニー・グッドナーが聞く。「どこかで見た顔だが」

「知った顔さ。奴《やつ》も俺を知ってる」とフランク。「駄目な奴だよ、あいつは」

「誰だか思い出せんか？」とジョニー。

「いやな野郎だよ」フランクは言う。「それだけで充分、あとはどうだっていいだろうが？」

「それはそうだ」とハドソンが言った。「あんたたち二人で、大分寄ってたかってやっつけたな」

「いやな野郎にはそれが当然だろう。寄ってたかってやっつける。俺たちは、べつに無礼な真似はしとらん」

「が、同情してないことは、かなりハッキリ思い知らせた」ハドソンは言った。

「犬の吠《ほ》える声がしてたが」とロジャー。「照明弾で奴の犬がおびえたのじゃないかな。照明弾はもうよそう。あんたがお楽しみなのは分るがね、フランク。人殺し同然の手荒な真似してまかり通っちまった。しかも、さしたる後腐れなしにな。だが、かわいそうなワン公をおどかすことはあるまい?」

「吠えてたのは、野郎の女房だよ」フランクは嬉々《きき》とした声である。「キャビンに一発ぶち込んで、一家団欒《だんらん》の模様を照らし出してやろう」

「僕は失礼さしてもらうぞ」とロジャー。「あんたのふざけ方が気に入らない。自動車を使ってふざけるのは面白いとは思わん。酔って飛行機飛ばすのも面白くない。犬をおどかすのも同様」

「誰も引きとめちゃいない」フランクが言う。「どのみち最近のお前さんは、小うるさくてかなわん、誰にとってもな」

「ほう?」

「そうとも。お前さんとトムだよ。堅物気取りでのさばり歩く。おかげで万事興ざめだ。ふん、あんたたち、性根を入れ替えた野郎どもってのは、どうしようもない。昔は結構面白おかしくやってたじゃないか。今日このごろはどうだ、誰にも面白い目は見させないとくる。へっ、あんたらもあんたらの新品仕立ておろしの社会的良心とやらも」

「すると、僕が桟橋に火をつけるのは良くないと思うのも、社会的良心か?」

「そうよ。その一つの現われにすぎん。お前さん、大分いかれたね、その良心て奴に。西海岸の噂《うわさ》を聞いたぞ」

「そのピストルを持って、どこかよそに行って遊んでもらえんかな」ジョニー・グッドナーがフランクに言った。「あんたが暴れだすまでは、皆、楽しくやっとったんだから」

「ははあ、貴様も良心を手に入れたか」

「ほどほどにしとけ」ロジャーがいましめる。

「俺だけか、ここで少しは面白い目を見たいと考えてる奴は」とフランク。「貴様たち、育ちすぎの狂信者に社会事業家に偽善者揃《ぞろ》いめ——」

「フランク船長」桟橋の端から身を乗り出したルパートだった。

「ルパートだけが俺の友達よ」フランクは見上げると、「何だ、ルパート?」

「船長、弁務官はどうするの?」

「焼き殺してやるさ、親友」

「神のお恵みを、船長。ラム飲むかね?」

「大丈夫だ」とフランク。「みんな、伏せろ」

「伏せろ、みんな」ルパートが命ずる。「ぴったり腹をつけて」

フランクは桟橋すれすれに撃ち、照明弾は弁務官邸のポーチのすぐ手前の砂利道に落ちて燃え上がった。桟橋の男たちががっかりして呻《うめ》き声をたてる。

「畜生め」とルパート。「もうちょいのところだ。ついてねえな。さ、また弾丸《たま》こめなよ、船長」

スターンのクルーザーのコックピット・ライトがふたたびともり、例の男がまた出て来た。今度は白いシャツ、白い綿のズボンにバスケット・シューズのいでたちである。髪を撫《な》でつけ、赤い顔の所々が白くまだらだった。スターンにいてこの男に一番近い位置なのがジョニー、ジョニーは男に背を向けていた。次がロジャーで、晴れぬ顔でただじっと坐《すわ》っている。スターンとスターンの間は三フィートの水面、男は突っ立ってロジャーを指さした。

「のらくらめ。腐った汚《けが》らわしいのらくらめ」

ロジャーはびっくり顔で、ただ男を見上げただけである。

「俺のことじゃないのか？」フランクが呼びかけた。「なら豚野郎だよ、のらくらじゃない」

これを黙殺した男は、ロジャーにからみ続ける。

「このうどの大木、でぶののらくらめ」男は息が詰りかけ、「偽者《にせもの》、イカサマ。安っぽい偽者。三文文士に四流絵描き」

「一体誰相手に何の話してるんだ？」ロジャーは立ち上がった。

「お前だ、のらくら。偽者。腰抜け。やい、のらくら。不潔なのらくら」

「気狂《きちが》いだな」ロジャーは静かに言う。

「のらくら」二隻《せき》の船をへだてる水面ごしに言ったが、鉄柵《てっさく》の代りに堀が猛獣と見物人をへだてている近代式の動物園で、誰かが動物をののしっている感じである。「イカサマめ」

「野郎、俺のことを言ってるのさ」フランクは嬉しそうだった。「俺が分るか？　例の豚野郎だよ」

「お前だよ」男はロジャーを指さして、「イカサマ」

「いいか」とロジャーが言う。「あんた、僕と口きいてなどいない、全然ね。ニューヨークに帰って、僕にあれこれ言ってやったと自慢したいだけのことだろう」

本当にこの男に納得させ、黙らせようと思っている様子で、嚙《か》んで含める口調のロジャーだった。

「のらくらめ」男はどなる。わざと着換えまでして来たこの狂乱の一幕に、自分をかき立てかき立て、追い込んで行く。「腐った汚らわしいイカサマめ」

「僕と口きいちゃいないんだよ、あんたは」ロジャーはきわめてもの静かな口調になって繰り返し、ハドソンは、ロジャーが心を決めたな、と察した。「だから黙れよ。僕に口ききたければ、桟橋に上がれ」

ロジャーは桟橋に登り始め、不思議なことに、男も大急ぎに急いで登りだしたのである。自分の舌で売った喧嘩《けんか》であり、自らのぼせて引っ込みがつかなくしてしまった。とはいうものの、とにかくやる気なのだ。ニグロたちは後ずさりし、二人のまわりに充分余裕を残してふたたびぞろぞろと取り囲む。

一度桟橋に上がってしまったらどういうことになるか、男が何を予想していたのかは、ハドソンには分らなかった。誰も何も言わず、男はあの黒い顔、顔、顔に囲まれていた——男がスイングを振り、ロジャーは左で男の口を一撃、口から血が流れ始めた。ふたたび男はロジャーに向ってスイングし、ロジャーは強いフックを二発、男の右の目に決めた。男はロジャーの身体をつかみ、ロジャーは右を男の腹に突っ込んだ——ロジャーのスェット・シャツが破れた。相手を押しやったロジャーは、左の平手の甲で、男の顔をしたたか張った。

ニグロは皆押し黙っている。二人に充分な空間を与え、遠巻きに囲むだけだった。誰かが——ジョニーのボーイのフレッドだな、とハドソンは思う——岸壁のライトをともし、よく見えるようになった。

ロジャーは男を追って攻め、早いフックの連打を三発、男の脳天近くに送った。男はまたロジャーをつかむ、突き放したロジャーは口もとにジャブを二発——またシャツが破れた。

「左を出せ」フランクがわめく。「右で野郎を寝かしちまえ。眠らせろ」

「貴様、まだ言いたいことがあるか?」男に言ったロジャーは、激しいフックを男の口に。男の口の出血はひどく、顔の右半面は腫《は》れあがり、右目はほとんど開かない。

　また男はロジャーをつかみ、ロジャーは内側から男の身体を支えた。男の息遣いは荒く、さっきから一言も口をきかない。ロジャーは男の両肘《ひじ》の内側に両の親指をかけ、ハドソンが見ていると、肘の裏の腱《けん》を、この親指で前後にしごいている。

「この野郎、俺に血をなするのはよせ」と言うとロジャーは、左手をすばやくふりほどいて一発——男の頭ががくっとのけぞる。続いてふたたび平手の甲で顔を張った。

「鼻をすげかえなくちゃ駄目だぞ、これで」

「眠らせろ、ロジャー。眠らせろ」フランクは懸命に頼む口調である。

「馬鹿者《ばかもの》、目に入らんのか、ロジャーのやってることが？」ウィルソンが言った。「このままだと、野郎、ロジャーにズタズタにされちまうぞ」

　男はまたロジャーをつかみ、ロジャーは一度ホールドしてから突き放した。

「殴ってみろ、ホラ、殴ってみろよ」

　男がスイングを振ると、ロジャーは首をすくめて外し、男をつかんだ。

「貴様、名前は何だ？」

　男は返事をしない。喘息《ぜんそく》で死にかけているような息をするだけである。

　ロジャーは、また親指で相手の両肘の内側を押えつけながら、ホールドしていた。

「強い人だよ、あんたは」と男に言う。「その腕で喧嘩ができるなどと、誰に吹き込まれて来た？」

男は弱々しくスイングを振り、ロジャーは相手をつかむと、引き寄せておいてから、ちょっと相手の身体《からだ》を回し、右拳《こぶし》のつけ根で男の耳を二度殴りつけた。

「これにこりて人に妙な口きくまいな、どうだ？」

「奴の耳見てみろ」とルパート。「まるで葡萄《ぶどう》の房だぜ、あの膨《ふく》れあがったところは」

またもロジャーは、男の肘裏の腱を親指で押し込みながら相手をホールドする。ハドソンは男の顔に注目していた。最初はおびえた気配もなく、いかにも意地の悪い豚、性悪《しょうわる》そのものの雄豚の顔だったが、今やとことんまでおびえきった表情。割って入る者の無い喧嘩などついぞ聞いたことがなかったらしい。心の片隅で、倒れたら最後蹴殺《けころ》されてしまうような、本で読んだ喧嘩の話でも思い出しているのではないか。それでも男はまだやる気である。ロジャーが殴ってみろと言ったり、突き放したりするたびごとに、パンチを出そうとする。あきらめてはいないのだ。

ロジャーが突き放した。立ったまま、男はロジャーを見る。例のホールドに出られると全然手も足も出ぬ男だが、ロジャーが手をゆるめると恐怖の色が幾分引き、性悪な表情がよみがえる。おびえ、こっぴどく痛めつけられ、顔は滅茶滅茶《めちゃめちゃ》、口から血が流れ、少しずつの皮下出血が合流してぶっくり大きく腫れあがった耳はまるで熟《う》れすぎのいちじく。こんな有様で棒立ちの男だが、ロジャーが手を放すと、恐怖が消え去り、死んでも治らぬ性根の悪さが湧《わ》き上がるのだ。

「言うことあるのか？」とロジャー。

「のらくら」男は言った。言いながら顎《あご》を引っ込め、両手をかざし、半分横を向いて、手に負えぬ腕白小僧然のしぐさをする。

「そら、いよいよだ」ルパートが叫んだ。「始まるぞ」

が、べつに劇的なシーンも手練の早業も見られなかった。ロジャーはつと男の側頭部をしている所に進み寄り、左肩を上げ、右の拳を落すと、大きくスイングして男の立ってたたか殴りつけた。男はがくりと膝《ひざ》と手を突き、額を栈橋につけてしまう。額を栈橋の板張りにつけたまま、しばらく跪《ひざまず》いていたが、やがて、ふわりと横倒しに倒れた。ロジャーはその姿を見てから栈橋の端に来、ひょいとコックピットに飛び下りた。

男のヨットの乗組員《クルー》たちが、男を艇にかつぎ込んでいる。栈橋上の出来事には手出しをせずにいたが、横倒しになった男をかつぎ上げると、重くぐにゃりとした身体を運んで行く。何人かのニグロが手を貸して男をスターンに下ろし、キャビンに運び入れた。入れ終るとドアを閉める。

「医者がいるな、あの男」ハドソンが言う。

「でも栈橋でひどく身体を打ったわけじゃないから」とロジャー。「栈橋をかばおうと思ってな、僕は」

「最後の耳の所の一発は、かなりこたえてると思うぞ」ジョニーが言った。

「あんた、奴《やつ》の顔を滅茶滅茶にしたな」とフランク。「それにあの耳。あんなにあっという間に腫れあがった耳は見たことない。最初は葡萄の房みたいで、次にはオレンジみたいに丸々と膨れおった」

「素手はおっかないものさ」ロジャーが言う。「人は素手の恐《こわ》さを知らないんだな。あんな奴、出くわさなけりゃ良かったが」

「もう因縁つきだから以後出くわせば、必ず奴と分っちまうな」

「息を吹き返してくれればいいがな」とロジャー。

「見事な一戦だったぞ、ロジャー旦那《だんな》」とフレッド。

「一戦も糞《くそ》もあるか」とロジャー。「よりによって、どうしてこんな羽目になっちまったのかね？」

「明らかにあの先生の自業自得《じごうじとく》だて」とフレッド。

「くよくよしなさんな」フランクがロジャーに言う。「俺は眠らされた野郎どもを何百人と見てるが、奴は大丈夫だよ」

桟橋の連中は、今の喧嘩をあげつらいながら散って行く。あの白人が艇にかつぎ込まれた時の様子に、何か彼らにとってぞっとせぬものがあり、弁務官の屋敷を焼くなどというさっきの元気はどこへやら消えつつある。

「じゃ、お休み、フランク船長」ルパートが言う。

「帰るのか、ルパート」

「みんなでボビー旦那の所をのぞいてみようってわけで」

「お休み、ルパート」とロジャー。「明日またな」

ロジャーはすっかり気が滅入《めい》り、左の手がグレープフルーツ大に腫れあがっていた。右も腫れていたが、左ほどではない。ほかに喧嘩の痕跡《こんせき》といえば、スェット・シャツの襟首《えりくび》が引き裂かれ、胸に垂れ下がっているだけである。頭のてっぺん近くに一発食らったところが、小さいこぶになっていた。拳のすり傷、切り傷にジョニーがマーキュロを塗った。ロジャーは手など見ようともしない。

「ボビーの店に行ってみよう。何か面白いことがあるかもしれん」とフランクが言う。

「心配無用だぜ、ロジャー」フレッドはそう言うと桟橋に登った。「心配はカモのすることだ」

二人はギターとバンジョーを手に、光と歌声が流れ出すポンセ・デ・レオン亭の開け放しの戸口めざし、桟橋を歩いて行く。

「フレッドってのはいい奴だ」ジョニーがハドソンに言った。

「昔からいい奴だったが」とハドソン。「フランクと一緒になるといかんな」

ロジャーは何も言わず、ハドソンは心配だった。ロジャーのこともあればその他いろいろなことがある。

「そろそろ寝たほうが良くないかな？」ハドソンはロジャーに言う。

「あの男のことがまだ気になってね」ロジャーはスターンに背を向け、陰気な顔をして、左手を右手で押えている。

「心配いらんさ、そのことなら」ジョニーが声を低めて言った。「奴《やっこ》さん、もう歩き回ってる」

「本当か？」

「今出て来るところだ、散弾銃《ショット・ガン》を持ってな」

「ほほう、そいつは参ったな」が、ロジャーの声はしばらくぶりに嬉《うれ》しそうである。スターンに背を向けて坐り、振り返ろうともしない。

スターンに出て来た男は、今度こそパジャマの上下を着込んでいたが、やはり手にした散弾銃が目立つ。ハドソンは銃から目をそらせ、顔を見た。大分ひどい。誰かが手当したらしく、頬にはガーゼと絆創膏《ばんそうこう》、マーキュロでべたべたになっている。耳は手のほどこしようが無かったらしい。何かちょっと触っただけでも痛むに違いないと、ハドソンには思える。固く突っ張って膨れあがり、鎮座ましました耳は、男の顔で一番目立つ存在となっている。誰も何も言わず、男は台無しの顔で銃を手にし、棒立ちになるだけ。ああ目が腫れぼったくなっていては、誰の顔も定かには見えぬのではないか。男は突っ立ち、何も言わず、他の一同も何も言わない。

ロジャーはゆっくりと首をひねって振り向き、男を見ると、肩ごしに話しかけた。

「その鉄砲はしまって、寝るんだな」

男は銃を持って立っている。腫れた唇が引きつるように動いたが、何も言わない。

「あんたは、人を背中から撃ちかねん性悪だが、度胸が無い」ロジャーは肩ごしに、きわめてもの静かな声で、「その鉄砲はしまって、寝るんだな」

ロジャーはそのまま男に背を向けて坐《すわ》っていたが、そこでハドソンをひやりとさせるような一か八かをやってのけた。

「寝巻姿でさまよい出たところなど、いささかマクベス夫人を思わせるじゃないか？」

ロジャーはスターンの三人に言ったのだ。

やられるな、とハドソンは思った。が、何事も起きず、やがて男は振り向くと銃を持ったままキャビンに降りて行った。

「これで気がせいせいしたよ」とロジャーは言う。「汗の奴め、脇《わき》の下からたらたら足まで流れ落ちるのが分ったぞ。さ、トム、帰ろう。あいつはＯＫだ」

「それほどＯＫとも思えんが」とジョニー。

「まあまあＯＫさ」とロジャー。「とんでもない人物だぜ、ありゃ」

「行こう、ロジャー」ハドソンが言う。「しばらく私の家で休んで行け」

「そうするか」

二人はジョニーに別れを告げ、キングズ街道を歩いてハドソンの家に向った。まだにぎやかにお祝いが続いている。

「ポンセに寄るか？」とハドソン。

「まっぴらだ」

「フレディに、あの男はＯＫだと言ってやろうと思ったが」

「あんた言ってくれ。僕はまっすぐあんたの家に行くから」

ハドソンが家に戻ると、ロジャーは網戸を張ったポーチの一番北寄りに置かれたベッドにうつ伏せに寝ていた。真っ暗で、ほんのかすかにお祭り騒ぎが聞えてくる。

「寝てるのか？」

「いや」

「一杯飲むかね？」

「いや、やめとこう。ありがたいが」

「手の具合は？」

「腫れてずきずきするだけだ。何でもない」

「またふさぎ込んでるな？」

「ああ。かなりひどい」

「息子たちが明日朝来る」

「そりゃ良い」

「本当に一杯いらんか？」

「ああ。だが君は遠慮なく」

「私はハイボールでも飲もう、寝酒に」

冷蔵庫に行くと、ハドソンは酒を作り、網戸のポーチに戻って来て、ロジャーの寝ているベッドの横、暗闇《くらやみ》の中に腰を下ろした。

「しかし、いやらしい奴らが大分のさばってるな」とロジャー。「さっきの奴など正真正銘のろくでなしだ」

「あんた、少し目を開かしてやったじゃないか」

「いや、そうじゃあるまい。恥をかかせ、少々痛めてやったが、奴はきっと他の連中にあたるさ、腹いせにな」

「自業自得だ」

「そりゃそうだ。だが僕はとどめまでは刺さん」

「大分やっつけたぞ、殺しこそしなかったが」

「そこだよ、問題は。奴はこれでますます悪《わる》になるだろう」

「いや、あんたのおかげで大分苦い薬を飲んだと思うが」

「いや、そうは思わん。西海岸でもこれと似たようなことだった」

「一体何が起きたのかね？　あんた、戻って来てから、私に何も教えてくれないが」

「喧嘩《けんか》さ。今夜のと似てる」

「相手は？」

ロジャーはある人物の名を口にした。いわゆる「産業界《インダストリー》」、つまり映画産業界では大立者の男である。

「僕はそんなことに巻き込まれる気は毛頭無かったんだがね。僕は或《あ》る家に出かけてた。その家の女とちょっとごたごたがあってね。法律的に考えると、僕がその家にいたのはまずい。が、とにかくその晩、僕はこの男に痛めに痛めつけられた、とことんまでな。今夜よりもっとひどい。ついに我慢できなくなり、奴をぶちのめした。もう何も考えず、こてんこてんにやっつけた。奴の頭が階段にぶつかった——プールに降りる大理石の階段があってね。終始プールサイドでの出来事。打ち所が良くなかった。シーダーズ・オブ・レバノン病院*に入って三日目、やっと意識を回復する始末さ。おかげで故殺罪は免れたが、奴らは万事手回し良く仕組んじまってたな。あれだけ証人を揃《そろ》えられれば、故殺罪でも運が好《よ》いほうだったろう」

「で、それから？」

「で、それから、奴が職場に戻ると、僕は完全な罠《わな》の中のカモさ。罠にしんにゅうがかかってる」

「どんな罠だ?」

「何から何まで。これでもかこれでもかと次々だ」

「話したくないか?」

「したくない。君が聞いても無駄だろう。要するにでっち上げの罠だということだけは、信用してほしい。あまりひどいんで、誰も口に出さんほどだ。気がつかなかったか、君は?」

「うすうすとはな」

「だから今夜のことも、あまりいい気持がしない。悪い奴らが大分のさばってる。本当の悪党がね。が、奴らをぶん殴っても解決にはならん。だから奴らも良い気になって挑んでくるんじゃないかな」寝返りを打ったロジャーは、天井を向いた。「悪ってのはとんでもないものでね、トム。豚みたいにこすっからいものだ。昔は善悪について、何かはっきりしたものがあっただろうが」

「あんただって、完全な善人とは思わん奴が多かろう」とハドソンはロジャーに言う。

「そりゃそうだ。僕自身、そんな面《つら》する気はない。善人はおろか、善人めいたところさえありゃしない。善人になりたいとは思ってるが。悪に逆らっても善にはならん。今夜の僕は悪に逆らったが、そのうちに僕自身悪になってしまった。悪が上潮みたいにどっと流れ込んで来るのを感じたのさ」

「喧嘩はすべて良くないに決っている」

「それは承知だ。だからどうしろというのかね?」

「始めたら勝つことだな」

「そのとおり。でも、僕はやり始めた途端から喧嘩を楽しんでいた」

「相手がもっと腕が立てば、もっと楽しめたろうが」

「ならいいんだが。今の僕には何とも言えんな。僕はただ、悪党どもをやっつけたいとしか思わん。だが一度喧嘩を楽しみ始めれば、こっちも要するに闘う相手と似たり寄ったり、一つ穴のむじなになってしまう」

「だがさっきのはひどい奴《やつ》だったから」

「いや、西海岸の時の相手と悪さにおいては変りはしない。厄介なのは、なあ、トム、悪党どもが実に大勢いるということだ。世界中どこの国にもたくさんいる。しかもますます大きく膨れあがっていく。時代が良くないんだな」

「良い時代なんてあったかね?」

「僕らは楽しい時を過したじゃないか、いつだって」

「確かにな。ありとあらゆる良い所で楽しい時を過した。だが時代そのものは良くなかった」

「僕は全然気がつかなかったね」とロジャーは言う。「誰も彼もが自分は善人だと言ってるうちに、皆すってんてんになった。皆が金を持ってる時、僕は無一文。少し金ができてみたら、世の中がひどいことになってる。だが、人は今みたいに性悪な悪党揃いだったとは思えない」

「あんたもいやな連中とつき合うからさ」

「たまには良い奴を見かける」

「あまり数は多くないがね、そういうのは」

「いや、嘘《うそ》じゃない。君は僕の友達を全部知らないからだよ」

「大分いかがわしい奴らとつき合ってるぞ、あんたは」

「今夜の連中は誰の友達だ？　君のか、僕のか？」

「我々の友達と言っておこう。あの連中はそんなにひどくはない。ごくつぶしだが、本当の悪じゃないさ」

「そう、まあそうだろうな」とロジャーは言う。「フランクはいかん。大分いかん。でも悪じゃなかろう。しかし、僕にはもう我慢して見過せなくなっちまったことがどっさりあるものでね。奴とフレッドは見る見るうちに悪くなった」

「私だって善悪はわきまえてる。べつにわざと誤解しようとしたり、うすのろをきめ込んだりしてるわけじゃない」

「僕は善のほうはよく分らん、昔からその道にかけては失敗者なんでね。悪ならお得意だ。悪って奴なら一目で見抜く」

「今夜はお粗末なことになってすまんな」

「いや、僕が気が滅入《めい》ってるだけのことだ」

「寝るか？ あんた、ここで寝て行けよ」

「ありがとう。君がかまわんなら、そうさしてもらう。でも、僕は書斎でしばらく本を読みたいんだが。この前寄せてもらった時あったあのオーストラリアの短編集、どこにある？」

「ヘンリー・ローソンか？*」

「そうだ」

「私が取って来る」

トマス・ハドソンは床に就いたが、夜中に目が覚めてみると、書斎にはまだ明りがついていた。

5

ハドソンが目を覚ますと、東からの軽風がひたひたと吹き、引潮で出た干潟《ひがた》の砂は青空の下、さらした骨のように真っ白に見える。高空を風と共に流れる小さな雲の数々が、緑の水面に動く黒いまだらを作っていた。風力充電装置《ウインド・チャージャー》の風車がこの風を受けて回り続け、良い、さわやかな心地の朝である。

　ロジャーの姿は無く、ハドソンは一人で朝食をとり、昨日の船で届いた本土の新聞を読んだ。朝食に読むため、読まずに取っておいたのだった。

「坊ちゃんたちは何時に来る？」ジョゼフが聞いた。

「午《ひる》ごろだな」

「でもお昼ご飯はここで食べるんだね？」

「そうだ」

「俺が来た時、ロジャー旦那《だんな》はもういなかったよ。朝ご飯は食べなかったんだな」

「そろそろ帰って来るかもしれん」

「ボーイに聞いたら、ボート漕《こ》いで出かけたそうだ」

　朝食と新聞を終らせると、ハドソンは海側のポーチに出て仕事にかかった。よくはかどり、も少しで終りというところでロジャーが戻り、階段を登って来るのが聞えた。

　肩ごしにのぞき込んだロジャーは、「良い絵になるな、これは」

「かもしれん」

「この竜巻、どこで見た？」

「見たわけじゃない。注文で描いてるんだ。手の具合は？」

「まだ腫《は》れぼったい」

ロジャーは仕事を見物し、ハドソンは振り返らなかった。

「この手さえ無けりゃ。万事一場の悪夢というところだな」

「ひどい悪夢だ」

「奴め、夢じゃなく本当に鉄砲持って出て来たのか？　どう思う？」

「さあ、私には分らん」とハドソンは言う。「どうでもいいことだ」

「ご免。邪魔なら行くが」

「いや、いてくれ。じき終る。あんたがいても無視するから」

「奴ら、夜明けと同時に出帆したよ。出て行くところを見た」

「夜明けに何やってたんだ、あんた？」

「本を閉じても眠れないし、自分で自分が面白くないんで、桟橋に出かけて、あそこの連中と一緒に坐《すわ》っていた。ポンセはついに終夜営業さ。ジョゼフに会ったよ」

「ボートを漕いでたと言ってたが」

「右手だけでね。身体《からだ》を使ってふさぎの虫を追っ払おうというわけだ。うまく行ったよ。今はせいせいしてる」

「さて、今日はこの辺までか」ハドソンは道具を掃除し、片づけにかかった。「息子たちはそろそろ飛び立つころだな」時計を見て、「ちょいと一杯行くか？」

「良いな。僕もほしいところだ」

「まだ十二時にはなってないが」

「どうでもいいだろうが、そんなこと。君は仕事を仕上げたし、僕は休暇中だ。でも、君が規則にしてるのなら、十二時まで待ったほうがいいかもしれない」

「じゃそうするか」

「僕もその規則を守っててね。だが、一杯やれば気が晴れるような朝には、ひどく邪魔な規則だ」

「破ることにしよう」ハドソンは言った。「息子たちに会うと思うと、ひどく気がたかぶるものでな」

「分るよ」

「ジョー」とロジャーが呼んで、「シェーカーを持って来て、マーティーニの出航準備だ」

「ハイ、旦那、実はもう準備完了してる」

「こんなに早くから？　なぜ？　飲《す》んだくれに見えるのか、僕らが？」

「違うよ、ロジャー旦那。旦那が空きっ腹かかえてるのは一杯やるためだと思ってね」

「僕らと坊やたちに、乾杯」とロジャー。

「今年は坊主《ぼうず》たちを楽しませてやりたくてな。あんたもここに泊れよ。もし坊主どもが気にさわったら、あんたの小屋に戻ればいい」
「お邪魔でなけりゃ、少しの間だけそうさしてもらおう」
「邪魔なものか」
「楽しいな、坊やたちが来ると」

事実、楽しかった。良い子供たちであり、来てからもう一週間経《た》つ。鮪《まぐろ》のシーズンも終り、島にいる船はごくわずか、生活はふたたびいつものののどかさに戻り、気候は初夏である。

息子たちは網戸のポーチに置いた簡易寝台に寝た。夜中目を覚まし、子供たちの寝息が聞えると、一人寝のわびしさはかなり救われる。沖の洲《す》ごしに吹きつける微風で夜は涼しく、風が凪《な》げば海の涼しさがあった。

息子たちは来た当座、幾分はにかみ気味であり、日が経たぬうちは身のまわりがきちんとしていた。しかし、家に入る前に足の砂を洗い落させ、濡《ぬ》れた海水パンツは外に干し、家の中では乾いたのをはくようにさせれば、清潔さはさしたる問題にはならぬ。息子たちのパジャマは、ジョゼフが朝ベッドを整えるついでに日に当て、あとで畳んでしまっておくので、散らかるとすれば、シャツと夜着るセーターだけである。少なくとも、理屈ではそうなる。が、実際には、息子たちのありとあらゆる道具類がいたる所に散らかった。ハドソンにはべつに気にもならない。男が一人暮しをしていると、きわめて几《き》帳面《ちょうめん》な習慣がつき、これはこれでまた快いものである。だが、その習慣の一部を破られてしまうことも良い気分なのだ。息子たちがいなくなって、かなり時間が経つころには、また習慣が戻って来よう。ハドソンには分っていた。

海側のポーチに腰かけて仕事していると、一番大きな子、中くらいの子と、小さな子と、三人揃《そろ》って、ロジャーと共に浜に寝そべっている姿が見えた。話しながら砂を掘り、何か言い合っている様子だが、言葉は聞えない。

一番大きな子は細長く、色黒で、首から肩にかけてはハドソンに似、腿《もも》から脛《すね》は水泳選手型で長く、足は大きい。顔はこころもちインディアン・タイプで、明るい子だったが、じっと静かにしている時の顔には、ほとんど悲劇的な悲しさがある。

ハドソンはこの悲しげな表情になった時、息子の顔を見てこう聞いたことがある——

「何考えてるんだ、坊《シャッツ》や？」

「蚊鉤《かばり》の作り方」そう答えると、息子の顔はぱっと明るくなるのだった。考え込むと悲劇的な悲しさが浮ぶのは、目と口もとのせいで、口をきくと、同じ目と口もとが生気をよみがえらせる。

真ん中の子を見ると、ハドソンはいつも川獺《かわうそ》を思い出す。髪の毛が川獺の毛皮と同じ色であり、その肌理《きめ》も水中動物の毛皮とほとんど同じ感じで、日焼けすると全身不思議な暗い金色になる。父にはこの子がいつも、一人ぼっちで健全な、ユーモラスな生活を送る動物に見えるのだった。動物の中で一番よくふざけるのは川獺と熊《くま》であり、言うまでもなく熊は人間によく似ている。この子は身体の幅も力もとても熊にはなれないタイプであり、決して運動選手にはなれぬだろうし、当人にもその気はない。だが、愛らしい小動物を思わせるところがあり、頭も良く、一人ひょうひょうと生きている。優しい子で正義漢であり、一緒にいると楽しい。同時にまたデカルト的な懐疑家でもあり、熱烈な議論好き、意地悪にならず、巧みに人を茶化すが、時にはかなりてきびしい。他人にはうかがい知れぬ面があり、二人の兄弟はこの子にたいへんな敬意を払っている。ただし、この子の弱味と見てとれば、二人ともせっせと茶化し、徹底的に痛めつけようとする。当然三人は兄弟喧嘩《げんか》をし、互いにかなり意地悪に茶化しあう。しかし三人とも行儀は良く、大人を敬うのだった。

一番小さな子は金髪色白で、がっしりと豆戦艦のような身体つき。肉体的にはハドソンに生写しで、父を縮尺し、幅を広く、たけを縮めた感じである。日焼けするとそばかすの出る肌で、ユーモラスな顔だち、生れつき老成した感じの子だった。この子も腕白で、二人の兄をしたたか痛めつけたが、父のハドソン以外誰にも理解できぬ暗い側面を持っている。父も子もこれについては考えず、ただ互いにこの暗い面があることを認め合い、それが不幸であることをわきまえていた。父は息子のこの面に敬意を表し、息子にそれがあることを理解してやったのである。父子の仲はいたって親密だったが、兄たちと比べると、昔からこの子とはあまり一緒にいる時間が無い。アンドルーというのがこの末の子で、運動神経が早熟で抜群、生れて初めて馬に乗った時以来、馬にかけては舌を巻かせる腕前を発揮している。二人の兄たちはこの弟が大の自慢ではあったが、そうつけあがった真似《まね》もさせはしない。この子にはいささか信用できない所があって、乗馬の腕など皆眉唾《まゆつば》に思うのが当然かもしれぬ。が、この子が馬にまたがり、障害物を鮮やかに飛び越えて、プロの持つ冷やかな謙遜《けんそん》ぶりを見せるのを目撃した人間は数多い。生れつきたちの悪い人間が精一杯良い子にしているというのがこの子であり、このたちの悪さを一種人を茶化す陽気さに化かして持ち回っている。だがこの子は悪《わる》であり、兄たちもそれを知っているし、この子自身も知っていた。悪さが内面で育ち行く間、良い子にふるまっているだけのことなのだ。

　今、海側のポーチの下に四人は砂に寝そべっている——長男の通称「若トム」はロジャーの向う側、末っ子のアンドルーはロジャーとの間に挟《はさ》まってその隣、次男のデイヴィッドは若トムの向う隣にあお向けになり目を閉じていた。ハドソンは絵の道具を洗い、浜に降りて皆と一緒になった。

「やあ、パパ」と長男が言う。「仕事はかどった？」

「泳ぐの、パパ？」と次男。

「水の加減はとってもいいよ」と末っ子。

「どうだい、親父《おやじ》さん？」ロジャーがにやっとする。「絵描き稼業《かぎょう》はいかがです、ハドソン旦那？」

「絵描き稼業は本日のところ終りだ、諸君」

「万歳」と次男のデイヴィッド。「潜って魚突きに行けるかな？」

「お昼をすませたら行こう」

「そいつはいいや」と長男。

「波が荒すぎやしない？」末っ子のアンドルーは言う。

「お前さんにはな、ひょっとすると」と長男のトム。

「違うよ、トム、みんなにだよ」

「波が荒いと魚の奴《やつ》らは、岩の陰に隠れちまう」とデイヴィッド。「奴らも僕たち同様でかい波を恐《こわ》がるんだ。魚も海に酔うらしい。パパ、魚は海に酔うんじゃないの？」

「そうだよ」とハドソンは答えた。「海が時化《しけ》ると、漁船の生簀《いけす》の中の魚が船酔い起して、死んでしまうことがある」

「ホラ、言ったとおりだろう？」デイヴィッドがトムに言った。

「魚が具合悪くなって死ぬのは分るけど」とトム。「船酔いとどうして分る？」

「本当に酔うんだろうな」とハドソンは言う。「でも、自由に泳ぎ回れるとしたら酔うかどうか、私には何とも言えんな」

「だけど、磯《いそ》の中だと、やっぱり自由に泳げない、そうだろ、パパ？」とデイヴィッド。

「磯には潜り込める穴と、泳ぎ回れる溜《たま》りがあるけど、奴らは大きな魚がおっかないから穴の中に閉じこもっちまう。すると波に振り回されるから、漁船の生簀と同じことになるんだ」

「漁船ほどじゃないさ」若トムは異を唱えた。

「かもしれないけどね」デイヴィッドは如才がない。

「でも酔うことは酔うよ」とアンドルーは言い、声をひそめると父に、「二人であぁして言い合ってると、僕たち潜りに行かなくてもすむもの」

「潜るのはいやか？」

「とっても好きだけど、恐いんだ」

「何が恐い？」

「水中の物は全部。息を吐き出すと途端に恐くなるんだ。トム兄さん、泳ぐのはうんとうまいけど、やっぱり潜るの恐いんだよ。潜って恐くないのは、デイヴィッド兄さんだけさ」

「お父さんだって恐いことがしょっちゅうだ」ハドソンは言う。

「本当？」

「誰でもそうじゃないかな」

「デイヴィッド兄さんは違う。どんな所でも恐がらない。でもデイヴィッド兄さんは、今、馬が恐いんだ。さんざん放り出されたものだから」

「何だと、この小僧」デイヴィッドは聞いていたのだった。「僕が放り出された？　ど、ど、どうして？」

「知るもんか。あんまりしょっちゅうだから、忘れちゃったよ」

「いいか、聞けよ。僕にはどうしてあんなに放り出されたのか、ちゃんと分ってるんだから。〈まだら〉号にあの年乗ってた時、あいつめ、腹帯締める時身体を膨らます癖があったんだ。だからあとで鞍《くら》がずり落ちて、僕も一緒に落っこっちまったのさ」

「〈まだら〉は僕が乗ると何ともなかったけどね」

アンドルーはしゃあしゃあと言ってのける。

「へん、畜生め」とデイヴィッド。「あいつもみんなみたいにお前がお気に入りなんだろ。誰かがあいつにお前の噂《うわさ》でもしたんじゃないのか」

「僕のことが新聞に出るたびに、あの馬に朗読して聞かしてやったけど」

「途端に一目散に突っ走って逃げ出したんじゃないかな、きっと」とハドソン。「デイヴィッドが痛い目を見たのはこういうことさ。あの老いぼれてヨロヨロになった短距離レース上がりの種馬を、デイヴィッドは乗りこなしにかかった。だがあの馬、すっかり元気になってしまい、おまけに場所がまたとても馬が走るような場所じゃなかった。馬にしてみれば無茶のかぎりさ、あんな土地であんな走り方は」

「僕だって、まさかあの馬に乗れるなんて言っちゃいないよ」とアンドルー。

「その心がけ忘れるなよ」とデイヴィッドは言ったが、続いて、「ふん、でもお前なら乗れるかもしれないな。いや、きっと乗れるよ。でもな、アンディー、あの馬の突っ走り方見せたかったよ、僕がおじけづく前のね。僕は鞍頭の角みたいに出っ張った所が恐くなっちまって。ま、どうでもいいや、そんなこと。とにかく、僕はおじけづいちまったのさ」

「パパ、本当に潜りに行かなくちゃいけないの?」とアンドルーは聞く。

「いや、荒すぎたらよす」

「荒いか荒くないかは誰が決めるの?」

「お父さんが決める」

「じゃいいや」とアンディー。「僕には絶対荒すぎるように見えるけどな」

「ねえ、パパ、〈まだら〉はまだ家の牧場にいるのかい」アンディーは聞いた。

「と思うがね」ハドソンは答える。「あの牧場は人に貸したんだよ」

「本当?」

「本当だ。去年の暮にね」

「でも、僕たち行こうと思えば行っていいんだろ？」デイヴィッドがあわてて聞く。

「もちろんさ。河辺にある大きな小屋は家のだから」

「僕はあの牧場、どんな所より好きだな」とアンディー。「もちろん、ここは別だけどさ」

「お前、昔はロチェスターが一番好きだったはずだぞ」デイヴィッドがからかう。夏、兄たちが西部に行く時、アンディーが里帰りの乳母に預けられて行ったのがロチェスターである。

「そうとも。とっても良い所だぞ、ロチェスターって」

「デイヴ、覚えてるか、私たちが大熊を三頭しとめて帰ったあの秋のこと？　お前がアンディーにその話をしようとしたら、アンディーが何と言ったか？」ハドソンが聞いた。

「いいえ、パパ。そんな昔のことははっきり覚えてないな」

「お前たちは食器室で、子供たちだけで晩ご飯を食べてた。お前はアンディーに熊の話を聞かせている。するとアンナが、『まあ、デイヴィッド君、凄《すご》いスリルだったでしょ。それから君どうしたの？』そしたら、この悪党爺《じじ》いめ、その時確か五つだったと思うが、いきなり口を開いて、『そりゃ兄さん、そんなふうなことを面白がる人にはとっても面白いだろうけど、ロチェスターには大熊なんていないからね』だと」

「そら見ろ、馬っ子め」とデイヴィッド。「昔のお前がどうだったか、これで分ったろ？」

「よし、パパ、それなら兄さんの話も聞かしたげなくっちゃ。兄さんが新聞の漫画の所以外何も読まなかった時があっただろ、あの時のことさ。兄さんたら、エヴァグレイズ*を回った時最初から最後まであればっかり読んでて、秋になって僕たちはニューヨークに行って、兄さんはあの学校に入ったけど、やっぱり新聞の漫画の所しか読まないもんで、とうとう鼻つまみになっちゃった」

「覚えてるよ」とデイヴィッドは言う。「いちいちパパに話聞くまでもない」

「でも、お前はちゃんと立ち直った」とハドソン。

「いやおうなしだもの。あんな癖が続いたらひどいことになっちまう」

「僕の子供のころの話もしてくれないかな」若トムは寝返りを打ち、デイヴィッドの足首をつかみながら言った。「子供のころの僕の話聞くと、あまりご立派なんで、これから先僕がいくらやってもとてもそのころの僕ほど偉くはなれそうもないな」

「お前が小さかった時のことはよく覚えてる」とハドソン。「あのころのお前は変り者でね」

「変ってるのは変った所にばかりいたせいだよ」これはアンドルーだった。「僕だってパリやスペインやオーストリアにいたら変り者になれるな」

「トム兄さんは今でも変ってるさ、馬っ子」デイヴィッドが言う。「べつにエキゾチックな背景なんていりゃしない」

「エキゾチックな背景って何のこと？」

「お前に無いものさ」

「よし、それじゃいつかきっと手に入れてやるぞ」

「黙ってパパの話聞けよ」若トムは言った。「パパ、この二人に聞かせてやって、僕たちがパリで一緒にあちこちに行ったころの話を」

「お前はそんなに変人じゃなかったな、あのころは。赤ん坊の時のお前は、たいへんなしっかり者だった。お母さんと私は、洗濯籠《かご》をベビーベッド代りにして、その中にお前を入れたまま、出かけたりしたものだ。あのころ、私たちは製材所の上に間借りしてね。〈F・プス〉という名の大きな猫が、お前の入った洗濯籠の足もとに丸くなってて、誰も近づけない。お前は自分のことを、『グニングニン』と言ってたから、お母さんと私はお前を『グニングニン雷帝』と呼んだものさ」

「どこから僕はそんな名前を仕入れて来たのかな？」

「市電かバスらしい。車掌の声だ」

「僕はフランス語しゃべれなかったの？」

「そのころはね」

「じゃ、も少しあとの話をして。フランス語がしゃべれるようになってからのことを」

「あとになると、私はお前を乳母車に乗せて押して歩いた。安くてとても軽い折り畳み式のね。街を歩いて『クロズリー・ド・リラ』*に行き、朝飯を食べる。私は新聞を読み、お前はモンパルナス大通りを行き交う人も物も何一つ見落さずじっと見ている。朝飯がすむと――」

「ブリオッシュにキャフェ・オ・レー*」

「何を食べたの？」

「僕も？」

「お前はミルクにコーヒーをほんの少し落したのを」

「覚えてる。それからどこへ？」

「『クロズリー・ド・リラ』を出、お前の乳母車を押して通りを渡り、馬と魚と人魚の銅像のある噴水を通り過ぎて、マロニエの長い並木道を行く。フランス人の子供たちが遊んでいて、乳母たちが砂利を敷いた小道のほとりのベンチに腰かけ――」

「左側にアルザス学院*が」

「右側はアパートが並んでる――」

「普通のアパートに、屋根がガラス張りになったアトリエつきのアパートがずっと並んだ通りだ。あの通りは左に向って走っていたな。日陰の側にあるものだから、石造りの感じが暗くて悲しげだった」若トムは言う。

「季節は秋か春か冬か?」とハドソン。

「秋も深まったころ」

「ならお前は顔が冷えて、頬っぺたと鼻が赤くなっている。そこで私たちは北の端の鉄門からリュクサンブール公園に入り、池に向って下りる。池を一回りして右に折れ、『メジチの噴水』と彫刻の方に向う。オデオン広場の前の門から出、横丁を二つほど抜けるとブルヴァール・サン・ミシェル*――」

「ブール・ミッシュが通り名だ――」

「そう、ブール・ミッシュをずっと行き、クリュニ美術館*を過ぎる――」

「クリュニを右手に見ながら――」

「暗くて陰気な感じの建物だったな。それからブルヴァール・サン・ジェルマンを渡って――」

「あの大通りは一番交通が激しくて、一番人をわくわくさせる。でも、同じ大通りがあのあたりだとなぜああ危険で胸がわくわくするような感じなのか、不思議だな。リュード・レンヌ街の始まる辺だと、いつもおよそ安全な感じなのにね――ほら、『双猿亭《ドゥー・マゴ》』と『リップ』*の間の交差点の辺。なぜだろうね、パパ?」

「分らないな、坊や《シャッツ》」

「街の名前のほかに何かないの、事件みたいなものは?」とアンドルーが言った。「行ったこともない所の街の名なんて、うんざりしちまうよ」

「じゃ何か事件にしておやりよ、パパ」若トムは言う。「街の話は二人きりになった時にしよう」

「さして事件らしいこともなくてね、そのころは。そのままずっとサン・ミシェル広場まで歩き、カフェのテラスに坐《すわ》る。お父さんはクリーム・コーヒー《キャフェ・クレーム》を一杯、テーブルに置いてスケッチをやる。お前はビールを飲む」

「そのころの僕、ビール党だったのかい？」

「立派なビール党さ。だが、お前は食事の時は、赤葡萄酒《あかぶどうしゅ》を水で割ったのが好きだった」

「覚えてる。〈赤い水《ロ・ルジー》〉っていうんだ」

「そのとおり《エグザクトマン》。お前はたいへんな〈ロ・ルジー〉党だったが、時々〈ボック〉*党にもなる」

「オーストリアで覚えてるのは、リュージュに乗ったことと犬の〈髭親爺《シュナウツ》〉のことと雪のこと」

「オーストリアのクリスマスのことは？」

「覚えてない。お父さんと雪と〈シュナウツ〉と乳母《ばあや》だけだ。乳母《ばあや》はきれいな人だった。それにお母さんがスキーをはいた姿。とってもきれいだった。お父さんとお母さんが果樹園を突っ切ってスキーで降りて来るのを見てたことも思い出すよ。どこだったのかは分らないけれど。でもリュクサンブール公園はよく覚えてる。午後だ。木の繁《しげ》った広い庭園、噴水のそばの池に浮ぶ玩具《おもちゃ》のヨット。木立の中の小道は全部砂利が敷いてあり、宮殿の方に向って行くと、左手の木立の下の芝生でボウリングをやっている。宮殿のてっぺん近くに時計があったっけ。秋になると葉が落ち、裸になった木立、砂利道に散った落葉。僕は秋を思い出すのが一番楽しい」

「なぜ？」デイヴィッドが尋ねる。

「いろんなわけがある。秋の物の香り、小屋掛けの見世物、上の乾いた砂利道――全部湿ってるのにここだけが乾いている――それに池のヨットを走らせてくれる風、葉を吹き落す木立の風。僕は毛布にくるまって、その隣でぬくぬくと暖かな鳩《はと》――パパが暗くなる直前に殺した鳩だ。思い出すな、羽がとてもすべすべしていた。僕は鳩を撫《な》で回し、抱きしめ、家に帰るまで手を鳩の身体《からだ》で暖めてる――が、やがて鳩も冷たくなってしまう」

「どこで鳩を殺したの、パパ？」とデイヴィッドが聞く。

「ふつうは『メジチの噴水』のそばで。閉門時間の直前にやるんだ。公園は高い鉄柵《てっさく》で囲まれていて、日没になると門を閉めるので皆出て行かなくてはならない。守衛が回って人に知らせて歩き、門に鍵《かぎ》をかける。守衛をやり過しておいて、噴水の側に降りた鳩をパチンコで殺すのさ。フランスのパチンコは優秀でね」

「自分で作ったんじゃないの？　お金が無かったんだろ？」とアンドルー。

「作ったよ。最初のパチンコは、トムのお母さんと私がランブイエの森に徒歩旅行に行った時二股《ふたまた》になった若枝を切って作った。お父さんがこれを削って、サン・ミシェル広場の文房具屋で大型のゴム・バンドを買って張り、弾を入れる革袋のところは、トムのお母さんの古手袋を切って作ったのさ」

「弾には何使ったの？」

「小石」

「どのくらい近づかないと当らない？」

「できるだけ近づく。鳩をすぐ拾って毛布の下に入れられるようにな」

「一度鳩が生き返ったことがあったっけ」と若トム。「家に着くまで、そっと抱いたまま何も言わずにいた。鳩を手放したくなかったので。大きな鳩だった。色はほぼ完全な紫色、首筋がすらっと長くて、頭の形もすばらしい。翼に白が混じってる。パパは、鳥籠を都合するまで台所に飼っておいてもいいって言ってくれた。片脚を紐《ひも》で縛ったっけね、パパ。ところがその晩、あの大きな猫の奴《やつ》が殺しちまって、あげく、僕のベッドにくわえ込んで来た。猫め、まるで土人をくわえた虎《とら》みたいに鼻高々で運んで来ると、そのままひょいとベッドに飛び上がった。そのころは洗濯籠を卒業して四角いベッドだ。

洗濯籠のほうは覚えてない。パパもママもカフェに行って留守、家には猫の奴と僕だけ——窓が全部開け放しで、製材所の上には大きな月——冬だったな、おがくずの香りがしていた。思い出すよ。あの大猫の奴、鳩がやっと床に引きずるかどうかって所まで首を高々ともたげてやって来ると、くわえたままひらりと一飛びでベッドの中に。奴が僕の鳩を殺したと思うといやな気持だけれど、奴があまり誇らしげで嬉《うれ》しそうな顔するし、奴は僕の良い友達だったから、僕も鼻が高くって嬉しい心地になった。猫は鳩相手にじゃれてたかと思うと、僕の胸を足でぐいぐい押しつけて喉《のど》を鳴らす、かと思うとまた鳩とじゃれる。とうとう猫も僕も鳩も一緒に寝ちまった。僕は鳩に片手をかけ、猫もそうしてた。夜中に目を覚ますと、奴は鳩をむしゃむしゃ食べながら、虎みたいに喉を大きく鳴らしてたな」

「街の名前の話よりずっと面白いや」とアンドルー。「トム兄さん、むしゃむしゃやってるところ見て恐《こわ》くなかった？」

「恐くなかったさ。あの大きな猫はそのころの僕の何よりの友達だったもの。本当の親友だった。奴も僕に鳩を食べさせたかったんじゃなかったかな」

「食べてみりゃ良かったのに。ね、も少しパチンコの話聞かせとくれよ」

「も一つのパチンコは、ママがパパにクリスマス・プレゼントにあげたんだ。お母さんは銃砲店でこのパチンコを見つけた。お父さんに散弾銃《ショット・ガン》をプレゼントしたかったんだけれど、いつもお金が足らなくてね。食料品屋に買物に行く途中、毎日この銃砲店のウィンドーで銃を眺めてた。するとある日、パチンコが目に入ったので、ほかの人の手に渡らないうちにと買ってしまい、クリスマスまで隠しといたのさ。お父さんにばれないようにと、家計簿をごまかさなけりゃならなかった。お母さんから、僕はこの話ずいぶん聞かされたっけ。パパ、クリスマスにそのパチンコもらうと、僕に古いほうをくれたんだっけね、思い出すよ。でも、僕はそのころまだ力が弱くて、引っぱれなかった」

「パパ、僕たちは貧乏だったことなかったの？」アンドルーが尋ねた。

「いや、お前たち二人が生れるころには、貧乏は何とか乗り越えていたから。文無しになったことは何度もあるが、トムやトムのお母さんと一緒だった時みたいに、真底貧乏ってことはなかった」

「パリでのこと、もっと聞かしてよ」これはデイヴィッド。「パパとトム兄さんは、ほかにどんなことした？」

「何をしたかな、坊や《シャツツ》？」

「秋にかい？　焼栗屋《やきぐりや》から焼栗を買ったっけね、よく。僕は焼栗で手を暖めたこともある。サーカスに行って、ワール団長の鰐《わに》を見たな」

「そのこと詳しく覚えてる？」

「忘れられるもんか。ワール団長は鰐とレスリングやるんだ――鰐のこと、クロコダイルと発音しないで、クロウコディールって言う、まるで烏《からす》の crow みたい——するときれいな女の子が出て来て、団長と鰐を三叉《みつまた》のやすでつつく。だが、一番図体のでかい鰐どもは動こうともしなかったな。あのサーカスの小屋掛けはきれいだった。円くできて、赤ペンキ塗り、ところどころに金色、馬の臭《にお》いがした。裏に行くと、お父さんがクロスビー*さんやライオン使いの人とそのおかみさんとよくお酒飲みに行った場所があった」

「クロスビーさん覚えてるか?」

「帽子をかぶらない人だ。それにどんなに寒くてもオーバーを着ない。女の子がいて、髪の毛を背中まで垂らしてた。不思議の国のアリスみたい——あの本の挿絵《さしえ》のね。クロスビーさんて、いつでもひどくそわそわしていたな」

「ほかに誰か覚えてるか」

「ジョイス*さん」

「どんな人だった?」

「のっぽ、痩《や》せてて口髭《くちひげ》と顎鬚《あごひげ》を生やしていたっけ——顎のは短く、まっすぐ縦に生えてた。恐ろしく厚い眼鏡をかけ、首をまっすぐに高く突き出して歩く。通りですれ違ったのに何も言わない。お父さんが話しかけたら立ち停って、まるで金魚鉢の中からこっちを見るように眼鏡ごしに僕らを見て、『何だ、ハドソンか。君を探してたところだ』

だってさ。それから三人でカフェに行った。外は寒かったけど、隅っこの方に、ホラ、例の何とかいう物があったね、そいつの側に坐った」

「火鉢《ブラジエ》だ」

「それ、女の人の下着だろ」とアンドルー。

「いや、鉄の罐《かん》で穴が開いていて、中で石炭や木炭を燃す。外に置いて暖まる時に使う。カフェの通りに出てる部分などね。側に坐ってあたる。競馬場ではまわりに立って身体を暖める」と若トムは解説し、「お父さんと僕とジョイスさんがよく行ったカフェでは、こいつを外側にずらっと並べてあるんだ。だからどんな寒い日でも暖かくて気持がいい」

「トム兄さんて、一生の大部分、カフェやバーやナイトクラブで過したんだな」と末っ子のアンドルーが言う。

「そう、かなりの部分をな」と若トム。「僕たち、そうだったね、パパ？」

「そしてパパがちょいと一杯やる時は、表の車の中でぐっすり寝てたんだろう」これはデイヴィッドだった。「僕はあのちょいと一杯って言葉が癪《しゃく》で仕方なかったな。ちょいと一杯ぐらい長くかかるものありゃしない」

「ジョイスさんはどんな話した？」ロジャーが若トムに聞いた。

「それがどうもよく覚えてないんです、あの時の話は。確かイタリアの作家たちと、それからフォード*さんのことだったと思うな。ジョイスさんはフォードさんが我慢ならないぐらい嫌いだったんだって。パウンド*さんも気にさわるんだってさ、ジョイスさんは。『ハドソン、エズラの奴は狂ってる』ってお父さんに言ってたな。僕がそいつを覚えてるのは、狂ってるって意味は狂犬の狂い方と同じことだなどとその時思ったりしたからだ。坐って、ジョイスさんの顔をじっと見てたっけな、僕。何か赤っぽい顔で、肌がひどくつるつるしていた――いかにも寒い日の肌だ――それにジョイスさんの眼鏡――片方のレンズがひとしおぶ厚いんだ。それからパウンドさんのことを考えてた――あの赤い髪の毛、先の尖《とが》った顎鬚に、とても感じの良い目――そのパウンドさんが口から白い泡みたいなものをだらだら流してるところが心に浮ぶ。パウンドさんが狂ってるなんて恐ろしいな、パウンドさんに出くわさなけりゃいいが、なんて思った。するとジョイスさんが、『もちろん、フォードの奴も何年も前から狂ってる』今度はフォードさんの顔が浮んできた――大きな顔、青白くて、面白い顔で、目も青白い――口はいつも半開きになってて、歯がぐらぐら――このフォードさんがまた顎に例のいやらしい白い泡をだらだら」

「やめて、もう」とアンドルー。「夢に見ちゃうよ」

「続けとくれよ」とデイヴィッド。「狼男《おおかみおとこ》みたいじゃないか。ママったら、狼男の本をしまって鍵掛けちまったんだ、アンドルーがいやな夢見てうなされるものだから」

「パウンドさん、誰かに噛《か》みついたことあるの？」とアンドルー。

「違うったら、馬っ子」デイヴィッドが言って聞かせた。「ただの言い回しだよ。狂ったってのは、ただどうかしてるって意味だ。狂犬病の狂じゃない。どうしてジョイスさんは、二人とも狂ってるなどと思ったの？」

「何とも言えないな」と若トム。「その時の僕は、公園で鳩を撃ってた時ほど子供じゃなかったけれど、何から何まで覚えてるほど大人にもなってない。それにパウンドさんとフォードさんが、口から気持の悪い泡をだらだら流して、人に噛みつきそうなところを考えただけで、ほかのことが皆頭から消し飛んじまったのさ。デイヴィスさんはジョイスさんを知っておいでになったんですか？」

「ああ、彼と君のお父さんと僕とは良い友達だった」

「パパはジョイスさんよりずっと若かったな」

「そのころのお父さんは、誰よりも若かったぞ」

「僕より若くはないよ」若トムは誇らしげに言う。「僕はジョイスさんの一番若い友達だったんじゃないかな」

「ジョイスさん、さぞかしトム兄さんを恋しがってるだろうよ」とアンドルー。

「何にしても、ジョイスさんがお前に会えずじまいってのは残念だぞ」デイヴィッドがアンドルーに言う。「お前がいつもロチェスターなんて所でうろうろしてなけりゃ、ジヨイスさんもお前に会えるというたいへんな名誉をみすみす逃さずにすんだのにな」

「ジョイスさんはとても偉い人だった」と若トム。「あんたら二人みたいなチンピラとつき合うなど、まっぴらご免だったろう」

「兄さんはそんなこと言うけどさ」とアンドルー。「ジョイスさんとデイヴィッド兄さんは良いお仲間になったかもしれないぞ。デイヴィッド兄さんは学校新聞に書いてるんだから」

「パパ、パパとトム兄さんとトム兄さんのママと三人で貧乏してたころの事、も少し話してくれない。貧乏ってどのくらい貧乏だったの？」

「かなり貧乏だったな」ロジャーが答えた。「君のお父さんは、朝になるとトム兄さんのミルク瓶《びん》を全部支度して、それから市場に出かけ、一番品が良くって一番安い野菜を買って来る。僕は朝ご飯を食べに行く途中で、よく君のお父さんに出会ったものだ、市場の帰りがけにね」

「パリの第六区切っての〈ポワロー〉の目利《めき》きだったぞ」ハドソンは息子たちに言う。

「〈ポワロー〉って何？」

「青葱《あおねぎ》だ」

「玉葱の大きいのを緑色にして細長く引き伸ばしたようなものさ」と若トム。「ただ、玉葱みたいにつやつや光ってない。鈍い光沢がある。葉は緑で、しっぽの方が白い。ゆでておいて冷まし、オリーヴ油にお酢と塩、胡椒《こしょう》を混ぜたのをかけて食べる。葉から何から全部食べちまう。おいしいよ。青葱をどっさり食べたって意味では、僕は世界中の誰にも引けは取らないだろうな」

「第六何とかってパパ言ったけど、何のこと？」アンドルーが尋ねた。

「お前はすぐ話の腰を折っちまう」とデイヴィッド。

「フランス語知らないんだもの。聞くほかないだろ？」

「パリは全部で二十の区に分れてる。つまりアロンディスマンだ。私たちはその第六区に住んでたというわけだ」

「パパ、じゃそのアロンディスマン何とかはもういいから、何かほかの話してくれない？」

「やい運動選手、お前は辛抱して物を教わるってことができないんだな」デイヴィッドが言う。

「教わりたいけどさ。そのアロンディスマンとかいう奴は、大人向きだろ。みんな、大人向きのことばかり僕に教えるんだもの。正直、今の話なんて僕には大人向きすぎて、ついてけないよ」

「じゃ、タイ・カップ*の生涯打率は？」デイヴィッドが聞いた。

「三割六分七厘《りん》」

「これなら大人向きすぎないんだな」

「よしてよ、兄さん。野球が好きな人もいりゃ、兄さんみたいにアロンディス何とかが好きな人もいるんだから」

「なるほど、ロチェスターにはアロンディスマンは無いものな」

「よせったら。僕はただ、パパとデイヴィスさんなら何かもっとみんなにとって面白い事を知ってるはずだと思って——そんな何とかいうわけの分らないものじゃなくって。エエ、畜生、オタンチン、もう何て名前だか忘れちゃった」

「私らがいる時は、汚ない言葉を使っちゃいけないはずだぞ」ハドソンがたしなめた。

「ご免ね」とアンドルー。「僕が子供だからいけないんだけど、でもさ、こいつはどうしようもないだろ、畜生。あ、いけない、ご免なさい。とにかく僕が子供すぎるんだ」

アンドルーは気を悪くし、狼狽《ろうばい》している。デイヴィッドは弟にからむのが巧みなのだった。

「いずれ子供でなくなる時が来る」ハドソンは言って聞かせる。「感情に駆られると、とかく汚ない言葉を口にしがちなものさ。だが、大人の前ではやめておくことだ。お前たちだけの時なら、何を言ってもかまわんが」

「ご免ね、パパ。僕謝ったじゃないか」

「分ってる。べつにお前を叱《しか》ったわけじゃない。説明しただけのことさ。滅多に会えないお前たちのことだから、どうも説明しなければならんことが多くてな」

「そんなでもないさ、パパ」とデイヴィッド。

「そう、そんなでもないな」

「アンドルーはお母さんの前じゃ、決して汚ない言葉は使わないけどな」

「いい加減にしてよ、デイヴィッド兄さん。もうすんだことでしょ、パパ？」

「汚ない言葉の使い方が知りたければ、ジョイスさんを読むことだな」と若トムが言う。

「汚ない言葉に不自由しちゃいないよ、僕は」とデイヴィッド。「少なくとも今のところはね」

「僕の友達ジョイスさんは、僕が聞いたこともないような言葉や言い回しを本の中で使ってる。どんな国語だろうと、悪い言葉でやり合う段になったら、ジョイスさんにかなう人はいないだろうな」

「あとになると、ジョイスさんは、まったく新しい言葉を一式作り出したのさ」ロジャーが言った。ロジャーは目を閉じ、浜にあお向けに寝そべっている。

「僕にはその新しい言葉が分らなくてね」と若トム。「僕がまだそこまで大人になってないせいだろうな。でも、デイヴもアンドルーもとにかく『ユリシーズ』を読んでみなけりゃ」

「あれは子供向きじゃない」とハドソン。「実際のところ、子供向きとは言えん。お前たちには分るはずがないし、分ろうとつとめるべきでもない。本当だ。もっと大人になるまで待たなければ」

「僕は全部読んだよ」若トムは言う。「最初読んだ時は、パパの言うとおり、まるっきり分らなかった。でも読み続けてると、中には本当によく分る部分も出てきた。人に説明だってできる部分がね。おかげで、僕がジョイスさんの友達だってことを誇りに思うようになった」

「トム兄さん、本当にジョイスさんのお友達だったの、パパ？」アンドルーが聞く。

「いつでもトム兄さんどうしてる？と聞いてたな、ジョイスさんは」

「嘘《うそ》じゃない、本当に友達だったんだぞ」と若トム、「僕の一番の親友の一人だった」

「お前、まだあの本の説明など、あまりやらんほうが良いな」とハドソンは言う。「ほんの少しばかり、時期尚早だ。どの部分かね、説明できるというのは？」

「最後の所さ。女の人が独り言言ってる所」

「独白って言うんだよ」とデイヴィッド。

「お前も読んだのか？」

「そうとも。トム兄さんが読んで聞かせてくれたもの」

「兄さん、説明してくれたのか？」

「できるだけね。でも、トム兄さんにも僕にも、ちょっと大人向きすぎて向かない所もあったっけ」

「トムは本をどこで手に入れた？」

「家にあった本の中からだ。借りて学校に持って行った」

「何だって？」

「よく学校の友達に朗読して聞かせたんだよ、あの本のあちこちを。そしてジョイスさんは僕の友達で、昔はよく一緒につき合ったものだと話してやった」

「友達はどう言った、あの本のことを？」

「信心深い連中は、少しどぎつすぎると言ってたな」

「学校で見つからなかったのかね？」

「見つかったよ。その話聞かなかった？　そういえば、あの時お父さんはアビシニアに行ってたから、聞いてないだろうな。校長は僕を退学させるなんて言いだしたが、僕は説明したんだ、ジョイスさんは偉い作家で僕の個人的な友達だって。結局校長は、本は預かったうえ、家に送り返す、今度友達に本を朗読したり、古典の解説をやったりする時は、あらかじめ必ず校長と相談することを約束しろって言うのさ。最初僕を退学させようとした時、僕が不潔な心の持主だと思い込んだんだね。でも、パパ、僕は不潔な心など持ってやしない。精々ほかの子たちなみに不潔な程度さ」

「校長先生、本はちゃんと家に送ってくれたのか？」

「ああ、ちゃんとね。没収しようとしたんだけれど、僕が言ったんだ。その本は初版の本だし、ジョイスさんが中にお父さんに宛《あ》てた言葉を書いてる、そもそも僕の本じゃないんだから没収されちゃ困るんだと。没収できなくて大分がっかりしたんじゃないかな、校長」

「パパ、僕はいつ読めるの、そのジョイスさんの本？」とアンドルー。

「当分駄目だ」

「でもトム兄さんは読んでるじゃないか」

「トム兄さんはジョイスさんの友達だからな」

「正真正銘の友達だぞ」若トムは言う。「僕たち、バルザックは知らなかったね、パパ？」

「知らなかった。昔の人だからね」

「ゴーチェも？　家にバルザックとゴーチェのすてきな本が二冊あるんだよ。『風流滑《こっ》稽譚《けいたん》』と『モーパン嬢』だ。『モーパン嬢』のほうはまださっぱり分らないけど、分ろうとして読み返してるところ――良い本だな、とても。でも、二人とも僕らの友達ってわけじゃないとすると、学校の仲間に読んでやったりすればまず退学だな」

「どうなの、その二人？」デイヴィッドが聞く。

「すてきだ。読んだらあんたも好きになるだろう」

「校長先生に、朗読して良いかどうか相談してみては?」ロジャーが言う。「生徒たちが自分でほじくり出してくるような本よりは、よほどましだと思うがね」

「駄目ですよ、デイヴィスさん。やめといたほうが良さそうだ。校長、また不潔な心なんて思い込みかねないもの。それにどのみち、仲間相手だと、ジョイスさんみたいな具合には行かないだろうな、二人とも僕の友達じゃないんだから。大体説明できるほど『モーパン嬢』なんてよく分ってないし、ジョイスさんの時のように友達をかさに着て、権威をもって説明するわけにいかない」

「その説明というのを聞いてみたかったね」とロジャー。

「困っちゃうな。とても幼稚なんだから。デイヴィスさんが聞いたらつまらないと思うだろうな。でも、デイヴィスさんは、あの本の僕の言ってた個所、読んで完全に分ってるんでしょう?」

「ま、かなりね」

「けど、バルザックやゴーチェと友達だったら嬉《うれ》しいだろうな、ジョイスさんみたいに」

「それは同感だ」とハドソンが言う。

「それでも僕たち、立派な作家の人たちを知ってたよね、何人かは」

「確かにな」ハドソンは言った。砂の上は快く暑い。仕事を終った怠惰なけだるさを覚え、また同時に楽しくもある。息子たちの話を聞いているのは実に楽しかった。

「さ、入って一泳ぎ、それから昼飯だ」ロジャーが言う。「大分暑くなった」

トマス・ハドソンは皆を見守った。四人はゆっくりと緑の水の中を泳いで沖に出て行く。真っ白な底の砂に四人の身体《からだ》が影を落しながらじりじりと進む。太陽がわずか傾いているので影が映るのだった。四人の茶色に焼けた腕が上がり、ぐいと前に伸び、手が水を削《そ》いで入る、水を捉《とら》えて掻《か》く、足は安定したビート、頭をひねって呼吸、楽に滑らかに呼吸している。ハドソンはたたずんで、風に送られながら泳ぎ出て行く四人を見守り、四人に強い愛着を感じた。彼らの泳ぐ姿を描いてみたい――かなり難かしいだろうが。でも、この夏のうちにやってみよう。

怠け心地で泳ぐ気がしなかったが、泳いだほうが良いことは分っている。やっと歩いて入ると、風に冷やされた水が日に火照《ほて》った脚にひやりと爽《さわ》やかだった。ひやりとする水を股《また》のまわりまで感じてから、河のように流れのある海にそっと身体を滑り込ませ、沖をめざし、戻って来る四人を迎えに出た。頭が彼らと同じ平面になると様子が一変して見える。四人の泳ぎが変ったせいもあった。岸に向うので逆風を受け、アンドルーとデイヴィッドは三角波をかぶって泳ぎが乱れている。四匹の海獣を思わせた幻覚は消えた。滑らかな、見事な泳ぎで出て行った四人だが、今や下の子供たち二人は風と波に手を焼いている。が、真の困難というわけではない。出て行く時の、水も我が家といった姿の幻をかき消すにちょうど充分な程度にすぎぬ。行きと帰りはそれぞれ異なる二枚の絵となるが、後者のほうが良い絵になりそうだ。五人は浜に上がり、歩いて家に戻った。

「だから僕は潜るほうが好きだ」デイヴィッドが言う。「息の仕方などで心配する必要ないからな」

「じゃ兄さん、午後はパパとトム兄さんと一緒に潜って魚突きすればいい」とアンドルー。「僕はデイヴィスさんと一緒に残るから」

「デイヴィスさん、行きたくないの？」

「残るかもしれない」

「僕のためだったら残らなくてもいいんだよ」とアンドルー。「することいっぱいあるからね、僕は。ただ、デイヴィスさんも残るんじゃないかなと思っただけ」

「残ることにしよう」とデイヴィス。「横になって、本でも読むか」

「この子に操られちゃ駄目だよ、デイヴィスさん。丸め込まれちゃいけない」

「いや、残りたいんだ」ロジャーは言った。

乾いた半ズボンにはき替えた五人は、ポーチにいた。ジョゼフが籬貝《まがきがい》のサラダを運んで来、子供たちはこれを食べている最中。若トムはビールを飲んでいる。ハドソンは椅《い》子《す》に深くもたれ、ロジャーはシェーカーを手に立っていた。

「昼飯を食うと眠くなってね」とロジャー。

「デイヴィスさんがいないとつまらないな」若トムが言う。「僕も残ろうかな」

「残ってよ、トム兄さんも」とアンドルー。「パパとデイヴィッド兄さんだけで行けばいいや」

「あんたのキャッチャーやるのはご免だぞ」若トムはアンドルーに言った。

「トム兄さんに捕《と》ってもらわなくても、ニグロのボーイがキャッチャーやってくれるよ」

「大体なぜピッチャーなどになりたがるんだ？」と若トム。「あんたじゃ身体が不足だよ、いくら大きくなっても」

「ディック・ランドルフとディック・カー*ぐらいの大きさにはなれるよ」

「誰だか僕にはさっぱり分らないがね、その二人」と若トム。

「誰か騎手の名前教えて」デイヴィッドがロジャーにささやく。

「アール・サンド*」

「アール・サンドぐらいの大きさにはなれるさ」とデイヴィッド。

「フン、潜りに行っちまえ、兄さんなんか」とアンドルー。「僕はデイヴィスさんとお友達になるんだ、トム兄さんがジョイスさんの友達だったみたいに。いいでしょ、デイヴィスさん？　そうすりゃ学校に行って言えるものな――『あの夏、僕はデイヴィスさんと一緒に南海の島で暮したんだ。デイヴィスさんは例によって悪いことばかり出てくる短編小説を次から次に書いてたし、僕のお父さんはお父さんで、君たちみんなおなじみのヌードの女の人の絵ばっかり描いてたぞ』って。パパ、女の人のヌード描くんだろう？」

「時にはな。でも色が真っ黒なのばかりだ」

「凄《すげ》えな。色なんかどうでもいいよ、僕。ジョイスさんなんてトム兄さんにまかす」

「お前なんかはにかみ屋だから、まともに見られるもんか」とデイヴィッド。

「かもしれないけど、きっと馴《な》れるよ」

「パパの描いたヌードなんて、ジョイスさんの本のあの章に比べれば何でもありゃしない」若トムが言う。「ヌードが何か特別な物に思えるのは、あんたが子供だからさ」

「分ったよ。でもやはり僕はデイヴィスさんにしとく。パパの挿絵《さしえ》入りでね。学校の友達が、デイヴィスさんの小説は本当に悪いことばかり出てくるって言ってたもの」

「よし、それじゃ僕もデイヴィスさんにするかな。デイヴィスさんとは古い古いお友達だから」

「それにピカソさんにブラックさんにミロさんにマソン*さんにパスキン*さん」とハドソン。「トムは皆知ってたからな」

「それにウォルドー・パース*さんも」と若トム。「どうだ、アンディー、あんたはとても勝てっこないぞ。スタートが遅すぎたよ。勝てっこない。あんたがロチェスターでうろうろしてる間、いや、あんたが生れる何年も前から、僕はこの広い世の中に出てるんだから。僕は今生きてる世界最高の画家をほとんど全部知ってるんじゃないかな。中にはとても良いお友達だった人もどっさりいる」

「でも、どこからか手をつけなけりゃならないもの。僕はデイヴィスさんから始める。べつに悪いことが出てくる話書かなくたっていいんだよ、デイヴィスさん。そんなことは僕、トム兄さんの真似《まね》して、いい加減にでっち上げちゃうから。デイヴィスさんが、今までにやったことがある何かひどいことを聞かしてくれるだけでいいんだ。そしたら僕、その場に居合せたことにする」

「でっち上げるはひどいな」と若トム。「時々お父さんとデイヴィスさんに助け舟出してもらわないと、思い出せないことはあるけどね。とにかく僕は絵と文学の或《あ》る一時代の登場人物として一役買ったんだから。なんなら思い出の記ぐらい書いてみせるぞ」

「トム兄さんたら、頭おかしくなっちまったぞ。注意したほうが良くないか、トム兄さん」

「デイヴィスさん、この子に何も言っちゃいけない。僕らもそうしたんだから、一人で振り出しからやらせなくっちゃ」

「そんなことは僕とデイヴィスさんの問題じゃないか。トム兄さんは口出すなよ」

「も少しあの時の僕のお友達のこと話しとくれよ、パパ」若トムは言う。「あの人たちと顔なじみで、一緒にカフェに行ったりしたことは分ってるんだが、も少し詳しいことが知りたいんだ。ジョイスさんの時みたいにね」

「パスキンさんを覚えてるか？」

「いや、よくはね。どんな人だったっけ？」

「覚えてもいない人のことをお友達なんて言えるかい」とアンドルー。「これから三、四年して、僕がデイヴィスさんのこと忘れたりすると思う、兄さんは？」

「うるさいな」と若トム。「パパ、パスキンさんのこと聞かせて」

「パスキンさんという人は、ジョイスさんの本の例のお前の好きな個所の挿絵にしたらぴったりというような絵を描いてた人だ」

「本当？　そいつは凄《すご》いぞ」

「お前はよくパスキンさんと一緒にカフェに坐《すわ》ってた。パスキンさんはナプキンにお前の似顔を描いてたな。小男で荒っぽい変り者だった。年がら年中山高帽をかぶっていて、見事な絵を描く。いつも何か秘密を聞き込んで来て、それが面白くて仕方ないといった様子だ。おかげで嬉しそうでもあれば、逆に悲しそうな時もある。が、とにかく秘密を知ってることはこっちにも分ったし、それが面白くて仕方ないらしいことも分る」

「秘密って何？」

「酔っぱらうこと、それに麻薬、それにジョイスさんがあの最後の章でよく分っていたこと、それに見事な絵を描く秘訣《ひけつ》。あのころの誰よりも良い絵が描けた人だ。それがあの人の秘密でもあったが、あの人は一向におかまいなし。自分では何も気にかけぬ顔をしていたが、実は気にかけている」

「悪い人だったの？」

「そう、本当に悪い人だった。これまたあの人の秘密の一つ。悪いことをしていたいのさ。およそ後悔するということがない」

「パスキンさんと僕は良いお友達だった？」

「すこぶる。お前を『怪物君』と呼んでたな」

「凄いぞ」と若トムは嬉しそうである。「『怪物君』か」

「パスキンさんの絵、家にあるのかい？」デイヴィッドが聞く。

「二枚ばかり」

「トム兄さんのこと、油絵に描いたの？」

「いや、スケッチだけだ。ナプキンとかカフェのテーブルに張った大理石の上とかにね。トムのことを、セーヌ河左岸*切っての恐るべきビール飲み怪物などと言ってたっけ」

「トム兄さん、書き取っとけよ、今の肩書」とデイヴィッド。

「パスキンさんって、不潔な心の持主だったわけ？」若トムが聞いた。

「と思うがね」

「はっきり分らないの？」

「そう、まあ、不潔な心の持主と言っていいだろうな。これも彼の秘密の一部だったのじゃないかね」

「でもジョイスさんは違うね」

「違う」

「お父さんも」

「違う。違うと思う」

「デイヴィスさんはどうですか？」若トムは聞く。

「違うだろうな」

「良かった」と若トム。「僕、校長に言ったんだ、お父さんもジョイスさんも不潔な心の持主じゃないって。これでもし聞かれたら、デイヴィスさんもそうじゃないって言える。校長は僕が不潔な心の持主だとすっかり決めてかかってたんだ。でも気にはならなかった。学校に一人、本当にそういう心持った子がいるんで、はっきり見分けがつくからね。パスキンさんの名は何ていうんだい？　苗字《みょうじ》じゃないほう」

「ジュール」

「綴《つづ》りは？」と聞いたのはデイヴィッドで、ハドソンは綴りを教えた。

「パスキンさん、どうなったの？」若トムが聞く。

「首吊《つ》って死んだ」ハドソンが言う。

「へえ、凄《すげ》えな」とアンドルー。

「かわいそうな人だ」若トムの口調は祝福のそれである。「今夜お祈りしてあげよう」

「僕はデイヴィスさんのためにお祈りする」とアンドルー。

「精々、ちょくちょく頼むよ」ロジャーは言った。

6

その夜、子供たちが寝てから、ハドソンとロジャー・デイヴィスは家の一番広い部屋に坐って話しこんだ。波が荒すぎて潜りはあまりできず、夕食が終ると子供たちはジョゼフと一緒に笛鯛《ふえだい》釣りに出かけ、疲れきって、だが嬉々《きき》として帰宅すると、お休みを言って床に入ったのである。しばらく話し声がしていたがそのうちに寝静まった。アンドルーは暗闇《くらやみ》が恐《こわ》く、二人の兄たちもそれを承知だったが、決してそのことでからかったりはしなかった。

「どうして暗闇を恐がるのかね？」とロジャー。

「さあね」とハドソン。「あんたは恐がらなかったのか？」

「と思うが」

「私は恐がった。何か意味があるのかな？」

「どうかな。僕は死ぬのが恐かったよ。それに、僕の兄弟に何か起きはしないかと」

「あんたに兄弟がいるとは初耳だが。今どこに？」

「死んだよ」ロジャーは言う。

「それはどうも」

「気にすることはない。まだ僕らが子供の時だったのでね」

「兄さんなのか？」

「一つ年下の弟だ」

「何で亡《な》くなった？」

「一緒に乗っていたカヌーが転覆して」

「あんたはいくつだった？」

「十二くらいかな」

「気が進まんなら、話さなくともいいんだよ」

「僕にとってはあまり良い経験ではなかったらしい」とロジャー。「君、本当に何も聞いてないのか？」

「全然」

「長い間、僕は世の中の人みんなが知ってると思い込んでいた。子供のころって妙なものさ。水があまり冷たかったので、弟は手を放しちまったのだ。だが帰するところ、問題は僕が生きて帰り、弟は帰らなかったということさ」

「気の毒な男だな、あんたも」

「いや、そんなことはない。だが、この種のことを知る年ごろとしては、ちょっと早すぎたな。それに僕は弟をかわいがってたし、いつも奴《やつ》に何か起きはしないかとびくびくしてたものだから。僕にもあの水は冷たかった。しかし、こいつは言えないからね」

「どこでの出来事だ？」

「メイン州。親父《おやじ》は決して僕を許してくれなかったような気がするな。もちろん理解しようとつとめてはくれたが。それからってもの毎日毎日、僕が身代りになれば良かったと思い続けてる。もっとも、そんなことを商売にすることはできんがね」

「弟さんの名は？」

「デイヴ」

「参ったな、これは。あんた、今日潜りに行かなかったのはそれでか？」

「だろうな。一日おきに潜りに出かけてる癖にな。とはいうものの、ああいうことはいくらつとめても心から消えはしない」

「そんな口のきき方するほど、あんたは若僧じゃないはずだが」

「弟を助けようとして潜った。だが見つからなかった」ロジャーは言う。「水が深くて冷たすぎたんだ」

「デイヴィッド・デイヴィスか」

「そう。僕の一家は代々長男がロジャー、次男がデイヴィッドだ」

「ちゃんと立ち直ったんだよ、あんたは」

「いや。決して立ち直れるものじゃない。しかも、遅かれ早かれ人に話さずにはいられんのだ。それが恥ずかしくてね、僕は。桟橋の喧嘩《けんか》同様恥ずかしい」

「桟橋の一件はべつに恥じるにも及ばないぞ」

「いや、恥ずかしい訳がある。この前話したろう。もうあの話はよそう」

「ああ」

「二度と喧嘩はしないよ。金輪際《こんりんざい》。君は絶対喧嘩しないだろうが。やれば僕くらいの腕っぷしはあるのに」

「あんたほど強くはないさ。だが、ふと決心して喧嘩はやめたんだ」

「喧嘩はよす、少しはましな人間になり、下らん物はもう書かんことにする」

「あんたの口から聞いた最高の嬉《うれ》しい言葉だな、それは」ハドソンは言った。

「僕に書けると思うかね、これっぱかりでも値打ちのある作品が？」

「やってみることだ。あんた、なぜ絵をやめたんだ？」

「自分をごまかすわけにいかなくなったからさ。文学のほうもそうだ、もうこれ以上自分をごまかすことはできない」

「実際のところ、これからどうする？」

「どこかに行き、僕の筆の及ぶかぎりで、良いまっすぐな小説を書く」

「ここにいて書いたらどうだ？　息子たちが帰ったあともずっとこの家にいていいんだよ。あんたの所は暑すぎて物書きはできんだろう」

「君の迷惑にならないかな？」

「とんでもない。私だって淋《さび》しくなることがある。いつも逃げ回ってるばかりにはいかないからね、ありとあらゆる物事から。どうもお説教めいたな。よそう」

「いや、先を聞かせてくれ。僕には必要なことだ」

「仕事を始めるならここで始めることだ」

「西部のほうが良くはないかな？」

「どこだってかまわん。要は逃げないことさ」

「いや、どこでも良いというわけにはいくまい」ロジャーは異を唱える。「僕には分ってる。最初は良くても、いずれ悪くなっちまう」

「そりゃそうだ。だが、今のここは良い。いつも良いとは限らんかもしれん。とにかく今は良い。仕事を終えても話し相手がいてくれる。私のほうも同じことだ。お互い邪魔はすまい。あんたも精々爪《つめ》を噛《か》んで苦吟できるというものさ」

「本当に僕が少しでも値打ちのある小説が書けると思うか？」

「やってみなけりゃ永久に書けんさ。あんた、今夜書く気にさえなれば立派な小説になるような話をしてくれたじゃないか。まずカヌーから書きだす――」

「結末はどうする？」

「カヌーのあとは何とか考え出せば良い」

「駄目だよ」ロジャーは言う。「僕はもうすっかり堕落しちまってるから、もしカヌーなど登場させれば、必ず乗ってるのはインディアンのきれいな娘ってことになるだろう。そのカヌーにジョーンズ青年が飛び乗る。ジョーンズは開拓民にセシル・B・デミル*の来襲を告げに行くところだ。河面いっぱいに垂れ下がった蔓《つる》に片手でぶら下がり、片手には肌身離さぬ火打ち石銃、愛称『いとしのベッツィー』を握りしめ、ひらりとばかりカヌーに舞い下りる。と、このインディアン娘いわく、『あら、ジョーンズさんじゃないの。さ、私と寝て、このかぼそい船が滝壺《たきつぼ》に転落する前に。あの滝が未来のナイアガラ瀑布《ばくふ》よ』」

「いや、とにかくカヌーと冷たい水とあんたの弟を書き――」

「デイヴィッド・デイヴィス、享年《きようねん》十一歳」

「事件の始末を書く。そこから結末までは創作だ」

「結末が気に入らない」ロジャーは言う。

「誰も結末が好きな奴はいないさ、本当のところはな。しかし終りなしにはすまん」

「そろそろお開きにしたほうが良さそうだ。小説のことを考え始めそうでいけない。なあ、トム、絵を立派に描くことは楽しみだが、文学を立派に書くのは責苦だ。一体どうしてかな？　僕は立派な絵など描いたことはないが、あの程度でも結構楽しかった」

「さあ、どうしてかな。絵のほうが伝統の系譜が明確で、手助けが多いせいかもしれない。名作の直系の伝統にそむいたところで、伝統は常にそこにあって人を助けてくれる」

「もう一つの理由は、画家のほうが人間的に立派なのが揃《そろ》ってるためじゃないかね。僕も少しましな奴だったら立派な画家になれたかもしれない。ひょっとすると、僕は立派な作家にやっとこさうってつけという悪党なのかな」

「前代未聞《ぜんだいみもん》、最低の割切り方だな、そいつは」

「僕はいつでも割切りすぎる」ロジャーは言い張って、「僕が駄目なわけの一つがそれだ」

「もう寝よう」

「僕はも少し起きていて本を読む」

二人ともよく眠り、遅くなってから、ロジャーが寝室代りのポーチに出て来た時も、ハドソンは目が覚めなかった。朝食がすむと、軽風、雲一つ無い晴天で、一同は潜って魚突きをすることに決め、支度した。

「来るんでしょう。デイヴィスさん？」とアンドルー。

「もちろん」

「良かった。嬉しいな」

「どうだ、アンディー、調子は？」ハドソンが聞く。

「恐いよ、いつものとおり。でも、デイヴィスさんが一緒だから、そんなにひどく恐くもない」

「恐がっちゃいけないぞ、アンディー」とロジャー。「まったく無駄なことだ、恐がるなんて。と、君のお父さんに教えられたがね」

「みんな、いつでも教えるのさ」とアンドルー。「寄ってたかってああこうと教えるんだ。でも、少しでも頭が良くって、それでいて恐がらない子なんて、僕の知るかぎりじゃデイヴィッド兄さんだけだよ」

「黙れ」とデイヴィッド。「お前は何でも空想しすぎる」

「デイヴィスさんと僕はいつでも恐いんだ」アンドルーは言う。「二人とも知能程度が高すぎるせいかな」

「デイヴィッド、注意するんだぞ」とハドソン。

「もちろんだ」

アンドルーはロジャーの顔を見、肩をすくめた。

7

その日潜りに行った磯《いそ》のそばには、ばらばらになって沈んだ古い鉄船の残骸《ざんがい》があり、満潮になっても錆《さ》びたボイラーが水面に露出していた。風は南で、ハドソンは磯の一つの風下側に、あまり船を寄せぬようにして錨《いかり》を打ち、ロジャーと息子たちは潜水眼鏡《マスク》と銛《もり》の支度にかかった。銛はおよそ原始的な物ばかりで、種々雑多――ハドソンや息子たちがめいめいの工夫《こ》で作った物である。

ジョゼフもボートを漕いでついて来ている。アンドルーを乗り移らせると、残りの三人が泳いで向う間に、ボートを漕ぎ一足先に磯をめざす。

「来ないの、パパ？」釣舟に使っているクルーザーのブリッジに立つ父に向って、デイヴィッドが水中から呼びかけた。デイヴィッドの目、鼻、額はマスクの円いガラスに覆《おお》われ、ゴムのフレームが後頭部に掛けたバンドで鼻の下、頬、額に固く食い込んでいるところは、新聞のえせ科学的ＳＦ連載漫画の登場人物を思わせる。

「あとで行く」

「あまり遅くなると、魚がみんなおびえちまうよ」

「磯は広いから大丈夫だ。お前らがいくらやっても全部は回りきれない」

「でも、あの難破船のボイラーの向うに、とっても良い棚を二つ知ってるんだ。僕たちだけで来た日に見つけといたの。全然荒されてないんで、魚でいっぱいになってる。皆揃って来る時にと思って、手をつけずにおいてある」

「覚えてるよ。一時間ほどして行く」

「パパが来るまで取っとくからね」と言うとデイヴィッドは残る二人を追って泳ぎだした。右手には、自分で打って作った二股《ふたまた》のやすを六フィートの鉄樹《アイアンウッド》の柄にはめ、太い釣糸で縛ったのを持ち、顔を水につけ、泳ぎながらマスクのガラスごしに底を調べている。潜りの好きな子で、もう全身褐色に焼け、濡《ぬ》れた後頭部だけ見せて泳ぐ姿は、ハドソンの目にますます川獺《かわうそ》を思わせるのだった。

ハドソンはこの子が泳いで行くのをずっと見守っていた。左手で掻《か》き、長い足でゆったりと安定した蹴《け》りを入れて進む。時々顔をわずか捻《ひね》って呼吸するが、その間隔はびっくりするほど遠い。ロジャーと長男の若トムは、マスクを額に押し上げたまま泳ぎ、大分先に行っている。アンドルーとジョゼフはボートでもう磯の上に着いていたが、アンドルーはまだ水に入らない。ごく軽い風で、茶色の磯とその向うの藍色《あいいろ》の海に引き比べ、磯の上の水面は明るく泡立《あわだ》って見える。

*

キャビンに降りたハドソンはギャリーに行った。エディーが両膝《ひざ》の間にバケツを挟《はさ》んで、じゃが芋の皮を剝《む》いている。ギャリーの舷窓《げんそう》から磯の方を見ていた。

「散らばっちゃいけねえな、坊やたち」エディーが言う。「ボートのまわりにいなきゃ」

「磯を越えて来るかな、何か？」

「潮が大分高いからね。大潮だから」

「だが水は凄《すご》く澄んでる」とハドソン。

「おっかねえのがいるからな、海にゃ。採った魚の臭《にお》いを嗅《か》ぎつけられると、この辺の海は恐《こわ》いよ」

「まだ何も採ってないさ」

「じきに採るよ。魚の臭いや血の臭いが潮に乗って伝わらねえうちに、獲物をボートに上げちまうことだな」

「私が泳いで行こう」

「いや、どなればいい。一緒に固まってること、それに獲物をボートに上げろって」

ハドソンはデッキに出、エディーに言われたことをロジャーに大声で伝えた。ロジャーは分ったとばかり、銛《もり》を上げて振って見せる。鍋《なべ》一杯のじゃが芋を片手に、残った手に包丁を持ってエディーがコックピットに出て来た。

「旦那《だんな》、あの上等のライフル――あの小さくて優秀な奴《やつ》を持って上にいなさいよ。俺どうも気に入らねえんだ。この潮で坊やたちをあそこに置いとくことがな。外の海に近すぎる」

「呼び戻そう」

「いや、俺の神経かもしれねえ。昨夜ちょいと荒れちまったもので。坊やたちが俺の息子みたいにかわいくてな、心配でいけねえや」じゃが芋の鍋を下に置くと、「こうしよう。旦那はエンジンかけてくれ。俺は錨上げるから。磯いっぱいに船を寄せて錨を打とう。この潮と風で船が流れるから、磯にぶつかることはないだろう。とにかくすれすれまで寄ろうよ」

ハドソンは大きいほうのエンジンをスタートさせるとブリッジに出、トップサイド・コントロール*から艇を操るようにした。エディーが錨を上げる。前方の海では、もう皆が水に入っている。見守るうちに、バタバタもがく魚を銛の先に高くかざして、デイヴィッドが浮いて来、ボートを呼び寄せる声が聞えた。

「舳先《へさき》を磯にぴったりつけて」錨を手に艇首《バウ》に立つエディーが声をかける。

微速で艇を走らせたハドソンは、磯にほとんど触れる所まで寄せた。茶色の大きな珊《さん》瑚塊《ごかい》、砂の上の黒い海胆《うに》、潮の流れでこちらを向いて揺れている紫の海団扇《うちわ》。エディーが錨を放り投げ、ハドソンはエンジンを入れて後退させた。艇は頭を振って離れ、磯がすっと遠のく。エディーはぴんと張ってしまうまでロープを繰り出し、ハドソンはエンジンのスイッチを切り、艇は流れに揺られながら浮ぶ。

「さ、これで坊やたちの見張りができる」バウに立つエディーが言った。「あの子たちのこと心配してると俺が保《も》たねえ。消化不良がますますひどくなっちまう」

「私がブリッジで見てるから」

「今ライフルを持って来る。それから俺はとっととじゃが芋に戻るよ。坊やたち、ポテト・サラダ好きなんだろ？　俺たち流に作るサラダが？」

「うん。ロジャーもだ。堅ゆでの卵と玉葱《たまねぎ》をどっさり入れといてくれ」

「じゃが芋がグシャグシャにならねえように気をつけるよ。ほら、ライフル」

ハドソンが手を伸ばすと、刈り込んだ羊の毛皮で裏張りしたケースの中で、ずんぐりした銃が重い。潮風に錆《さ》びないよう、ケースにフィーンド・オイル*をたっぷり染《し》み込ませてある。台尻《だいじり》をつかんで引き出すと、ケースはブリッジの板張りの下に入れた。銃は二五六口径の『マンリッヒャー・シェーンアウアー』*で、今は発売禁止になった十八インチの銃身つきである。銃床と前のグリップ部は油と手擦れでくるみの果肉を思わせる茶色、銃身は馬の鞍《くら》に着ける銃ケースに入れて何カ月も持ち歩いたため、擦れて油光りして、一点の錆も無い。銃床の頬当ての部分はハドソン自身の頬で擦り減って滑らかである。遊底《ボルト》のレバーを引くと、回転式弾倉《マガジン》には腹のぼってりした薬莢《やっきょう》がいっぱいに詰っている。弾丸は細長い鉛筆型のメタル・ケース入りで、鉛の先端部がほんのわずかだけ顔を出したタイプ。

船に積んでおくには実は上等すぎる銃であったが、ハドソンは愛着を持っており、いろいろの出来事や人や場所の思い出がまつわりついているので手放しにくい。羊毛のケースに油を充分染み込ましておけば、塩気のある空気の中でも全然痛まぬことが分っている。どのみち銃とは撃つものであり、ケースに入れて保存しておくものではない、とハドソンは思う。これは本当に優秀な銃で撃ちやすいし、人に射撃を教えるにも便利、船の上でも扱いやすかった。今までハドソンが持ったことのあるライフルの中では、もっとも自信持って撃てる銃であり、近距離中距離なら思った所に弾を持って行くことができる。ケースから引き出し、遊底レバーを引いて銃の後身《ブリーチ》に弾丸を送り込むのは快かった。

潮と風の中で船はほとんど流されもせず浮いている。銃にすぐ手が伸ばせるように、吊紐《つりひも》を操縦装置のレバーの一本に掛けると、ハドソンはブリッジの日光浴マットレスの上に寝た。背中を焼くために腹這《はらば》いになって、ロジャーと息子たちが潜っている方に目をやる。底にいる時間はめいめい違うが、皆潜っては浮んで息を入れ、また潜る。時々銛の先に魚を刺して上がって来る。ジョゼフがボートを漕いで回り、銛から魚を外してボートに落し込む。ジョゼフの叫び声と笑い声が聞え、明るい色をした魚が目に入った――赤、赤に茶の斑点《はんてん》、赤に黄、黄縞《きじま》――ジョゼフは銛から魚を振り落したり引き抜いたりして、ボートの艇尾《スターン》の日陰に投げ入れる。

「エディー、一杯飲ませてくれ」ハドソンは舷側《げんそく》からのぞき込んで叫んだ。

「何にしよう？」前部コックピットにエディーが首を出した。古ぼけた中折れに白いシャツという姿、明るい日ざしの下で見ると目が充血している。ハドソンは唇にマーキュロが塗ってあるのに気づいた。

「口をどうした？」

「昨夜ちょっとごたごたがあってね。何の気なしに塗ったんだが、おかしいかね？」

「どこか辺鄙《へんぴ》な島のお女郎に見えるぞ」

「ちぇっ。暗い所でろくに見もしねえで塗ったせいだな、手探りだけで。椰子《やし》の実の汁のカクテルにしようか？　汁気の多い椰子を持って来てある」

「そりゃ良い」

「グリーン・アイザックのスペシャルと行こうか？」

「よし。スペシャルで頼む」

マットレスに寝そべると、ブリッジの艇首側の端、操縦装置のある個所のプラットフォームが投げる影の中に頭が入る。エディーが背の高いグラスに注いだ冷たいカクテル——ジン、ライム・ジュース、椰子の生汁、ぶっかき氷にアンゴスツラ・ビターズを落し、錆びたピンク色がほんのりと出ていた——を持って、艇尾側のハドソンに届けると、ハドソンは酒を日陰に入れ、海を見張っている間に氷が溶けぬようにした。

「坊やたち活躍してるぞ」とエディー。「晩飯のおかずまでもうできちまった」

「魚のほかに何が出る？」

「魚にマッシュポテトをそえる。トマト・サラダもある。さっき作ってたポテト・サラダをまず皮切りに出す」

「上等。ポテト・サラダのできは？」

「まだ冷めてないんでね」

「エディー、あんたは料理が好きなんだな？」

「違《ちげ》えねえ。船に乗るのも好きだし、料理も好きだ。嫌いなのは喧嘩《けんか》、いさかい、ごたごたさね」

「でも、あんた、以前はそっちのほうで大分鳴らしてたんだろう？」

「いつでも避けよう避けようとしたんだが。時には避けられねえこともあるけど、とにかくそう努力したことは確かよ」

「昨夜はどうしたのかね？」

「何でもねえさ」

エディーは話したくないのだった。騒動続きだった昔のことも決して話さない。

「まあいい。で、ほかに何が出る？　坊主《ぼうず》たちにたっぷり食わせないと。育ち盛りだからな」

「家で作ったケーキを持って来てある。それに、もぎたてのパイナップルを二つ、氷で冷やしてあるから。輪切りにして出そう」

「よし。魚はどう料理する?」

「みんなの好きなように作るよ。とにかく獲物に目を通して一番良さそうなのを選んで、そいつを旦那やロジャーや坊やたちの注文するとおりに料理しようじゃねえか。デイヴィッドがついさっき見事な黄笛鯛《きぶえだい》を仕止めた。もう一匹突いたんだが逃げられちまった。しかもでかい魚だったぜ。だが、ちょいと沖へ出すぎてるな、あの子。まだ魚を持ったままだし、おまけにジョゼフの奴、ボートをずっとアンディーの方に寄せちまってる」

酒を日陰に置くと、ハドソンが立ち上がった。

「畜生め」エディーが言った。「来やがった!」

かなたの青い水面に、茶色の小型帆のような物が走って来る。尾の推進力でぐいぐいと力強く水を切って突っ走る高い三角形の背鰭《せびれ》が、磯《いそ》の端の切れ目めがけて近づく——磯にはマスクを掛けたまま、魚を水に漬けぬよう振りかざしている少年の姿があった。

「畜生め」とエディー。「途方もねえ撞木《しゆもく》だ。畜生、トム。ああ畜生め」

あとから思い出してみると、主な印象として残っているのは、そそり立つ背鰭の高さと、獲物の臭いを追う猟犬のように右に左に向きを変える姿、それに水を切るように突進しながらしかも何かゆらゆらと揺れているような感じだった。

ハドソンはライフルを構え、鰭の直前を狙《ねら》って撃った。弾丸は行きすぎ、しぶきを上げた。銃身が油でねばついていたことを覚えている。鰭はおかまいなしに右に左にくねりながら近づく。

「魚を投げてやれ、魚を」デイヴィッドに叫ぶと、エディーはキャビンの屋根からコックピットに飛び下りて行った。

二発目は鰭の後ろ、またしぶきが上がる。何かが体内でぎゅっと締め上げているように、ハドソンは胃袋がむかつく。三発目――根かぎり狙いを定め、落ち着いて引金を引く、この一発が何を意味するのかは百も承知なのだ――しぶきは鰭の前に上った。鰭は平然とあの恐ろしい運動を続ける。弾丸はあと一発、もう残りは無く、鮫《さめ》は少年から約三十ヤードに迫り、依然として右に左に水を切って近づく。デイヴィッドは銛から魚を外し片手につかんでいた。マスクを額に押し上げ、近づく鮫からじっと目を外《そ》らさずにいる。

ハドソンは身体《からだ》を楽に、だが安定させようとつとめた。息を止め、撃つこと以外は何も考えない、引金をゆっくりと引きしぼる、鰭の付け根、ほんの心持ち前を狙う――鰭は最初より揺れが激しくなっているようだ。と、スターンから短機関銃の発射音が轟《とどろ》き、鰭のまわり一面に水しぶきが上がるのが目に入った。続いてもう一連射――前より短く、しぶきは鰭の付け根にぴたりと寄って飛び散る。ハドソンが引金を引くと同時にふたたび短い連射が目標にきっかりと寄り、鰭が沈み、水が激しくたぎり返ったかと思うと、生れて初めて見るほどの巨大な撞木鮫が白い腹を見せて飛び上がり、腹を上にしたまま、水上スキーを思わせる猛烈なしぶきを飛ばしながら、身体を宙に浮かせ、海面を狂ったように突進し始めた。跳ね、滑り回る鮫の腹が淫《みだ》らな白に輝き、幅一ヤードもある口は逆への字型で薄笑いを思わせ、両端に目玉をつけた巨大な角が頭の両側に大きく突き出ている。エディーの機銃は白い腹に弾丸を叩《たた》きつけ、えぐり込ませ、黒い弾痕《だんこん》が見る見るうちに赤く染まり、鮫はもんどり打って水中に没し、ハドソンの目に鮫がぐるぐる横転を続けながら沈んで行くのが見えた。

「坊主をこの船に移らせろ」エディーがどなるのが耳に入った。「こんな、とても見ちゃいられねえんだ、俺は」

すでにロジャーが懸命な速度でデイヴィッドの方に泳いで行き、ジョゼフがアンディーをボートに上げ、残る二人めがけて漕《こ》いでいるところである。

「べらぼうめ」とエディー。「あんな凄《すげ》え撞木鮫あんた見たことあるかい？　助かったな、野郎どもが食いつく前に必ず浮んで来やがるおかげで。助かったよ。あん畜生めら、必ず浮いて来やがる。野郎が沈むところ、見たか？」

「弾丸の箱をくれ」ハドソンは言った。震えが来、身体の中が空《うつ》ろで胸がむかつく。

「この船に上がれ」と叫んだ。皆はボートの横を泳いでおり、ロジャーがデイヴィッドを船縁《ふなべり》に押し上げるところだった。

「もう大丈夫、潜りを続けさせてもいいけどな」とエディー。「これで鮫って鮫は全部、あの野郎の所に行くから。海中《うみ》を呼び集めてるよ。野郎が腹出すところ見たかい？　それにあのぐるぐる回りながら沈んで行くところ？　たはっ、ど偉《えれ》え撞木だったな、野郎。あんた、坊やが魚を鮫に投げようとかまえてたの見たか？　あれでこそ坊やだ。大した奴だ、デイヴィー坊やは」

「皆この船に戻したほうがいい」

「当り前よ。俺はただしゃべってるだけだ。みんなちゃんと戻って来る。心配しなくてもいい」

「ひどい目に遭ったな。あんた、あの銃どこに置いといたんだ？」

「弁務官が陸上《おか》に持ち込んじゃいけねえとごたつきやがったもので、船の俺の寝台下《バンク》のロッカーに入れといた」

「射撃の腕も大したものだな」

「何、デイヴィー坊やがあの磯の上で、魚を投げてやろうとじっと待ってる、そこにあの鮫の奴が向って行く、あれ見たら誰だって腕が良くなるさ。坊や、鮫が来るのをまっすぐ見つめてたぞ。あの姿見りゃ、あと死ぬまで何も見なくたっていい」

皆がボートから舷側に登って来た。子供たちはびしょ濡《ぬ》れの身体ですっかり興奮しており、ロジャーはすっかり動揺している。エディーに歩み寄ったロジャーは握手し、エディーは、「この潮で坊やたちをあんな所まで出したのはいけなかったな」と言う。うなずくと、ロジャーは片手でエディーを抱くのだった。

「俺が悪かった」とエディー。「俺はこの島生れで、あんたはよそ者だからな。あんたのせいじゃない。俺の責任だ」

「しかしあんたは立派に責任を果した」ロジャーは言う。

「何の、あの距離なら誰だって当る」

「デイヴィッド兄さん、あの鮫見えた？」アンドルーはばかに神妙だった。

「ずっと鰭だけ。でも最後、エディーが撃つ前に見えた。それから奴《やっ》は沈んで、次に腹を出して飛び上がった」

エディーがデイヴィッドをタオルでこすっている。デイヴィッドの脚、背中、肩と、まだ鳥肌が立っているのがハドソンの目に入った。

「あの飛び上がって腹を出すところ——あんなの生れて初めて見たな」と若トム。「とにかく生れて初めてお目にかかったよ」

「ああいうのには、そんなに始終お目にかかるものじゃない」と父が言う。

「千百ポンドはあったな」とエディー。「あんなにでかい撞木鮫はまずねえな。な、ロジャー、あの鰭見たかい？」

「見た」

「あいつ、取りに行けないかしら?」デイヴィッドが聞く。

「駄目だ」とエディー。「野郎、ぐるぐる回りながらどっかに沈んじまった。八十尋《ひろ》は沈んだろうな。海中寄ってたかって野郎を餌《えさ》にしてるさ。今ごろ、みんな奴に呼ばれて集まってるだろう」

「何とかして奴を手に入れたかったな」デイヴィッドは言う。

「落ち着きな、坊や。まだ鳥肌が立ってるじゃねえか」

「兄さん、うんと恐《こわ》かった?」とアンドルー。

「ああ」デイヴィッドは答えた。

「どうするつもりだったんだ?」若トムの口調にはすっかり敬意がこもっている。

「魚を投げつける」とデイヴィッドは言ったが、ハドソンが見ていると、デイヴィッドの肩に鳥肌のかすかな波がさっと広がるのだった。「それから銛を奴の顔の真ん中に打ち込んでやるつもりだった」

「てっ」と言うとエディーはタオルを手に振り向き、「ロジャー、何を飲むかね?」

「毒人参《どくにんじん》はないか?」とロジャー。

「よせよ、ロジャー」ハドソンは言った。「これは私たち皆の責任だ」

「無責任と言ったほうがいい」

「すんだことだろう」

「よし、分った」

「ジンのカクテルでも作ろう」とエディー。「あれがおっ始まった時、トム旦那《だんな》はジンのカクテルを飲んでた」

「まだあそこに置いてある」

「もう駄目になってるさ。新しいのを作って来る」

「あんた、立派だったな、デイヴィー」若トムは誇らしげだった。「ぜひ学校の奴らに話さなくちゃ」

「誰も本気にしないよ」とデイヴィッド。「もし僕もトム兄さんの学校に行くようになるんなら、内緒にしといておくれ」

「なぜだ?」と若トム。

「さあ、よく分んないけど」と言うと、デイヴィッドは子供のようにおいおい泣きだした。「チェッ、糞《くそ》。誰にも本気にされなかったらやりきれないだろ」

ハドソンはデイヴィッドを抱え上げると、頭を胸に抱きしめてやり、二人の兄弟もロジャーも目を外らせた。そこにエディーが三杯の酒を持って出て来たが、一杯のグラスは親指を引っかけて支えている。もう下で一杯やって来たな、とハドソンには分るのだった。

「どうした、デイヴィー？」とエディーは聞く。

「何とも」

「ようし。そうこなくちゃいかん、この餓鬼め。さ、下に降りてメソメソはやめろ、親《お》父《や》さん《じ》に一杯飲ませてやれ」

デイヴィッドは身体をまっすぐにして立っている。

「引潮ならあそこで魚突いてもかまわない？」エディーに聞いた。

「平ちゃらさ。うつぼはいるが、大きな魚は入って来ねえ。引潮だと入れねえのさ」

「パパ、引潮になったら行ってもいい？」

「エディーがそう言うならな。親分はエディーだ」

「何言ってやがる」とエディーは嬉《うれ》しげ、マーキュロだらけの唇も嬉しげなら、血走った目も精一杯に嬉しげである。「あのやくざな撞木野郎にあれだけの道具使って命中させられねえような奴は、やばい目に遭わねえうちに道具をナイイしとくことだな」

「でもあんたは何発も命中させてるからね」とハドソン。「見事な腕だ。言葉になるんなら、あんたの射撃ぶりをうまく話して聞かせたいところだが」

「聞かせてもらうことねえよ。あん畜生が腹出して暴れ回ってる姿は一生目にこびりついて離れねえだろう。あんないやらしい姿、あんた今まで見たことあるかい？」

皆坐《すわ》って昼食を待っていた。ハドソンは海に目をやり、鮫が沈んだあたりにボートを漕いで出かけているジョゼフの方を見ている。ジョゼフはボートの舷側《げんそく》ごしに樽《たる》眼鏡を浮べて見ていた。

「何か見えるか？」ハドソンは呼びかける。

「深すぎて駄目だ、旦那。岩棚に引っかからずにまっすぐ行っちまったから。今ごろは底だよ」

「あいつの顎《あご》がほしかったな」若トムが言う。「きれいにさらして、掛けときたくないかい、パパ？」

「夢見てうなされちまうよ、僕」とアンドルー。「手に入らなくていっそ嬉しいくらいだ」

「すてきなトロフィーになるけどな」と若トム。「学校に持ってくとちょっとした物だぞ」

「手に入ったとしてもデイヴィッド兄さんの物じゃないか」

「いや、エディーの物さ」と若トム。「僕がくれと言えばエディーはくれるさ」

「いや、デイヴ兄さんにやるよ」

「デイヴ、お前あまりすぐまた行かんほうが良くないかな？」とハドソン。

「お昼ご飯食べてゆっくりしてからだ」デイヴィッドは言う。「引潮を待たなくちゃならないから」

「とにかく、そんなにすぐまた潜っていいのか？」

「エディーが大丈夫と言ったもの」

「分ってる。だがお父さんはまだ恐くってな」

「でもエディーにはちゃんと分ってるんだから」

「私へのプレゼントとしてなら、行かずにいてくれるか？」

「もちろんさ、パパ、パパがそうしろって言うなら。けど、僕は潜りが好きなんだ。ほかの何より好きかもしれないな。それにエディーが大丈夫って——」

「よし分った。それにプレゼントをねだるなどどのみちいかんことだからな」

「そんなつもりで言ったんじゃないよ、パパ。パパが行くなって言うなら行かない。ただエディーが——」

「うつぼがいたらどうする？　エディーはうつぼのこと何か言ってたぞ」

「うつぼなんていつだっているんだから。パパが自分で教えてくれたんじゃないか、うつぼを恐がるなとか、いたらどう扱うかとか、注意する方法とか、どんな穴に住んでるとか」

「分ってる。それでいてお父さんはお前を鮫の来るような場所に行かせてしまった」

「皆行ったんだよ、パパ。何か特別に後ろめたいような気になんかならないでおくれよ。僕はただ沖に出すぎて、それに一度突いたでかい黄笛鯛《きぶえだい》を逃がしちまっただろ、奴が流した血が鮫を呼んだだけのことさ」

「奴め、まるで猟犬みたいにすっ飛んで来たな、そう思わんか?」ハドソンは胸の感情を吐き出してしまいたかった。「前にもああいうスピードで突進して来る奴を見たことがある。シグナル・ロック*に一匹いてな、獲物の臭《にお》いを嗅《か》ぎつけるやいなや、いつもあんな具合にすっ飛んで来たっけ。さっきの奴を銃で撃ちとめられなかったのが残念でね、お父さんは」

「でもスレスレのところまで行ってたよ、弾が」若トムが言う。

「いや、何のかのいっても結局かすりもしなかった」

「あいつ、僕を狙《ねら》って来たんじゃないもの」とデイヴィッド。「魚を狙って来たんだ」

「だが、野郎、きっとあんたもやったぜ」エディーだった。食卓を整えている。「身体《からだ》にあれだけ魚の臭いをつけて、しかも水の中には血が流れてる。やられねえなどと夢にも思っちゃいかんぞ。野郎、馬でもやっつけたに違いない。相手が何だろうとおかまいなしにやったろう。桑原桑原、もうその話はやめてくれよ。俺、もう一杯引っかけなけりゃいられなくなっちまう」

「エディー」とデイヴィッド。「引潮なら本当に大丈夫なんだろ?」

「そうよ。さっきも言ったろうが?」

「お前、何か理屈を通そうとしてるんじゃあるまいな?」ハドソンはデイヴィッドに言う。もう海の方に目を向けることはやめ、気も晴れていた。たとえどんな動機からにせよ、デイヴィッドがやろうとしていることは、当然なことなのであり、自分の対処の仕方はわがままだった、とハドソンは思う。

「僕はただね、パパ、潜って魚突くのが何より好きだし、それに今日は潜るには最高の天気だろ、風なんていつ吹き出すか分らないものだし――」

「それにエディーが言ってるし、だな」ハドソンは口を挟《はさ》む。

「そう、それにエディーが言ってるし」デイヴィッドは歯を見せて父に笑いかけた。

「エディーが言うにゃ、みんな勝手にしやがれだ。さ、とっとと平らげてくれ。さもねえと全部海にうっちゃっちまうぞ」エディーがそこに立っていた。手には鉢に盛ったサラダ、狐色《きつねいろ》に焼きあがった魚の大皿、それにマッシュポテト。「ジョゼフの奴は？」

「鮫《さめ》を探しに出てる」

「キ印だ、奴は」

エディーがキャビンに降り、若トムが料理を回していると、アンドルーが父に耳打ちした。

「パパ、エディーって飲んだくれ？」

ハドソンは、酢を利《き》かせた汁に充分漬け込んである冷たいポテト・サラダに、粗く挽《ひ》いた黒胡椒《くろごしょう》を振りかけたのを取り分けている。これはパリの『リップ』の店の作り方をエディーに教えたもので、エディーが船の上で作る最高のご馳走《ちそう》の一つだった。

「お前、エディーが鮫を撃つところを見たのか?」

「もちろんだよ」

「飲んだくれにあれだけの射撃はできんさ」

ハドソンはアンドルーの皿にサラダを盛ってやり、自分の分も取った。

「何でもないけど、ただね、僕の坐ってる所からだとエディーが下で料理してるところが見えるんだよ。僕たちがここに坐ってから、エディーは瓶から注いでもう八杯もお酒飲んでる」

「あれはエディーの瓶だからね」と説明したハドソンは、アンドルーにサラダのお代りをしてやった。この子ほど食べるのが早い人間を、ハドソンはまだ見たことがない。学校で覚えたのだと言っている。「も少しゆっくり食べるようにしてごらん、アンディー。エディーはな、船に乗る時は自分で自分用の酒を持って来るんだ。腕の良いコックはほとんどみんな少しは酒を飲むものさ。中には大酒飲みもいる」

「とにかく八杯飲んだよ。あ、待って。九杯目を飲んでる」

「馬鹿《ばか》野郎、アンディー」デイヴィッドが言う。

「よせ」ハドソンは二人に言うのだった。

若トムが口を挟んで、「兄さんを助けてくれた立派な人じゃないか、それが酒を一杯、いや五、六杯飲んだからって、あんたは飲んだくれ呼ばわりするのかい。そんなことじゃ獣はさておき人様とつき合う資格はないぜ」

「飲んだくれだなんて言ってないよ。パパにそうなのかって聞いてみただけじゃないか。僕は飲んだくれの人がいけないなんて言ってない。ただそうかそうでないか知っときたいだけだ」

「僕がお金を稼いだら、真っ先に何でもいい、エディーが飲んでるお酒を一本買って、エディーと一緒に飲むところだがな」と若トムは勿体《もったい》ぶった口調。

「何だと?」キャビンの入口にエディーの首がのぞいた。古ぼけた中折れをあみだにかぶって、日焼けしていない額の部分が白く見え、マーキュロだらけの口から横ぐわえの葉巻が突き出している。「ビール以外の物飲んでるところ俺につかまってみろ、コテンコテンにお仕置きだからな。いいか、坊主《ぼうず》たち三人ともだぞ。酒飲むなんて一言も口に出しちゃならねえ。マッシュポテトのお代りはどうだ?」

「頼むよ、エディー」若トムが言うと、エディーはキャビンに消えた。

「十杯目」入口をのぞき込んだアンドルーが言う。

「黙れよ、馬っ子」と若トム。「あんた、偉い人を尊敬できないのか?」

「魚をもっと食べなさい」とハドソン。

「あの大きな黄笛鯛はどれ?」

「まだ料理してないはずだ」

「じゃ黄いさきをもらう」

「とてもうまいぞ、こいつは」

「獲《と》りたての突いた魚って特においしいみたいだな、血を出してしまうせいか」

「パパ、エディーに一緒に飲もうって言っていいかな？」若トムが聞く。

「いいとも」

「さっき一杯飲んでるんだよ、エディーは。覚えてないの？」アンドルーが割って入った。「僕たちが船に上がって来た時、一緒に一杯飲んだじゃないか。覚えてるくせに」

「パパ、一緒にもう一杯飲んで、それから一緒に食事しようって言っていい？」

「もちろん」

若トムはキャビンに降りて行き、ハドソンの耳にこう言っているのが聞えた。「エディー、パパが自分用のお酒を一杯作って上がっておいでって。僕たちと一緒に飲んで、それから一緒にご飯だ」

「へっ、トム坊主」とエディー。「俺は昼は抜きだよ。朝と夜しか食わねえ」

「一緒に飲むほうはどう？」

「もう一、二杯やったからな」

「じゃ、今僕と一緒に一杯どう？　僕はビールでつき合う」

「いいとも」ハドソンの耳にアイスボックスが開いて閉る音が聞え、「あんたに乾杯だ、トム坊主」

二本の瓶がカチンと当る音がし、ハドソンはロジャーを見たが、ロジャーは海の方に目をやっている。

「エディーに乾杯」若トムの声がした。「エディーと一緒に飲めるのはたいへんな光栄だな」

「へっ、トム坊主め。あんたと飲むのこそ光栄だよ。ご機嫌なんだ、俺は。俺があの鮫公撃つの見たか？」

「見なくってどうする。ね、僕たちと一緒に何か少しでも食べない？」

「いや、たくさん。本当だよ」

「エディーが一人で飲まなくてもいいように、僕がここにいようか？」

「いいんだよ、坊主。あんた思い違いしてるんじゃねえのか？　俺はべつに酒など飲まなくたっていいんだ。ちょいとばかり料理をこさえて、食い代《くいしろ》を稼《かせ》ぐ以外、何一つやらなくてもかまわん。俺はただご機嫌なのさ、坊主。鮫公撃つの見たんだな？　本当だな？」

「あんな凄《すご》いの、生れて初めて見たよ。あのね、僕、エディーが淋《さび》しくはないかと思って今ああ言ったんだけど」

「生れてこの方、淋しかったことなどただの一度もねえよ、俺は」とエディーは若トムに言う。「俺は幸せだし、俺をもっと幸せにしてくれる物がここにチャンとあるしな」

「でも、僕はどっちみちここにいたいんだけどな、エディー」

「駄目だよ、坊主。さ、このも一つの皿持って上に行きな。あんたの居場所は上だ」

「またここに戻って来たいな」

「病人じゃねえよ、俺は。俺が万一病気にでもなったら、その時は喜んであんたに看病してもらう。とにかく俺はご機嫌、生れて初めて最高のご機嫌、それだけさ」

「エディー、その瓶だけで本当に足りるの？」

「もち。万々一足らなくなったら、ロジャーかあんたの親父《おやじ》さんの分を少し拝借する」

「そう、じゃ僕はこの魚を持って行く。エディーがご機嫌でとっても嬉《うれ》しいよ。すてきだ」

若トムは黄笛鯛、黄いさき、白いさき、宝石はたと魚を盛った大皿を運んでコックピットに出て来た。狐色にぱりっと揚がった魚の腹には深々と三角に切れ目が入れてあり、身が白く見えている。若トムは食卓に魚を回し始めた。

「エディーはありがたいけどもう一杯やったからって。お昼は抜きだそうだ。どう、この魚？」

「実にうまい」とハドソン。

「おあがりなさいよ」若トムはロジャーに言う。

「うん、やってみるか」

「何も食べてないの、デイヴィスさん？」とアンドルー。

「ああ。でも、今から食べ始める」

8

夜中、ハドソンが目を覚ますと、子供たちの静かな寝息が耳に入り、月光に三人の寝姿が見える。ロジャーも寝ている。ロジャーはこのところよく眠れるようになり、身動きもしない。

皆がここにいてくれるのがハドソンを幸せな心地にし、いずれ去って行くなどとは考えたくもなかった。皆が来る前にも自分は幸せであり、ずっと以前から、堪えきれぬほどの淋しさを味わわずとも生き、仕事ができる術《すべ》は身につけていた。が、子供たちの到着は、せっかく築きあげた自己防禦《ぼうぎょ》的な日課をすべて打ち砕き、今の自分はこの打ち砕かれた状態になじんでしまっている。快い日課ではあった――懸命に仕事をする、予定の時間表で動く、物は所定の場所に置き、良く手入れしておく、食事も酒も予定して楽しみに待つ、読むべき新刊書、再読すべき古い本の数々。日々の新聞はきちんと届けば特筆すべき出来事であり、そもそもあまり定期的に届いたことがないので、届かなくとも失望は覚えない——そんな日課。孤独な人々が自分を救い、時には孤独を晴らすことさえできるあれこれの工夫の盛り込まれた日課。自分で規則を作り、習慣を守り、意識的、無意識的にこれらを利用してきた。だが、一度子供たちが来てみれば、こういう規則や習慣に頼らずにすむのは、実にありがたいことだと悟ってしまう。

またぞろあの経験を繰り返すのかと思うといやになる。どうなるのかは分りきっていた。ほんの一日、しかもその中のほんの一時、家がきれいになり、一人で物を考えることができ、人の話し声に妨げられずに本が読め、物を見てもいちいち口で語らずにすみ、邪魔が入らずに仕事ができる等々といったことが快く思えるだろう——が、じきに淋しさが始まるに決っている。三人の息子たちは、またもや自分の心の広間に入り込んでしまった。出て行かれればそこはがらんとする。しばらくはひどく辛《つら》いことになるはずだ。ハドソンの生活は、仕事とメキシコ湾流のほとり、この島に生きることを土台としてがっちり築かれている。この生活は充分保《も》ってくれるはずだ。あれこれの補助手段とか習慣のたぐいはすべて淋しさをまぎらわすためのものだが、今や自分は、子供たちが去ればただちに淋しさに乗っ取られるような新境地を切り開いてしまった。とはいうものの、これはどうしようもないこと。万事は先の話で、今それを恐れたところで何の得にもならぬ。

これまでのところ、幸運に恵まれ、実に良い夏が過せた。下手をすればいやなことになりかねぬ物事が、皆うまく行っている。ロジャーと桟橋の上の例の男の事件も成行きしだいではひどいことになったはず。が、あれとかデイヴィッドと鮫の一件とか、派手な事件ばかりではなく、ありとあらゆる細かい出来事がすべてうまく行ったのだった。幸福とは退屈で鈍いものとして描かれ、口にされることが多い――と目が冴《さ》えたハドソンは横になったまま考える――だがこれは、鈍い人間は時としてきわめて幸福であり、なまじ頭の良い人間は自分にせよ他人にせよ惨《みじ》めな思いをさせて回りかねぬし、事実させて回ることが多いからではないのか。ハドソン自身は幸福が退屈だと思ったことはかつて無い。他の何にもまして人の胸弾ませるもの、それが幸福であり、それを持ちうる能力を持った人間に対しては悲しみ同様の激しさと密度をもって迫りうるもの、と昔から思っている。これがはたして真実かどうかは分らぬ。しかし自分は長い間真実だと信じてきた。そしてこの夏、もう一月にもわたって自分たちは幸福を経験し続けているのであり、夜ともなればすでに、自分はこのまだ去りやらぬ幸福に対する寂寥感《せきりょうかん》を覚えるようになっている。

一人暮しとはどんなものか、知るべきことはほとんど知りつくしたハドソンであり、さらにその前には、自分が愛し、また自分を愛してくれる人と共に暮すとはどんなものかを知りえた彼だった。昔から子供たちを愛していた自分ではあったが、これほどまでに愛しているとはついぞ気づかなかったし、また子供たちと共に住まぬことがかくも忌《いま》わしいものとも気づかずにいた。いつも子供を手もとに置くことができれば――そして若トムの母を妻としていられればどんなに良いか。が、そんな願いはばかげている、と思い直す。世界中の富を我が物とし、精一杯気の利いた使い方をしようなどと願うに等しい。レオナルド・ダ・ヴィンチのようにスケッチが描け、ピーター・ブルーゲルのように絵具が使えたらと願うに等しい。すべての邪《よこしま》なことに対し絶対的な拒否権を持ち、邪なことをただちに誤たず、正しく嗅《か》ぎつけて、ボタン一つ押す程度の簡単な操作でこれを食いとめられぬものかと願い、しかもその間健康と永遠の寿命に恵まれ、身心の老廃を免れたいと願うに等しい。今夜のハドソンは、そういったものが手に入れば良いと思った。しかし、子供たちをそばに置けぬと同様、また死や別離でおのが愛する者がいなくなった時、愛する者よ生きてあれと願うこと同様、所詮徒《しょせんあだ》な望みである。持てぬ物でありながら持つことのできる物もいくらかはあり、その一つは自分が幸せである時それと知り、その幸せがつつがなく続いているうちはすべて逃がさずに楽しむことである。かつて自分が幸せを手にしていた時、その幸せにはたくさんの物事が寄与していた。が、今、この一月というもの、四人の人間が自分に幸せを作り出してくれているのであり、この幸せは、昔或《あ》る一人の人間が自分に作り出してくれたものと、或る意味では肩を並べるほどのものなのだった。しかも今までのところ、悲しみは無い。まったく無いのだ。

今はこうして目が冴えていることさえ気にならぬ。以前夜眠れぬまま横になり、自分がいかにして三人の息子たちを手放すにいたったか、その自分がいかに馬鹿《ばか》だったか、考え込んだ時があったことを思い出す。仕方ないから——いや仕方ないと思い込んで——いろいろやってのけ、そのたびごとに致命的な判断の過《あやま》ちを重ね、しかも一度また一度とますます過ちはひどくなる、そんな自分を振り返ってみたものだ。今の自分はそれらを過ぎたこととして受け入れ、もはや後悔とはたもとを分った。自分は馬鹿だったし、馬鹿は嫌いな自分でもある。だがもう過ぎたこと、子供たちはここに来ているし、自分を愛してくれ、自分は彼らを愛している。今はこれで充分ということにしておこう。

予定の期間が終れば子供たちは去り、また孤独が訪れる。でも、次にまた子供たちが来るまでの一つの段階にすぎぬではないか。ロジャーが残ってここで仕事をし、相手になってくれればかなり救われよう。しかし自分にはロジャーのことは分らないし、ロジャーが何をするかも分らない。ハドソンはロジャーのことを思いつつ、夜中に一人ほほ笑む。それからロジャーを憐《あわ》れむ気になったが、やがて気づいた——憐れみは不実千万の行為であり、ロジャーは憐れみなど憎んでもあまりあるものと思うだろう——憐れみを断ち切ったハドソンは、皆の静かな寝息を耳にしながら眠り込んだ。

が、月光を顔に浴びてふたたび目が覚めたハドソンは、ロジャーとロジャーがごたごたを起した相手の女たちのことを考え始めるのだった。自分にせよロジャーにせよ、こと女となると馬鹿で不様にふるまったものである。自分の馬鹿さ加減を考えるのはいやなので、ロジャーのそれを思うことにする。

憐れみはすまい、とハドソンは思う——だから友に対して不実にはならぬ。俺自身、たっぷりいやな目を見ているのだから、ロジャーのそれを考えたところでこれまた不実にはならぬ。俺の場合はロジャーと違って、真に愛した女はただ一人、それを失ってしまったということだ。なぜ失ったかは百も承知である。だがそのことはもう考えないことにしている。ロジャーのことも考えないほうが良いのかもしれぬ。が、今夜、例によって月光が眠らせてくれず、ハドソンはロジャーと彼の深刻かつ喜劇的なトラブルについて考えるのだった。

ロジャーのパリでの最後の恋人のことを考えた。ハドソンもロジャーもパリに住んでいた時のことである。ロジャーがハドソンのアトリエにこの女を連れて来た時、実にきれいだがいかさまな女だと思ったものだ。が、ロジャーにしてみれば、いかさまな所など皆無。例によってロジャーのいだいた幻の一つにすぎなかったのだが、二人が晴れて結婚できる自由な身になるまで、ロジャーは持ち前の大変な忠実ぶりを発揮してこの女に仕えていた。ところが一月経《た》つと、彼女をよく知る人々にとっては、知らぬはロジャーばかりなりと前から見えすいていたことが、突如としてロジャーの目にも見えるようになったのである。憑《つ》き物《もの》が落ちた日はさぞかしロジャーにとって辛い日だったに違いないが、或る日彼がアトリエに訪ねて来た時には、すでにロジャーはかなり時間をかけて女の正体を見極めていたのだった。しばらくハドソンの絵を眺めていたロジャーは、鋭くうがった批評の言葉を吐いたあげく、こう言うのだ。「僕は、あのエアズという女に結婚はいやだと言ってやった」

「そりゃ良かったな」とハドソンは言ったのである。「寝耳に水にか?」

「それほどでもないな。前から話が出てたから。あの女はいかさまだ」

「まさか」とハドソン。「どういかさまなのかね?」

「骨の髄までのいかさまだ。縦横十文字どう切ろうといかさまだ」

「あんた、気に入ってたんじゃなかったのか?」

「いや。そうしようと努力はしたが、うまく行ったのは最初のうちだけ。惚《ほ》れちまったんでね」

「惚れるとはどういうことだ?」

「君が知らんわけはあるまい」

「そう」とハドソン。「私が知らんはずはないな」

「君は気に入らなかったか、あの女?」

「うん。我慢できない女だった」

「どうして何とか言ってくれなかったんだ?」

「あんたの彼女だし、べつに意見を求めなかったからな、あんたも」

「とにかく言うことは言ったわけだが、今度は言ったとおり実行しなけりゃならない」

「あんたが土地を変えりゃいい」

「いや」とロジャーは言う。「あの女に変えさせる」

「あんたが変えたほうが簡単だと思ってね」

「ここは僕の町だからな、あの女の町であると同様」

「分ってる」とハドソンは言ったのだった。

「君も、あの人の時はとことんまで頑張って決着をつけたんだろう?」

「ああ。この勝負勝つということはありえないが、頑張って決着をつけることはできる。どうだ、土地は変えなくとも、ちょっと、出没する場所《カルチェ》を変えてみては?」

「いや、今の場所で充分」

「型どおりだな。*Je me trouve très bien ici et je vous prie de me laisser tranquille.*

(俺ハココガ気ニ入ッテル。頼ムカラホットイテクレ)というわけだ」

「手初めは *je refuse de recevoir ma femme.*(女ガ来テモ会ワナイヨ)だ」とロジャー。「これを門番《ユイシエ》に言っとく。だが、こいつは離婚じゃないからな。ただのお別れだ」

「でも、彼女に出くわした時辛くないかね?」

「いや、逆療法さ。会うことも、そしてあの女の話してるのを聞くことも」

「彼女のほうはどうなる？」

「自分で何とか考えるだろう。過去四年間、彼女もいろいろ悟るところがあったからな」

「五年間だろうが」とハドソン。

「最初の一年はあまり悟ろうとしてなかった様子だから」

「あんた、やはり逃げ出したほうがいいぞ。女が最初の一年間に悟ろうとしなかったのなら、うんと遠くに逃げたほうがいい」

「いや、あの女は手紙に物言わすんでな。遠くに行ったりすれば、かえって辛くなる。僕はやっぱりパリにいて羽を伸ばしてやるよ。根治作戦だ」

パリで女と別れると、ロジャーは羽を伸ばした。本格的に羽を伸ばした。そのことを笑い話に仕立て、自分自身を茶化してみせるロジャーだったが、内心、女のことで真底愚かしくふるまったと自分に対し激怒している。ロジャーの資質のうち、画才文才、それに人間的動物的なあれこれの長所に次いでもっとも優れていたのは他人に対しての誠実さであり、ロジャーはこの資質をこっぴどく虐待《ぎゃくたい》したのである。というわけで、パリで羽を伸ばして回るロジャーは他人に対してはいわずもがな、特に自分自身に対してえげつなくふるまうのだった。自分でもそれを承知し、憎み、しかもなお聖なる神殿の柱を引きずり倒すことに喜びを感じている。頑丈にできた立派な神殿であり、一度心の中にこういう物を作ってしまえば、ちょっとやそっとで引きずり倒せるものではない。が、ロジャーは力のかぎり破壊を試みたのである。

　ロジャーは次々に三人の女をこしらえた。ハドソンにしてみれば、無礼に陥らぬ程度に応対するのが精一杯といったていの女ばかりで、最後の二人などは一人目の思い出をそそるよすがとでも言う以外、弁明の種に窮するような女たちなのだった。一人目は例の女と別れた直後に登場し、ロジャーの水準からすれば最低記録ともいうべき種類の女、もっとも彼女はロジャー以後もベッドの内外で目ざましい活躍を見せ、全米で第三位か四位という財産のかなりの部分を掌中にしたあげく、さらに負けず劣らずの玉の輿《こし》に乗り継ぐ始末。名前をサニスといったが、この名を耳にするたびにロジャーはたじたじとなり、決して自分では口にしようとしなかったのをハドソンは覚えている。ロジャーがこの名を口に出すのを聞いたことのある者は無い。ロジャー自身はこの女を「売女《ばいた》女王」と呼んでいた。髪と目は黒、肌が美しい女で、親殺しを生んだ名門チェンチ一族のごく若い令嬢といったところ、一分の隙《すき》も無い身だしなみ、小うるさい邪慳《じゃけん》さの持主。真空掃除機の道徳心、競馬場の賭金《かけきん》掲示装置の魂、見事な曲線美にあの美しく酷な顔、彼女にとってロジャーはほんのつかの間の踏台にすぎなかった。

　ロジャーにとっては、彼女が自分を振った最初の女性であり、すっかり感心したロジャーは同族の出身ではないかと思われるほど彼女にそっくりの女を続いて二人——が、今度はロジャーのほうから、文字どおりの置き去りを食わせたのである。これでロジャーは溜飲《りゅういん》を下げたつもりだな、とハドソンは思ったが、大して下がったわけでもあるまい。

あらかじめ何のいざこざもいさかいも無く、ただ『二一』*でお手洗に行くからちょっと失礼と言って席を立ち、二度と帰って来ないなどというやり方より、もっと丁寧で優しい女の子との別れ方があるはずだ。だが、ロジャーに言わせると、階下《した》でちゃんと勘定は払っておいたし、彼女が大好きで、またよく似合うあの室内装飾を背景に、角のテーブルにただ一人坐《すわ》っている彼女の最後の姿が良い思い出になるとか。

も一人の女は『ストーク・クラブ』*が大のお気に入りで、ロジャーはここで彼女を置き去りにする計画だったが、経営者のビリングズリー氏に借金をする必要があり、気を悪くされては困るのでやめたという。

「で、どこで置き去りにしたんだ？」とハドソンは聞いたのだった。

「『エル・モロッコ』*でね。あそこの壁画の縞馬《しまうま》に囲まれて坐ってる姿を思い出にしたかった。『エル・モロッコ』も好きな女だったからね。だが、あの女が首ったけだったのは、やはり、『カブ・ルーム』*だったろうな」

続いてロジャーが関係した女は、ハドソンが生れて初めてお目にかかったほどの食わせ者である。外見は前三人のようなチェンチ一族型やパーク・アヴェニュー*のボルジア家型とは天と地ほど違う。健康そのもので、髪は黄褐色、すらりと長い足に、実に見事な身体《からだ》の線、頭が良さそうで生き生きとした顔だちは美しいとはいえぬが、群を抜いて器量良しに見える。目がきれいだった。最初のうちは利口で親切でチャーミングな女性と思えるこの女、実は折紙つきの飲んだくれなのである。アル中というほどではなく、深酒が表に出るところまでは来ていない。だが年がら年中飲んでいる。普通、大酒飲みは目で分り、ロジャーなどもたちまち目に出るほうだ。ところがこのキャスリーンという娘の目は本当にきれいな黄褐色で、これが髪の毛に良く映り、また鼻のまわりと頬にできたいかにもお人好《ひとよ》しで健康そうな、感じの良いそばかすが若干あって、これまた目にも良く映る。それでいて、およそ心の動きを映し出さぬ目だった。始終ヨットでセーリングに出かけるか、野外で健康な生活を送っている娘に見え、実に幸せそうである。ところが実はただの酒飲み女。どこへ行くのか、いかにも不思議な航路をたどりつつある女であり、しばらくはロジャーを道連れにしてしまった。

が、或る朝、ロジャーは左手の甲一面に煙草《たばこ》の火傷《やけど》を作り、ハドソンが借りているニューヨークのアトリエに姿を現わしたのである。テーブルの上で煙草を次々にもみ消すとこうなるが、テーブルではなくロジャーの手の甲なのだ。

「あの女め、昨夜こんなことを思いつきやがった」とロジャー。「ヨーチンあるか？こんなのを薬屋に持ち込みたくはないからな」

「あの女とは？」

「キャスリーン。あの健康な野外生活型だよ」

「こんなことにつき合うあんたもあんただ」

「面白いらしいんだな、こういうことが。女性を面白がらせるのは我々のつとめってことになってる」

「ひどい火傷だぞ」

「いや、それほどでもない。でも、僕はしばらくニューヨークを離れることにした」

「どこに行っても、あんた自身がついて回るよ」

「そうだ。だが、なじみの連中から離れることはできる」

「どこに行く？」

「しばらく西部の方に」

「あんたの病気には、転地療法は通用せんぞ」

「ああ。でも健康な生活を送り、みっちり仕事をしても害にはならない。酒を断っても僕の病気は治らんかもしれんが、とにかく今のところ、酒がプラスになってないことは確かだ」

「じゃ、さっそく行け。私の牧場に行ってみるか？」

「まだ君の持物か、あそこは？」

「部分的にだが」

「行ってもかまわないかな？」

「もちろん」とハドソンは言ったのだった。「しかしこれから春までは厳しいぞ。春になってもあまり楽とはいえん」

「厳しいのはおあつらえだ。また新規蒔《ま》き直しだよ」

「何度目の蒔き直しかね？」

「大分になる。そうあてこするものじゃない」

今度もまた蒔き直しになるわけだったが、はたしてどうなることか？　才能を濫費《らんぴ》し、おあつらえで金になる紋切型に合わせて書きなぐることが、どうして本物の良い作品を書く下地になりえよう？　画家や作家にとっては、たとえどんな作品だろうと、一度筆を染めることとすなわち将来に備えての修業であり準備である。ロジャーは自らの才能を放棄し、濫用し、費消してしまった。が、しかし、ロジャーには、もう一度やり直すだけの動物的な力と、物を突き放して見る知力が残っているかもしれぬ。いやしくも才能ある作家なら、正直でありさえすれば、一冊の良い小説は書けるはず、とハドソンは思う。だがロジャーは、この一冊に備えて自分を鍛えるべき時期に、才能を濫用してしまった。はたして才能が残っていてくれるかどうか疑問ではないか？　腕《メチエ》ということを抜きにして考えただけでそうなのだ。ましてや、技術というものをないがしろにし、あなどり、たとえ虚勢を張っただけにせよ軽蔑《けいべつ》さえしておきながら、いざ必要となった時、技術が自分の手に頭に尽してくれるなどとどうして期待できる？　技術に代る物は無い、とハドソンは思う。才能も同様である。才能も技術も、べつに聖杯の中に収めて崇《あが》め奉《たてまつ》れといっているのではない。前者は人の内にある。胸に頭に全身に宿っている。後者も同じではないのか。技術とは、単に使いこなせるようになった道具一式とはわけが違う。

画家のほうが運が好いといえば好いのだろう。仕事に使える物が作家より多いからだ。我々画家の利点は、手で仕事をし、また習得したメチエがはっきりした形で見えるというところにある。が、ロジャーは自ら鈍らせ、堕落させ、安っぽくしてしまった物をこれから使いこなして行かねばならぬし、それらの物はすべて彼の頭の中にあるのだ。しかし、ロジャーは奥底では立派な、健全な、美しい何かの持主である。こんな言い方は、自分がもし作家だとしたら要注意の言い方だが、とハドソンは思う。が、とにかくロジャーはあのとおりのロジャーであるところが持前、桟橋の上での喧嘩《けんか》なみに物が書ければ、残酷趣味ではあるが良い作品が書けよう。それに加えて、喧嘩のあとに見せたようなしっかりした考え方ができさえすれば、どうして立派なものだが。

月光はハドソンの枕《まくら》もとを照らさぬようになり、徐々にロジャーのことは頭から遠ざかって行く。考えてもどうにもならぬ。奴《やつ》がやれるかやれないか、それだけのことではないか。とはいうものの、やれれば実に嬉《うれ》しいのだが。何とか手伝ってやりたい。ひょっとすると手伝えるかな、と思ったところでハドソンは眠りに落ちた。

9

日の光に目が覚めたハドソンは、浜に降りて一泳ぎし、皆が起き出さないうちに朝食をすませた。エディーは、今日は風はあまり吹くまい、凪《なぎ》かもしれぬと言う。船に積んである道具は全部大丈夫で、ボーイに餌《えさ》を取りに行かしてあるとのこと。

ここしばらく大物釣りに出たことがないので、道糸《ライン》をテストしたかどうか聞くと、テスト済みで腐りが来た糸は全部取り除いたというエディーの返事である。三六スレッド*のラインを少々、二四スレッドのラインをたっぷり補充する必要があると言うので、ハドソンは取りに行かせる約束をした。それはそれとして、エディーは大丈夫な糸を継いで捨てた分を充分補充しており、二個の大型リールは共にいっぱいに巻き込んである。大鉤《おおばり》は全部掃除したうえ研《と》いであり、鉤素《リーダー》や撚戻《よりもど》し金具もすべて点検済み。

「それだけの仕事をいつやったのかね？」

「昨夜徹夜で糸継ぎをやり、それからあの新しい投網《とあみ》の支度をしといた。月がうるさくて眠れねえもんだから」

「あんたも満月だと眠れないのか？」

「手に負えねえ」

「月に当りながら寝ると良くないってのは本当かな、エディー？」

「年寄りはそう言うがね。どんなもんかな。いずれにしろ、俺はいつもいやな気になるけどな」

「今日は当るかな？」

「そればかりは分らねえな、この季節になると、沖に凄《すご》い大物が来てることは確かだが。アイザックの親子島までずっと行っちまうつもりかい？」

「子供たちが行きたがってるのでね」

「朝飯すんだらすぐ出たほうがいいぜ。昼飯は作らずにすますつもりだ。籬貝《まがきがい》のサラダとポテト・サラダとビールがあるから、あとはサンドイッチをこしらえて行こう。最後の連絡船で届いたハムがあるしレタスもある。芥子《マスタード》とチャトニー*を使えばいい。坊やたち、芥子《マスタード》は毒にならねえだろうな？」

「と思うがね」

「俺が子供のころは食わせてもらえなかったが。ところで、あのチャトニーはいけるよ。旦那《だんな》、サンドイッチに挟《はさ》んで食ったことあるかい？」

「いや」

「あんたが最初持って来た時は、俺一体何に使う物か分らなくってね。マーマレードみたいにしてためしてみたものだ。ありゃいけるよ。時々、ひき割り唐もろこしの粥《かゆ》と一緒に食う」

「近いうちにカレーを作ってみないか?」

「次の連絡船で子羊の腿肉《ももにく》を取り寄せることになってる。二回ぐらい食ったら残りでカレーを作ろう——いや、あの若トムとアンドルー坊主《ぼうず》の食欲だ、一回だな」

「よし。出かける支度を手伝おうか?」

「いや、ただ皆の尻《しり》を叩《たた》いてくれればいい。酒一杯どうだい? 今日は仕事しないんだろう? なら一杯ぐらいいいじゃねえか」

「朝飯に冷たいビールを一本やる」

「よかろう。痰《たん》が切れるからな」

「ジョゼフはもう来てるか?」

「まだだ。餌買いに行ったボーイのあとを追っかけて行った。旦那の朝飯は俺が出すよ」

「いいよ、自分で持って行く」

「いいったら。中に入って冷たいビール飲みながら新聞でも読んでなさい。新聞は、ちゃんとアイロンかけて伸ばしといたから。今、朝飯持って行く」

朝食は狐色《きつねいろ》にいためたコーンビーフに卵一個、コーヒーにミルク、それに大コップ一杯の冷やしたグレープフルーツ・ジュース。ハドソンはコーヒーとジュースには手をつけず、コーンビーフいためを食べながら、よく冷えたハイネキンス・ビールを一本飲んだ。

「坊やたちのためにジュースを冷やしとこう」エディーが言う。「朝早く飲むと利《き》くだろう、そのビール？」

「なあ、エディー、人間飲んだくれになるのはいと造作ないことだな？」

「あんたは駄目だよ。仕事が好きだから」

「しかし朝酒ってのは、実に良い気分だ」

「違《ちげ》えねえ。特にそのビールなんかはこたえられねえ」

「とはいうものの、朝酒と仕事は両立しない」

「今日は仕事しないんだろ？　じゃ何もくよくよすることねえだろうが？　そいつを空けちまえよ、もう一本持って来るから」

「いやたくさん。一本でちょうどだ」

九時に船を出し、引潮に乗って水道を出て行った。ハドソンはトップサイド・コントロールから艇を操り、砂洲《さす》の上を突っ切り、沖に黒々と見えている湾流にまっすぐ艇を向けた。油凪《あぶらなぎ》に凪いだ水は澄みきって三十尋《ひろ》の海底がはっきり見え、海団扇《うみうちわ》が潮になびくのが見えた。四十尋になると底は見えるがぼやける。それからぐっと深く暗くなると、湾流の黒い潮の中である。

「すばらしい天気だな、パパ」若トムが言う。「潮も良いな」

「良い潮だよ、これは。ごらん、流れの縁で小さな渦巻きができている」

「家の前の浜に来てる水と同じなの、これ？」

「時にはそういうこともある。今は引きにかかってるから、湾流は港の口の前から沖に押し出されてる。ほら、あそこの浜のあたりをごらん。あそこには入江の口がないから、湾流がまた岸に寄っている」

「あそこもここも同じように青く見えるな。湾流の潮ってどうして青味が強いの？」

「濃度が違うのさ。水質が全然別だ」

「でも深くなると色が濃くなるんだね」

「上から見下ろす時だけだよ、それは。時々、プランクトンのせいでほとんど紫色になることもある」

「なぜ？」

「青い所に赤味が加わるせいだろうな。紅海などは、プランクトンで本当に赤く見えるから紅海の名がついたんだ。あそこはプランクトンが猛烈に固まってるんだな」

「紅海って良かった、パパ？」

「ああ、とても。ひどく暑かったが、磯《いそ》があんなにすばらしい所はないな。年に二度のモンスーン季になると、海が魚でいっぱいになる。お前も気に入るよ、トム」

「フランスのド・モンフレ*さんが紅海のこと書いた本を二冊読んだ。良い本だったよ。ド・モンフレさんは奴隷《どれい》売買やってたんだ。奴隷といっても白奴隷*のことじゃない。昔の奴隷さ。デイヴィスさんのお友達なんだ」

「ああ、お父さんも知ってる人だ」

「デイヴィスさんに聞いたんだけど、ド・モンフレさん、奴隷売買やってパリに帰って来た時、女の人連れてどこかに行くと、必ずタクシーの運転手に車の幌《ほろ》外させて、星を見て方向決めるんだって。たとえばコンコルド橋の上にいてマドレーヌまで行きたいとするだろ。ド・モンフレさんは、ただ、運転手にマドレーヌまでやってくれなんて言わないんだ。パパや僕だったら、コンコルド広場を渡ってリュ・ロワイヤルの通りを上って行ってくれって言うところだけど、そうもしない。ド・モンフレさんは、北極星で方角見ながらマドレーヌまで行くんだって」

「その話は初耳だな。ド・モンフレさんのほかの話はいろいろ聞いたが」

「パリでそんなことやって歩き回ったらずいぶん面倒くさいだろうね？　一度、デイヴィスさんもド・モンフレさんと一緒になって奴隷売買やろうとしたんだけど、何かのことでうまくいかなかったんだそうだ。何のことだったか覚えてないけど。あ、そうだ、思い出した。ド・モンフレさん、奴隷売買はやめて、阿片《あへん》の密輸始めたんだ。それでうまくいかなかったんだ」

「デイヴィスさん、阿片の密輸はやりたくなかったわけか？」

「うん。阿片商売なんて、ド・クインシーさんとコクトーさんにまかせとけばいいって言ってたな。あの二人は阿片商売で羽ぶりが良かったんだから、邪魔しちゃ悪いだろうって。その言葉、僕にはよく分らなかった言葉の一つなんだ。お父さんは、僕が聞くと何でも説明してくれるけど、年がら年中聞いてばかりいると、話がうまく進まないでしょ、だから、僕は分らなかったことを覚えといて、いつかあとになって聞くようにしてるわけ。今のデイヴィスさんの言ったこともその一つ」

「大分溜《た》まってるんだろうな、そういうことが」

「何百もある。いや、何千かな。でも毎年毎年、自分だけで分ってくることもあるから大分片づいてゆくよ。けど、やはりお父さんに聞かなけりゃいけないことも残ってるな。表にして、今年学校の作文の時間に書いて出そうかとも思ってるんだけど。学校の作文にはぴったりなのがいくつかあるからね」

「トム、お前、学校は好きか？」

「いやおうなしにやらなけりゃならないことがいろいろあるでしょう、その一つだと思ってる。学校以外のことを経験した人で、学校が好きな人なんていないんじゃない？」

「さあ、どうかね。私は大嫌いだったが」

「美術学校もいやだった？」

「ああ。絵描きの勉強は好きだったが、学校はいやだった」

「僕、学校はそんなにいやでもない。だけどジョイスさんやパスキンさん、それにお父さんやデイヴィスさんみたいな人たちと一緒に暮しちまうと、生徒の連中などと一緒にいるのが幼稚に思えてね」

「だが、面白いこともあるだろ？」

「そりゃあるさ。友達はたくさんあるし、球を投げたり捕ったりしないスポーツなら何でも好きだからね、僕。勉強もうんとやるし。だけどね、パパ、学校なんてあまり良い暮しじゃないよ」

「お父さんも昔からそう思ってるが」とハドソンは言った。「ま、できるだけ楽しくやることさ」

「そうしてるよ、僕。できるだけ楽しくやって、しかも退学にならないようにする。でも、時々そのかね合いがスレスレになることがあるな」

ハドソンは艇尾《スターン》の方に目をやった。凪いだ水面に航路がきびきびと走り、張出し竿《アウトリガー》を通して出した二本の糸が引く餌が、平らな水面を切って航跡が巻き起す波に乗り、潜っては飛び上がる。トロール用の釣椅子《つりいす》にデイヴィッドとアンドルーが腰かけ、竿《さお》を握っていた。二人の背中がハドソンの目に映った。顔はスターン側に向け、餌を見ているのだ。前方に目をやると鰹《かつお》が跳ねているのが目に入る。水を巻いて暴れるような真似《まね》はせず、一匹か二匹で飛び上がっては水に落ちる。飛び上がる時にはほとんど水面を乱さず、日の光にきらっと光ると、重い頭を下に水に戻り、飛び込む時にもほとんどしぶきを立てない。

「魚だ!」若トムが叫ぶ声がハドソンの耳に入った。「魚! 魚だ! ホラ、上がって来るぞ。デイヴ、あんたの後ろ。そら、見ろ!」

ハドソンは、水が大きく湧《わ》き立つのを見たが、魚は見えない。デイヴィッドは竿尻《さおじり》を竿受け《ギンブル》*にさし込み、アウトリガーに糸を留めた洗濯挟みを見ている。糸がゆったりとふくらんだ弧線を描いてアウトリガーから落ちるのがハドソンの目に映った。水に落ちると同時にぴーんと張り、斜めに伸びて走りながらすいすいと水を切って行く。

「合わせろよ、デイヴ。力いっぱい合わせてみろ」キャビンの入口からエディーが叫んだ。

「合わせるんだ、兄さん。頼む、合わせて」アンドルーはかきくどく口調である。

「黙れ、釣ってるのは僕だ」とデイヴィッド。

デイヴィッドはまだ合わせていない。糸はさっきのままの角度でどんどんと出て行く。竿は弓なりになり、デイヴィッドは竿を引き込んで糸を出している。ハドソンはエンジンのスロットルをしぼり、ほとんど回転を止めた。

「頼む、合わせてよ」アンドルーがかきくどく。「僕が代ってやろうか」

竿を引き込むだけで、デイヴィッドは糸が依然として同じ角度を保ちながら出て行くのを見守る。リールのドラッグ*をゆるめておいたのだ。

「めかじきだよ、パパ」見上げずに言った。「餌《えさ》に食いついた時、くちばしが見えた」

「本当？」とアンドルー。「凄《すげ》えな」

「そろそろ合わせたほうがいいんじゃないか」ロジャーがデイヴィッドの横に立っていた。椅子の背を外すと、ハーネス*をリールに掛け、バックルを締めてやる。「合わせろ、デイヴ、力いっぱいやれ」

「このくらい食わせとけば充分かしら？」とデイヴは聞いた。「ただくわえて一緒に泳いでるだけじゃないだろうね？」

「吐き出さんうちに合わせることだな」

足を踏ん張ると、デイヴィッドは右手でドラッグのレバーを深くしぼり、巨大な重さと闘いながらぐいと竿を引いた。二度三度、竿を弓なりに曲げながら引きしぼる。が、糸はどんどん出て行く。魚は全然感じていないのだ。

「も一度だ、デイヴ」ロジャーが言う。「精一杯引っかけてやれ」

渾身《こんしん》の力をこめてデイヴィッドは引きしぼり、糸がふいにびゅんとほとばしって出始めた。竿は極端に曲り、押え込むのがやっとである。

「神様」心からの口調でデイヴィッドは言う。「鉤《はり》を打ち込んでやったぞ」

「ドラッグをゆるめて」とロジャー。「トム、魚と一緒に船を回せ。糸に注意」

「魚と一緒に回る。糸に注意」ハドソンは復誦《ふくしょう》すると、「大丈夫か、デイヴ？」

「ご機嫌だよ、パパ。神様、こいつをつかまえられさえすりゃ」

ハドソンは、ほとんど艇を反転させた。デイヴィッドのリールから糸がたちまち消えて行くので、魚との距離を詰めた。

「引っ張り込んで糸を巻き取れ」ロジャーが言う。「奴《やつ》を少しもんでやれ、デイヴ」

デイヴィッドは竿を立て、下ろしながらリールを巻く。立て、下ろしながら巻く。機械のように正確に繰り返し、かなりの糸を巻き取った。

「僕たちの一家じゃ、めかじき釣ったのまだ誰もいないんだぞ」とアンドルー。

「口に出すなよ、ケチがつくから」デイヴィッドは言う。「頼むから魚のことはしゃべらないでくれ」

「言わないよ。兄さんが引っ掛けた時からお祈りばかりしてるんだよ、僕」

「魚の口が痛まないかな？」若トムがハドソンにささやいた。ハドソンは舵輪《だりん》を握り、スターンを見下ろしながら、暗い水中に走る白い糸の角度に注意している。

「大丈夫だろう。デイヴじゃまだ力が無いから、魚を痛めつけることはできまい」

「奴を上げられさえすりゃ、僕どんなことでもする」と若トム。「何でも。断てというなら何でも断つし、約束しろというなら何でも約束する。アンディー、兄さんに水を持って来てあげろ」

「水は俺が持って来た」とエディー。「放すな、頑張れ、デイヴ」

「これ以上詰めるな」ロジャーが下から声をかける。ロジャーは釣りの名手であり、艇の上ではハドソンと完全に息が合っている。

「奴を艇尾側《アスターン》に回そう」声をかけるとハドソンは、そっと静かに艇を回した。スターンは凪いだ水面にほとんど波も立てずに回る。

　魚は底めがけて突っ込んでいる最中で、ハドソンは艇をゆっくりとバックさせ、できるだけ糸の負担を軽くしようとする。が、ほんのちょっと反転《リバース》をかけ、スターンをゆっくり魚に寄せてやると、糸の角度が無くなり、竿の先端がまっすぐ逆立ちして、糸はぐぐっ、ぐぐっと強く引き出され、そのたびごとにデイヴィッドの手中で竿が激しく暴れる。艇をこころもち前進させて、糸が垂直に引き込まれないようにしてみた。この位置だと、デイヴィッドの背中が辛《つら》いことは分っているが、できるかぎり糸を取り込んでおかなければならない。

「これ以上ドラッグを締めると切れちまうよ」デイヴィッドが言う。「奴はどう出るかしら、デイヴィスさん?」

「どんどん潜り続ける、君が食いとめるか奴が自分で止る気になるまではな。止ったら引き上げにかかるんだ」

糸は出て行く。どんどん出て行く。竿は今にも折れんばかりに曲り、糸は調律したセロの絃《げん》のように張りつめ、リールは残り少なである。

「どうしたらいい、パパ？」

「何も。できるだけのことはやっている」

「底に着いちまうんじゃない？」とアンドルー。

「この海には底など無い」ロジャーが言った。

「放すんじゃねえよ、坊主《ぼうず》」とエディー。「野郎、いずれうんざりして浮いて来る」

「このベルトの畜生、殺されそうだ」デイヴィッドは言う。「肩がちぎれるみたいだよ」

「僕が代ろうか？」とアンドルー。

「馬鹿《ばか》いえ。ベルトにやられそうだと言ってみただけじゃないか。平ちゃらだよ、僕は」

「脇腹《わきばら》用のハーネスを掛けられんかな」ハドソンは下にいるエディーに呼びかけた。

「ベルトが長すぎたら糸で縛ってやればいい」

エディーはデイヴィッドの腰の上に幅広のキルティングのパッドをあてがい、パッドに通してある帯紐《おびひも》の吊環《つりわ》を太い釣糸でリールにくくりつけた。

「ああ、大分楽になった」とデイヴィッド。「どうもありがとう、エディー」

「これで肩ばかりじゃなく、背中も使って支えられる」エディーがデイヴィッドに言った。

「でも、もう糸が残ってないんだ。畜生め、どうしてこう潜り続けやがるんだろう、あいつ」デイヴィッドは言う。

「旦那《だんな》」エディーはハドソンに呼びかけ、「北西にちょい戻してみてくれ。奴が動きだしたらしい」

ハドソンは舵輪を回し、艇をそっと、静かに沖に向けた。前方に黄色いほんだわらの大きな塊が漂い、上に鳥が一羽とまっていた。海はあくまで静かに青く澄みわたり、上から見下ろすと、水中にプリズムの反射光を思わせる光があちこちにちらちらと見える。

「そら見ろ」エディーがデイヴィッドに言う。「糸が出なくなったろう？」

デイヴィッドには竿を立てることはできなかったが、糸がぐいぐい引かれて出るのは止っていた。依然として張りつめたままで、リールにはもう五十ヤードも残っていない。しかし、出るのは止った。デイヴィッドは魚を押え、艇は魚と共に進んでいる。ほとんど動きは感じられず、エンジンの回転も静かで音が聞えぬほど——青い水の奥深く、白い糸が斜めに走るのがかろうじてハドソンの目に入るのだった。

「なあ、デイヴ、奴は好きな所まで潜ったから、今度は行きたい方に向って泳ぎだしたのさ。じきに糸を巻き込める」

少年は褐色に焼けた背中を弓なりにそらせ、竿はたわみ、糸はゆっくりと水中を動く。艇はゆっくりと水面を進み、巨大な魚は四分の一マイル下の海中で泳いでいる。さっきの鷗《かもめ》が藻《も》の塊を離れ、艇に向って飛んで来た。舵輪を握るハドソンの頭のまわりを回ると、水面に浮ぶも一つの黄色い藻塊めがけて飛び去った。

「少し巻き込んでみろ」ロジャーがデイヴィッドに言う。「奴を押えとく力があるなら、少しは巻き込めるはずだ」

「もうちょい前進」エディーがブリッジに呼びかけ、ハドソンはできるだけそろそろと艇を前進させた。

デイヴィッドはぐいぐいと竿を立てようとするが、竿がたわみ、糸が張りつめるだけ。流れる錨《いかり》を引っ掛けてしまった感じである。

「かまわん」ロジャーが言う。「いずれ巻き込めるさ。気分はどうだ、デイヴ？」

「大丈夫。背中のハーネスがあるから大丈夫」

「兄さん、奴を押えきれる？」とアンドルー。

「うるさいぞ。エディー、水飲ませてくれないか？」

「どこに置いたっけな？」とエディー。「こぼしちまったらしい」

「僕が取って来る」アンドルーが下に行った。

「何か手伝うことないかい？」若トムは聞いて、「邪魔にならないように、僕はブリッジに登ろう」

「いいんだよ、兄さん。こん畜生、どうして引っ張り上げられないのかな？」

「馬鹿でかい奴だからさ」ロジャーがデイヴィッドに言う。「こっちの言いなり放題にはならん。だましだまして、こっちの狙《ねら》った方向に進むほかないんだと納得させなけりゃ」

「どうするか教えてね、僕は死ぬまでデイヴィスさんの言ったとおり頑張るから。僕、デイヴィスさんを信じてるもの」

「死ぬなんて言っちゃ駄目だ。縁起でもない」

「本当だよ」とデイヴィッド。「本気で言ってるんだ」

若トムはブリッジに戻り、父と一緒に立った。二人はデイヴィッドを見下ろしている。身体《からだ》を曲げ、ハーネスで獲物に結びつけられたデイヴィッド。ロジャーが横に立ち、エディーが椅子を押えている。アンドルーがコップの水を口もとに持って行くと、デイヴィッドは少し口に含んでから吐き出した。

「アンディー、手首に少し水をかけてくれないか？」デイヴィッドは頼む。

「パパ、あの子、本当にこの魚相手に頑張りきれるかな？」若トムはそっと父に尋ねた。

「とにかくでかい相手だからな」

「僕、恐《こわ》くなっちまった。あの子がかわいいんで、魚なんかに殺されたりしたらいやだもの」

「誰だっていやだ、私もロジャーもエディーも」

「皆で面倒見てやらなくちゃ。あの子が危なくなったらデイヴィスさんが代ることだね。お父さんでもいい」

「危なくなっちゃいない。まだまだ大丈夫」

「でも、お父さんは僕たちほどあの子をよく知ってないでしょう。あの子、あの魚を釣り上げるためなら本当に死にかねないよ」

「心配するなよ、トム」

「心配せずにいられないもの。僕は一家の心配屋でね。こんな癖治ってくれるといいんだが」

「今心配しても仕方ない」

「でもね、パパ、デイヴィッドみたいな子供に、どうしてあんな魚が釣り上げられる？　あの子、精々芭蕉《ばしょう》かじきにかんぱちしか上げたことないんだよ」

「いずれ魚のほうがばてる。口に鉤を飲んでるのは奴のほうだからな」

「だけど奴はお化けみたいな代物《しろもの》だ。それに奴がデイヴに引っ掛けられてると同様、デイヴも奴に引っ掛けられてるんだから。そりゃ、デイヴが奴を上げられたらすばらしい。

きっと夢みたいな気がするだろうけど、僕はやっぱりお父さんかデイヴィスさんがやってくれてたらなと思う」

「大丈夫、デイヴはちゃんとやってる」

船は沖へ沖へと出て行きつつあったが、海は依然として油凪《あぶらなぎ》である。ほんだわらの塊が増えたのが目立ち、日にさらされた藻は紫の水面に黄色く見えた。張りつめた白い糸がゆっくり動き、藻塊に引っかかると、エディーがかがみ込んで、からんだ藻を外す。舷側《げんそく》の縁板《コーミング》から乗り出したエディーが黄色の藻を糸から外し、投げ捨てると、渋紙色に焼けた皺《しわ》だらけの首筋と古ぼけた中折れがハドソンの目に映る。こんなことをデイヴに言っているのが聞えた。「坊主、船は今野郎に引っぱられてる形だぞ。野郎はこうして海の中でどんどんどんどん自分をくたびれさせてる」

「僕も奴にくたびれさせられてるよ」デイヴィッドは言う。

「頭は痛くないか？」エディーが聞いた。

「いや、痛くない」

「帽子を持って来てやれよ」ロジャーが言った。

「いらないよ、デイヴィスさん。それより、頭に水かけてもらいたいな」

エディーはバケツに一杯海水を汲《く》み上げ、片手ですくい上げると丁寧にデイヴィッドの頭を濡《ぬ》らすのだった。頭をずぶ濡れにしてから、目に落ちかかる髪の毛をかき上げてやる。

「頭が痛くなったら教えるんだよ」とエディー。

「大丈夫。デイヴィスさん、どうしたら良いのか教えて」

「巻き込めないかどうかやってごらん」とロジャー。

デイヴィッドは巻き込もうとする。二度、三度。が、魚は一インチも上がらない。

「もういい。力を節約しろ」ロジャーは言い、エディーに向うと、「帽子を水にひたしてかぶせてやれ。凪のおかげでえらい暑さだ」

エディーは庇《ひさし》の長い帽子をバケツの海水に漬け、デイヴィッドにかぶせた。

「塩水が目に入っちまう、デイヴィスさん。本当なんだ。ご免ね」

「俺が真水で拭《ぬぐ》ってやろう」エディーが言う。「ロジャー、ハンカチを貸しとくれ。アンディー、あんたは氷水を取って来て」

少年が足を踏ん張り、背中を弓なりにして強い引きに堪えながら頑張っている間に、艇は依然として沖へ沖へとゆっくり出て行く。鰹《かつお》だか、めじ鮪《まぐろ》だか、一群の魚が西の方で凪いだ水面をかき乱し、あじさしが仲間を呼びながら飛んで来た。が、魚の群れは潜ってしまい、あじさしは平らな水面に降り立って、ふたたび浮上するのを待ちかまえる。

デイヴィッドの顔を拭い終えたエディーは、コップの氷水にハンカチをひたすと、デイヴィッドの襟首《えりくび》に当ててやった。続いて手首を冷やしてやり、また氷水にひたすと、デイヴィッドの首筋にあてがいながら水をしぼる。

「頭痛がしたら言いなよ」エディーはデイヴィッドに言った。「べつに降参したことにはなりゃしねえ。ただの分別ってものさ、そうするのが。凪いじまうと、この日ざしはこっぴどく暑いからな」

「大丈夫だよ」と答えるデイヴィッド。「肩と腕がひどく痛むだけだ」

「そんなのは当り前よ。男になれらあ。困るのは日射病と内臓破裂ってやつだ」

「奴《やつ》は今度どう出てくるかな、デイヴィスさん?」デイヴィッドの声はかすれている感じ。

「今のままでいるか、回り始めるか、浮いて来るか、どれかさ」

「最初あんなに深く潜られて、糸を持って行かれたのが痛い。糸が残ってれば操ることもできたろうが」ハドソンはロジャーに言った。

「いや、肝心なのはデイヴが奴を何とかストップさせたことだ。じきに奴も気を変えるさ。そしたらひとつもんでやろう。デイヴ、一度でいい、また巻き込んでごらん」

デイヴィッドは言われたとおりにしたが、びくともしない。

「野郎、いずれ上がって来るさ」とエディー。「まあ、見てな。何だ、こんなやさしいことかと拍子抜けするぜ。どうだ、口をゆすぐか?」

デイヴィッドは黙ってうなずく。息をセーブしたいところまで来たのだ。

「吐き出せ」エディーが言う。「ほんの少しだけ飲み込め」ロジャーを振り返ると、「一時間ちょうど」と言ってから、「坊主、頭は大丈夫か？」

少年はうなずいた。

「どう思う、パパ？」若トムが父に言う。「本当のところ？」

「デイヴは元気みたいだが。エディーがついてるから、危ない目はさせせん」

「そうだね」と若トムは相槌《あいづち》を打って、「何か役に立つことないかな。エディーにお酒持って来よう」

「私にも一つ頼む」

「そりゃいいや。デイヴィスさんにも一杯作って来るよ」

「デイヴィスさんはほしくないんじゃないかな」

「聞いてみよう」

「も一度やってごらん、デイヴ」ロジャーがそっと言い、少年は渾身《こんしん》の力を込め、リール《スプール》の糸巻きの両側を手で抱えながら竿《さお》を持ち上げた。

「一インチ取れたぞ。巻き込んで、も少しやってみろ」ロジャーは言う。

本当の闘いが始まった。これまでは、魚が沖に向い、船がこれについて行く間、デイヴィッドが魚をつなぎとめていたにすぎぬ。今やデイヴィッドは、竿を引き上げ、得た糸の分だけ竿先を伸ばし、続いて下げながら取った糸を巻き込まなければならないのだ。

「あまり急いでやろうとするな」ロジャーが教える。「あわてちゃいかん。一定のペースでやれ」

　少年はかがみ込み、踵《かかと》で踏ん張り、全身のてこと体重を使って引きずり上げる。毎度これを繰り返す。続いて竿を下げながら右手ですばやく巻き込む。

「凄《すご》く立派だよ、デイヴィッドの竿さばき」若トムは言う。「あの子は小さいうちから釣りをやってたけど、これほどうまいとは思わなかった。運動競技ができないんで、自分でとぼけてばかりいるけど。今のあの子、見てごらん」

「運動競技など糞喰《くそく》らえだな」とハドソン。「ロジャー、今何て言った？」

「ちょい先に出て」ロジャーが下から声をかけた。

「ちょい先に出る」ハドソンが復誦《ふくしょう》し、艇はそろそろと前進して、次の回でデイヴィッドはもっと糸を取り込んだ。

「パパも競技は嫌いかい？」

「昔は好きだった。うんと好きだったが、今はそうじゃない」

「僕はテニスとフェンシングが好きだな」と若トム。「球を投げたり捕ったりする競技は嫌いだ。ヨーロッパで育ったせいだと思う。デイヴィッドは頭が良いから、習う気にさえなりゃ、立派なフェンサーになれると思うけど、あの子習う気が無いんだ。本読むのと釣りと鉄砲打ちと蚊鉤《かばり》作りだけしかやりたがらない。射撃場で撃つとアンディーよりうまい。蚊鉤も見事なのを作る。パパ、こんなおしゃべりして、邪魔じゃない？」

「とんでもないさ」

若トムはブリッジの手摺《てすり》につかまり、父と同じく艇の後方を見ている。父はその肩に手を置いた。魚が当ってくる前、艇尾《スターン》で子供たちがバケツでかけ合った海水が乾き、トムの肩に塩がこびりついていた。きめの細かい塩で、手の下でかすかにざらつく。

「ね、デイヴィッドを見てるとそわそわして仕方ないものだから、気をまぎらすために話してるんだ。僕、何よりもあの子が奴を釣り上げてくれないかと願ってるんだけど」

「奴はどえらい魚だ。まあ、見物《みもの》だぞ」

「僕は一匹だけ見たことがあるな、何年も前、お父さんと一緒に釣りしてた時。餌《えさ》にした大きな鯖《さば》にくちばしで突っかかると、踊り上がって鉤を振り切っちまった。とってもなく大きな奴だったな。よく夢に見たよ。じゃ、僕、下に行ってお酒を用意しよう」

「あわてることはない」

下のデッキでは、背当てを外した釣椅子《ファイティング・チェア》に坐《すわ》ったデイヴィッドが、スターンに足を掛けて踏ん張り、腕、背筋、僧帽筋、腿《もも》とすべてを使って竿を上げ、下げては巻き込み、ふたたび上げる。一、二、三インチ、毎回巻き取る糸はじりじりと増えて行く。

「頭、大丈夫か？」安定させるために椅子《いす》の肘掛《ひじか》けを押えているエディーが聞いた。

デイヴィッドはうなずく。エディーはその脳天に手を置き、帽子にさわってみた。

「帽子はまだ湿ってる。野郎を大分痛めつけてるぜ、あんた。機械みてえにな」

「ただ押えつけとくより、このほうが楽だよ」デイヴィッドの声は依然としてかすれている。

「そうよ。これで手ごたえが出てきたからな。今までのじゃ、ただ自分の筋肉を根こそぎ引っこ抜いてるみたいなもんだ」

「無理してあわてずにかまってやれ」ロジャーが言った。「上出来だぞ、デイヴ」

「今度奴が上がって来たら、手鉤《ギャフ》で引っ掛けるの？」とアンドルー。

「おい、頼むから奴のことしゃべるな、ケチがつくってば」デイヴィッドは言う。

「そんな、ケチつける気なんてないよ」

「いいから黙れよ、アンディー、頼む。ご免よ、つい——」

アンドルーはブリッジに登って来た。この子も庇の長い帽子をかぶっていたが、その下で目がうるんでいるのがハドソンには見え、アンドルーは震える唇を隠すため顔をそむけた。

「べつにお前は悪いこと言ったわけじゃないさ」ハドソンは言ってやる。

そっぽを向いたままアンドルーは、「兄さん、これでもし釣り落したら、僕がケチつけたと思うに決ってる」とくやしげに言い、「僕はただ、できるだけ何でも支度しとこうと思っただけなのに」

「デイヴが気がたかぶるのは当然だからな。あれでもつとめて丁寧にしてるんだ」

「分ってるよ。兄さん、デイヴィスさんに負けないぐらい良くやってる。ただね、兄さんにそう思われると思うといやな気がしちまって」

「大きいのがかかると、気が立つ人が多い。デイヴには初めての大物だからな」

「でもパパもデイヴィスさんも、いつも丁寧だ」

「昔はそうでもなかった。二人で一緒に大物釣りを修業してたころは、すぐ興奮して無礼にはなるしいや味は言うし。二人ともひどいものだった」

「本当?」

「そう、本当にな。まるで誰も彼もが私たちの敵みたいに思い悩んだりふるまったり。ま、それが自然というものだろう。丁寧にするってことは、修業中の節度でもあり分別でもある。私らが丁寧にふるまうようになったのは、無礼を働いたり、興奮したりしても魚は釣れんことが分ったからだ。またそんなにして魚を釣ったとしても、さっぱり面白くないしな。まあとにかく二人ともひどいものだったよ。興奮はするわ、むくれるわ、誤解はされるわで、いっこうに面白くなかった。だから今の私たちは、丁寧にしながら魚と取り組む。二人で話し合ったあげく、たとえ何が起きようと丁寧にふるまうことに決めたんだ」

「僕も丁寧にするよ」とアンドルー。「でも、デイヴィッド兄さんが相手だと、時々難かしいことがあるな。パパ、兄さん、本当に奴を上げられると思う？　夢か何かじゃないんだろうね？」

「話すのはよそう」

「また余計なこと言っちまったのかしら、僕？」

「いや。でも、そんな話すると、いつもつきが悪くなるらしいんでね。年寄りの漁師たちから聞いたんだが。なぜそうなったのかは知らんけれども」

「注意するよ、僕」

「パパ、お酒だ」若トムが酒を下から手渡した。コップを紙ナプキンで三重に巻き、ゴムバンドで固く留めて、氷が溶けぬようにしてある。「ライムにビターズを入れ、砂糖は抜きにしといた。それで良いの？　それとも作り直す？」

「上等だよ。椰子《やし》の汁で作ったんだろうな？」

「うん。エディーにはウィスキーを一杯。デイヴィスさんは何もほしくないそうだ。アンディー、あんたずっとそこにいるのか？」

「いや、今降りるよ」

　若トムが登り、アンドルーが降りた。

　スターンごしに後ろを見やったハドソンは、糸の角度が上向きになり始めたことに気づいた。

「ロジャー、気をつけろ」とハドソンは声をかけた。「上がって来るらしいぞ」「上がって来るぞ！」エディーがどなる。やはり糸の角度の変化に気づいたのだ。「舵《かじ》に注意してくれ」

ハドソンはリールのスプールに目をやった。相手をいなすだけの糸の余裕があるだろうか？　まだ四分の一も巻き込んでいない。しかも見ているうちに、糸は唸《うな》りを上げて飛び出し始めた。艇をバックさせ、鋭く舵を切って糸の傾斜を追う。かなりバックさせたところで、エディーもどなった。

「バックで近づけ、旦那《だんな》。あん畜生上がって来る。船を回すだけの糸はねえ」

「竿を立てるんだよ」ロジャーがデイヴィッドに言う。「奴に引っ張り込ませちゃいけない」ハドソンに向うと、「バックしていっぱいに詰める。今の調子だ。奴にほしいだけくれてやれ」

と、右舷艇尾側《うげんアスターン》の静まり返った水面を突き破り、巨大な魚が踊り出た。青黒く光り、銀色に輝き、身体《からだ》は尽きるところを知らぬように水から立ち上る。ついに宙に舞い上がった巨体は目を疑いたくなる偉容で、しばし空中に静止しているように見えたが、やがて白くそそり立つ水しぶきを上げて水に落ちた。

「凄い」デイヴィッドが言う。「見た、今の？」

「くちばしだけで僕の背の高さだ」アンドルーは圧倒された口調である。

「すばらしい奴だ」と若トム。「僕が夢に見た奴よりずっと見事だ」

「バックを続けて」ロジャーはまずハドソンに言ってから、デイヴィッドに、「たるんだ糸を巻き取るようにしろ。奴はうんと深い所から上がって来たんだから、大きなたるみができてるはずだ。そいつを少しでもいただいちまえ」

ハドソンが魚めがけて船を速やかに後退させたので、糸が出て行くのは止り、デイヴィッドは竿を立て、下ろしながら巻き込んでいる。ハンドルを回すのが間に合わぬほど、糸はどんどん取れた。

「スローダウンだ」ロジャーが言う。「奴の上を通り越さんように」

「あん畜生、千ポンドはあるぞ」とエディー。「坊主《ぼうず》、今なら楽だ。糸をうんと荒稼《あらかせ》ぎしとけ」

魚が跳ねた場所の水は空《うつ》ろに静まり返っていたが、水が破られてできた波紋はまだ広がりつつある。

「飛び上がった時奴がはね上げた水、見たかい？」若トムが父に聞いた。「海全体がはじけたみたいだった」

「奴が空に向ってどんどん舞い上がったところはどうだ、トム？　あの青い色、それにすばらしい銀色、お前あんな色を見たことあるか？」

「くちばしも青かった、背中の所が端から端まで青かった。エディー、あいつ本当に千ポンドもあるかい？」若トムは下のエディーに声をかけた。

「と思うよ。誰にもハッキリしたことは言えねえが。とにかくおっそろしい目方だろう」

「できるだけ糸を頂戴《ちょうだい》しとけ、今みたいに安く稼げるうちに」ロジャーがデイヴィッドに教える。「その調子、その調子」

少年はふたたび機械のように働き、水中にできた大きなたるみから糸をせっせと巻き取っている。艇がバックする速度はすっかり落ち、動きがほとんど分らぬほどだった。

「あいつ、今度はどう出てくるかな？」若トムは父に尋ねる。ハドソンは水中の糸の角度を見、少し前進したほうが安全だと思うのだったが、あまり糸を出しすぎてしまったため、ロジャーが辛《つら》い思いをしたことも分る。魚が一度遮二無二《しゃにむに》突進すれば、リールの糸などたちまち尽き、あげくは切られてしまうのであり、ロジャーは無理をしても今のうちに糸を溜《た》めておきたいのである。糸を見ているハドソンが気がつくと、デイヴィッドはリールに半分近く巻き込み、さらに巻き続けている。

「今何と言った？」ハドソンは若トムに聞き返した。

「あいつ、今度はどう出てくるかな？」

「ちょっと待ってくれ、トム」と言うとハドソンは下のロジャーに声をかけ、「奴《やつ》の上を通り越しちまうぞ」

「じゃ前進微速」とロジャー。

「前進微速」とハドソンは復誦する。デイヴィッドの取り込む糸の量は減ったが、これで魚に対しては安全な位置に立つことができた。

と、ふたたび糸が出始め、ロジャーが声をかけた――「クラッチ切る」ハドソンはクラッチを切り、エンジンをアイドリングさせた。

「切ったよ」ロジャーはデイヴィッドの上にかがみ込み、少年は腰をすえて竿《さお》を引き込まれぬよう支えている。糸はどんどん出て行く。

「少し締めろ、デイヴ」とロジャー。「糸がほしけりゃ一苦労させてやれ」

「切られるといやなんだ」が、デイヴィッドはドラッグを締めた。

「切れやせん。そのドラッグなら大丈夫」

糸は相変らず出て行くが、竿はぐっとたわみ、少年は素足をスターンの木材に踏ん張って引きに堪える。と、糸の出が止った。

「よし、今度は少しいただきだ」とロジャー。「奴はぐるぐる回る気だ。今船に近づいて来てる。できるだけ取り返せ」

少年は竿を下げて巻き取り、持ち上げ、竿先を伸ばし、下げては巻く。糸はふたたび鮮やかに巻かれて行く。

「良いかい、これで？」

「立派なもんだ」エディーである。「坊主、野郎め鉤《はり》を深く呑《の》んだぞ。飛び上がった時に見えたよ」

と、竿を立てにかかった時、糸がまた出始めた。

「畜生」デイヴィッドが言う。

「かまわんよ」とロジャー。「これで当り前だ。今度は船から遠ざかってるんだ。円を描いて泳いで、さっきは船に近づいて来たから糸が取れた。今度は奴が取り返してるわけさ」

糸が堪えうる力のぎりぎりの所で、デイヴィッドは魚を押えるが、糸は徐々に、絶え間なく出て行く。今取り返したばかりの分にわずかおまけをつけて取り返された。そこでやっと食いとめた。

「よし。もんでやれ」ロジャーがそっと言う。「輪が少し広かったが、また船に近づく番だ」

魚を艇尾側《アスターン》に置くために時々使うだけで、ハドソンはもうエンジンをあまりかけない。自分は船を使ってあの子をできるだけ助ける。あの子の面倒と魚との闘いはロジャーに任す。それしか方法は無いように思う。

次に回った時、魚はまた少し糸を取り返した。その次にも。が、少年のリールにはまだ半分近くの糸が残っている。相変らず理想的にさばいており、ロジャーに何か言われれば、必ず果してみせた。しかしもうかなり疲れ、褐色に焼けた背と肩には汗と海水とで、塩の斑点《はんてん》が見える。

「二時間ちょうど」エディーがロジャーに言った。「坊主、頭の具合はどうだ？」

「大丈夫」

「痛まねえか？」

少年は首を横に振る。

「今度は少し水を飲み込め」とエディー。

うなずくと、デイヴィッドはアンドルーが口にあてがったコップから水を飲んだ。

「デイヴ、本当にどうなんだ、気分は？」すぐ後ろでかがみ込むと、ロジャーが聞く。

「大丈夫。背中と手足を除けば」ちょっと目を閉じると、ドラッグの強いブレーキに逆らって取られる糸のため、激しく暴れる竿にしがみついた。

「口ききたくないんだ」

「今度は少し取り返せるぞ」ロジャーに言われ、少年は作業に戻る。

「あの子は聖人で殉教者だ」若トムが父に言う。「デイヴィッドみたいな兄弟が持てる子などいやしないよ。パパ、話してもかまわない？　落ち着かなくて仕方ないんだ」

「いいよ。しゃべれ。心配なのはお互いさまだからな」

「いつもすてきな子でね、あの子は。べつに天才じゃないし、アンディーみたいなスポーツマンでもない。ただすてきな子としか言いようがないな。お父さんがあの子を一番かわいがってるのは承知だ。それで良いのさ、あの子は兄弟のピカ一だからな。ああしてることがあの子のためになることも分ってる。さもなけりゃ、お父さんがさせとくわけないもの。でもとにかく僕は落ち着かなくって」

ハドソンは若トムの肩に片腕を回すと、艇尾側に目をやりながら片手で舵輪《だりん》を操った。

「いかんのはな、トム、もし私らがデイヴィッドにあきらめさせてしまったら、それがデイヴィッドにどう作用するかということだ。ロジャーもエディーも、今やっていることにかけては専門家、しかも二人ともあの子をかわいがっているから、無理なことはやらせはすまい」

「でも、あの子には限界ってものが無いんだよ、パパ。本当。あの子はいつでも平気でできないことに手を出しかねない」

「お前は私を信じろ。私はロジャーとエディーを信じる」

「じゃいい。でも僕はこれからあの子のためにお祈りしよう」

「それがいい。お前、私があの子を一番かわいがってると言ったが、なぜかね？」

「それが当然だもの」

「私はお前を一番長くかわいがってきたが」

「僕のこともお父さんのことも考えるのはよそう。二人であの子のためにお祈りしようよ」

「よし。さてと。奴を引っ掛けたのはちょうど正午だ。そろそろ少し日陰ができてもいい。もうできてるはずだ。そっと船を回して、あの子を日陰に入れてやろう」

ハドソンは下のロジャーに声をかけ、「あんたがOKなら、船をゆっくり回して、デイヴを日陰に入れてやりたいんだが。今の泳ぎ回り具合なら、魚に対しては関係ないだろうし、むしろそのほうが奴の針路にぴったり合わせられるんじゃないかな」

「上等」とロジャーは言う。「僕のほうで気がつくべきだったな」

「いや、今までは陰そのものが無かったから」ハドソンはスターンを軸に艇を振る形で、きわめてゆっくりと艇を回したので、ほとんど糸を取られずにすむ。これでデイヴィッドの頭と肩は、キャビン後方の屋根の陰に入った。エディーがタオルで首筋と肩を拭《ぬぐ》い、背中とうなじにアルコールを塗ってやる。

「どうだ、デイヴ？」若トムが上から声をかけた。

「いい気持だよ」

「大分気が楽になってきた、あの子のこと考えても」と若トム。「学校でね、誰かがデイヴィッドは僕の腹違いの弟だから、本当の兄弟じゃないなんて言う奴がいたんで、僕言ってやったんだ。僕の一家には腹違いなんてものは無いんだってね。でも、僕もこう心配性じゃないといいんだがな、パパ」

「いずれ治るさ」

「僕らみたいな一家だと、誰かが心配役にならなけりゃ。でも、僕はもうお父さんのことは心配じゃない。デイヴィッドだ、今は。さ、お酒をもう一、二杯こさえてこようか。お酒こさえながらお祈りできるもの。一杯どう、パパは？」

「そりゃありがたい」

「エディーも猛烈にほしいころじゃないかな。そろそろ三時間くらい経《た》つからね。三時間の間、エディーは一杯しか飲んでないんだ。僕も大分怠慢だったな。デイヴィスさんが飲もうとしないのはなぜだろ、パパ？」

「デイヴィッドがああいう目に遭っている間はほしがるまいと思えてな、私には」

「あの子が日陰に入ったから、今なら飲むかもしれない。いずれにせよ、聞いてみるよ」

若トムはキャビンに降りて行った。

「いや、やめとこう」とロジャーが言っているのが聞えた。

「でも、デイヴィスさん、朝から一杯も飲んでないでしょう？」トムが勧めた。

「ありがとうよ、トム。僕の代りに君がビール一本飲んでくれ」舵《かじ》を取るハドソンに呼びかけて、「ちょい前進微速。このコースだと奴も素直に来る」

「ちょい前進微速」ハドソンは復誦《ふくしょう》する。

魚は相変らず深い所でぐるぐる回っているが、艇がこの針路に向うと、円を縮めて泳ぐ。魚の行きたい方角なのだ。糸の角度も良く見えるようになった。日が艇の背中に回ったので、糸の正確な斜角が暗い水中のずっと深い所まで見え、ハドソンは安心して魚相手に舵が取れるようになった。今日の凪《なぎ》のありがたみを思う。たとえ中程度の波でも、あの魚相手では、デイヴィッドにはとても堪えきれぬ苦痛だったはず。デイヴィッドは日陰に入り、海は凪いだままである。ハドソンはすべてについて大分心が楽になってきた。

「ありがとう、トム」とエディーの声がし、続いて若トムが紙にくるんだコップを持って登って来た。口をつけ、ごくりと飲み込むと、ライムのつんと利《き》く冷たさ、アンゴスツラ・ビターズのどことなくニスを思わせる芳《かんば》しい舌ざわり、良く冷えた椰子《やし》の汁のまろみにぴりっと腰のあるジンの味を楽しむ。

「それでいい？」若トムが聞いた。若トム自身はアイスボックスから出したビールを一本手にしている。瓶《びん》が日なたでびっしょりと冷たい汗をまとう。

「実にうまい。大分ジンを利かせたな？」

「やむをえずだよ。氷がすぐ溶けて薄くなっちまうから。何か絶縁材で作ったコップ受けがほしいね、氷が溶けないように。学校に帰ったら作ってみよう。コルクの塊か何か使えばできるんじゃないかな。それをお父さんへのクリスマス・プレゼントにしようか」

「デイヴを見てごらん」

デイヴィッドは、たった今戦いが始まったような顔で、魚と取り組んでいる。

「ずいぶんひょろひょろしてるだろう、あの子」若トムは言う。「胸も背中も同じ形。まるで糊《のり》着《づ》けして作ったみたいな感じだ。でもあの子の腕の筋肉の長さといったら、あんなのまずないな。腕の表側でも裏側でも同じように長い。つまり二頭膊筋《はくきん》も三頭膊筋もね。本当に不思議な身体《からだ》つきだよ、パパ。不思議な子、でも弟としちゃこの上ない子だ」

コックピットでは、エディーがグラスを干し、ふたたびデイヴィッドの背中をタオルで拭《ふ》いている。続いて胸、長い腕と拭く。

「大丈夫か、坊主《ぼうず》?」

デイヴィッドはうなずいた。

「なあ、坊主。俺は一人前の大人、がっちりして肩なんか牛みたいにたくましい奴が、あんたが今まで頑張った半分ぐらい魚の相手しただけで、おじけづいて放り出しちまったのを見てる」

デイヴィッドは仕事を続ける。

「でかい男でな。あんたの親父《おやじ》さんもロジャーも知ってる。魚釣りのトレーニングまでやり、年がら年中釣り三昧《ざんまい》の男さ。見たこともねえような大物を引っ掛けときながら、おじけづいて放り出しやがった。痛くてかなわねえからよすだとよ。その調子で続けてりゃいいんだぞ、坊主」

デイヴィッドは何も言わない。息を節約してポンピング*を続ける——竿を下げ、立て、リールを巻く。

「あん畜生がこんなに強いのは雄だからよ。雌ならとっくに降参してる。内臓や心臓がぶっつぶれたり卵巣《らんそう》が破裂したりしてな。この種類の魚だと雄が一番強い。雌が一番強い魚もたくさんあるけどな。めかじきじゃ雄だ。あの野郎はもの凄《すご》く強いぞ、坊主。だがいずれはあんたのものだ」

また糸が出始めた。一瞬目を閉じたデイヴィッドは素足を板張りに踏ん張ると、竿につかまってのけぞり、そのまま身を休めた。

「それでいい、坊主。仕事の時だけ身体を使えばいい。野郎はぐるぐる回ってるだけだ。でもドラッグのおかげで、野郎は苦労しなけりゃ糸が取れねえ。どんどんくたびれてゆく」

首だけで振り向くと、エディーはキャビンの中をのぞき込んだ。目を細くしてのぞいている様子から、ハドソンには、キャビンの壁にある真鍮《しんちゅう》の大時計を見ているのだなと分る。

「三時間五分だ、ロジャー。な、坊主、お前さんもう三時間五分も奴《やつ》とつき合ったんだぞ」

デイヴィッドが糸を取り返し始めてもよい地点まで来たが、糸はやむことなく出続ける。

「野郎、また潜ってる。坊主、危ねえから注意。トム旦那《だんな》、糸はちゃんと見えるか？」

「見える」ハドソンは答えた。糸はまだそう急角度になっていない。キャビンの屋根の上に立つと、かなり深くまで糸が見える。

「潜って死のうとしてるのかもしれん」ハドソンは声をひそめて長男に言うのだった。

「そんなことをされたら、デイヴは滅茶苦茶《めちゃくちゃ》になってしまう」

若トムは首を横に振ると、唇を嚙《か》みしめた。

「精一杯食いとめてみろ」ロジャーの声が聞えた。「糸を締め込んで、道具のぎりぎりのところで頑張れ」

少年はほとんど竿《さお》と糸の耐久力の限界までドラッグを締め込むと、できるだけ苦痛に堪えようと踏ん張って、竿にしがみついた。糸は外へ外へ、下へ下へと出て行く。ロジャーは、

「今度奴を食いとめた時は君が奴に勝った時だよ」デイヴィッドに言うと、

「トム、クラッチ切る」

「切った」とハドソンは答え、「だが、バックするとちょっと糸が稼げそうだが」

「OK。やってみてくれ」

「バック開始」とハドソン。後退してわずか糸を稼いだが、大したことはない。しかも糸はひどくまっすぐに立ち始めている。さっきの最悪時より、リールの糸の量は減っていた。

「デイヴ、スターンに出るほかないな」とロジャー。「ドラッグをちょいゆるめる。竿《さお》尻《じり》を抜くためだ」

デイヴィッドはドラッグをゆるめた。

「竿尻をハーネスの竿受けに差す。エディー、腰を支えてやってくれ」

「大変だよ、パパ」若トムが言った。「まっすぐ底まで持ってく気だよ、奴」

デイヴィッドは低いスターンに跪《ひざまず》いていた。竿はひどく曲り、先が水に潜っている。腰に巻いた竿受けの革ソケットに竿尻を差し込んである。アンドルーがデイヴィッドの足をつかまえ、ロジャーはその横に膝《ひざ》を突いて、水の中の糸とリールの残り少ない糸を見守る。ハドソンに向い、ロジャーは、まずい、と首を横に振って見せた。

リールにはもう二十ヤードも無く、デイヴィッドは引きずり込まれて、竿半分が水の中である。十五ヤードそこそこ——十ヤードを切った。が、そこで糸は止った。少年の身体はスターンからはるか乗り出し、竿の大部分は水中にある。が、糸はもう出て行かない。

「椅子《いす》に戻してやれ、エディー。そっとだぞ。そっと」ロジャーが言う。「無理ならいいんだ。奴を食いとめたぞ、デイヴは」

腰のまわりを抱いてやり、魚がふいに引いても水に落ちぬようにして、エディーはデイヴィッドを椅子に戻した。そっと坐《すわ》らせ、デイヴィッドは竿尻を椅子の竿受け《ギンブル》に差すと、両足を踏ん張って竿を引き起す。魚はわずか上がった。

「糸を取る時だけ引っ張れ」ロジャーが教える。「あとは奴に引っ張らしとけ。奴をもんでやる時だけ身体を使って、その合間合間にできるだけ休む」

「やっつけたぞ、坊主」とエディー。「野郎はじりじりと参ってきてる。楽にゆっくり行け。すりゃ、必ず野郎を殺せる」

ハドソンは艇をわずか前進させ、魚をもっと艇尾側《アスターン》に置くようにした。もうスターンはすっぽり陰に包まれている。艇は相変らず沖へ沖へと出、水面を乱す風一つ無い。

「パパ」若トムが父に言う。「お酒作ってる時あの子の足見たんだけど、血が出てる」

「板の上で踏ん張って擦《こす》ったんだ」

「足の下にクッション置いてやろうか？　踏ん張れるように」

「降りてエディーに聞いてごらん。だがデイヴの邪魔はするな」

すでに三時間をかなり回っている。艇は依然として少しずつ沖に出、ロジャーに椅子の背を支えられながら、デイヴィッドはじりじりと魚を上げつつあった。一時間前より元気そうに見えるが、足の裏を伝った血が踵《かかと》の所に溜《た》まっているのがハドソンの目に映る。血は日に光っていた。

「坊主、足はどうだ?」とエディー。

「痛かない。痛いのは手と腕と背中」

「足の下にクッション入れようか?」

デイヴィッドは首を横に振った。

「くっついちまう。足がねばねばしてるんで。痛かないよ。本当」

ブリッジに上がって来た若トムが、「足の裏をズタズタにしちまうよ、あの子。手もひどくなってる。火ぶくれができて、それが全部潰《つぶ》れちまって。パパ、どうもうまくないな」

「急流を漕《こ》いで遡《さかのぼ》るのと同じことだ。あるいは、くたくたになったあげく、山を登りつめるとか、馬の上で頑張るとか」

「分ってる。でも相手が弟だもの、ただ指くわえて見てるのはあんまりって気がして」

「それは分る。だが、男になろうとするなら、どうしてもやってのけなければならぬ――男の子にはそういう時があるものだ。今のデイヴがそれだよ」

「分ってる。けど、あの子の足や手を見ちまうと、どんなものかなあとどうしても――」

「釣ってるのがお前だとしたら、ロジャーや私に代ってもらいたいと思うか？」

「いや、死ぬまで放しゃしないよ。だけどデイヴがああしてるの見ると――」

「考えなければいかんのは、デイヴがどう思うか、デイヴにとって大事なのは何か、それだな」

「分る」若トムはどうにもならない口調で、「でも僕にとっては、デイヴだけが問題なんだ。僕は世の中が今みたいじゃなく、兄弟が妙なことになってたりしなけりゃいいのにと思ってる」

「それはお父さんも同じことだ。お前はとてもいい子だよ、トム。しかし、これだけは知ってほしい――お父さんはね、デイヴがこの魚をつかまえさえすれば、ほかのことが全部やりやすくなるようなものが一生デイヴの心の中に残る、そう信じてなかったとすればとっくの昔にこんなことはやめさせてたろう」

ちょうどその時エディーが口を開いた。またキャビンの中をのぞき込んでいたのである。

「四時間ぴったりだ、ロジャー。坊主、少し水を飲んだほうがいいぞ。気分どうだ？」

「大丈夫」

「そう、僕にできて役に立つことがある」と若トム。「エディーに一杯こさえよう。パパはどう？」

「いや、今度はお休みにしとく」

若トムはキャビンに降り、ハドソンはデイヴィッドを見守った——ゆっくりと、疲れてはいるが手を休めずに働くデイヴィッド——その上にかがみ込み、低い声で話しかけるロジャー——スターンに出、糸の角度を見張るエディー。めかじきが泳ぎ回っている水の中を思い描いてみる。もちろん暗いだろうが、奴は馬のように夜目がきくのではないか。非常に冷たいことは確かだ。

魚は一人ぼっちなのだろうか、それとももう一匹の仲間が一緒に？　他の魚は見かけなかったが、だからといって奴が一人ぼっちとは限らない。暗く冷たい所に、仲間が一匹一緒にいるかもしれぬ。

さっき深く深く潜って行った時、なぜ奴は止ったのか？　最大潜水限度に届いてしまったのだろうか、飛行機が上昇限度に達するように？　それとも、竿のたわみ、ドラッグの重いブレーキ、糸の水中抵抗を相手に引っ張り合い、ついにくじけて今はただ行きたい方角に静かに泳ぐだけなのか？　デイヴィッドに引かれ、少しずつ少しずつ浮き上がっているのか、自分をとらえて放さぬ不快な張力を柔らげようとおとなしく浮き上がっているのか？　たぶんそうなのだ、とハドソンは思う、奴がまだ元気だとすれば、デイヴィッドはかなりてこずるかもしれぬ。

若トムはエディー自身の瓶《びん》を届けてやり、エディーは深々とらっぱ飲みをすると、若トムに餌箱《えばこ》の中に入れて冷やしておいてくれと頼んだ。「すぐ出せるように頼むぞ。坊主と魚の決戦をまだ大分見てなけりゃならねえとしたら、俺はひでえ飲んだくれになること請合いよ」

「ほしくなったら、いつでも僕が持って来てあげる」とアンドルー。

「ほしくなった時持って来られちゃ困る。俺が頼んだ時だけにしといてくれ」

若トムはハドソンのいるブリッジに戻り、二人はエディーがかがみ込んで、丁寧にデイヴィッドの目を調べるのを見守った。ロジャーは椅子を押え、糸を見張る。

「良く聴《き》け、坊主」少年の顔をすれすれにのぞき込みながら、エディーは、「手とか足なんてものはどうってこたあねえ。痛えし、ズタズタに見えるかもしれんが、大丈夫。釣師の手足はそうなるのが当り前、次の時にはもっと頑丈になってら。だがな、本当に頭は大丈夫か?」

「大丈夫」

「よし、じゃ神様のお恵みを。頑張ってあん畜生を放すなよ、じきに引きずり上げてやるからな」

「デイヴ」ロジャーが語りかける。「僕が代ろうか?」

首を横に振るデイヴィッド。

「今ならもう途中で放り出したことにはならん。むしろ分別ってものだ。僕が代っても良し、お父さんが代っても良い」

「僕、何かまずいことしたの？」デイヴィッドはくやしそうに言う。

「いや。完璧《かんぺき》だ」

「じゃ、なぜよせって言うんだ？」

「奴は君をひどく痛めつけてる。君に怪我《けが》させたくないんだ」

「口に鉤《はり》が引っ掛かってるのは奴のほうだよ」デイヴィッドの声はふらついた。「痛めつけられてるもんか。僕が奴を痛めつけてるんだ。糞《くそ》野郎」

「そう、言いたいことは何でも言ってしまえ」とロジャー。

「糞野郎、糞野郎め」

「泣いてるんだよ」ブリッジに登り、若トムと父と一緒に立っていたアンドルーが言う。

「あんなこと言って、涙をまぎらしてるんだ」

「黙ってろ、馬っ子」と若トム。

「殺されても平ちゃらだぞ、糞野郎め」デイヴィッドは言う。「ちぇっ、違う。奴は憎らしくない。僕は奴が好きだ」

「黙ってな」エディーが言い聞かせた。「息をセーブしろ」

　エディーはロジャーを見、ロジャーは、さあ、どうかなと言いたげに肩をすくめる。

「あんた、そんなに興奮すると俺が奴を取り上げるぞ」

「いつだって興奮してるよ、僕」とデイヴィッド。「口に出さないから、誰も知らないだけだ。いつもと変っちゃいない。ただしゃべっただけさ」

「いいから黙って楽にしてな。おとなしく、静かにしてりゃいつまでも頑張れる」

「頑張るとも。奴《やつ》の悪口言ったりしてすまないと思う。奴のこと悪く言いたくなんかない。奴は世界最高の立派な奴だもの」

「アンディー、純アルコールの瓶を頼む」と言うと、エディーはロジャーに向い、「この子の肩と手足をもみほぐしてやる。氷水はもう使いたくねえ。攣《つ》ると困るからな」キャビンをのぞくと、「五時間半ちょうどだ、ロジャー」デイヴィッドを振り向き、「もうあまり暑かねえな？」

　少年は暑くないと、首を横に振った。

「恐《こわ》かったのは、あの真昼の頭から照りつけるお天道様《てんとさま》だ。これからはもう何も心配いらねえからな、坊主《ぼうず》。のんびりやって、あの野郎を負かしてやれ。暗くなる前に片づけよう、な？」

　デイヴィッドはうなずく。

「パパ、こんなに頑張る魚今までに見たことある？」若トムが聞いた。

「ああ」

「たくさん？」

「さあ、どうかな。この湾流にはもの凄《すご》いのがいるからな。同時にまた、図体は恐ろしくでかいが、上げやすい魚もいる」

「どうして上げやすいんだい？」

「年とって肥《ふと》るせいじゃないかね。老いぼれて死にそうみたいなのもいる。それからもちろん、一番でかい魚の中には、さんざん跳ね回って自分で自分を殺すのがあるからな」

長い間ほかの船を見かけていない。すでに夕暮近く、島とアイザックス大燈台《だいとうだい》の間をかなり来ていた。

「も一度やってみろ、デイヴ」ロジャーが言った。

少年は背を曲げ、両足で踏ん張って懸命に引く――びくともせぬと思われた竿《さお》は、じりじりと上がって来た。

「やったぞ」とロジャー。「糸を巻き取ってもう一度」

ふたたび少年は持ち上げ、糸を取り返す。

「奴は上がって来る」ロジャーが言う。「その調子、休まず続けろ」

デイヴィッドは機械のように働き始めた――いや、疲れ果てた少年が機械の真似《まね》をするように。

「今だ」とロジャー。「奴は今度こそ本当に上がって来る。トム、ちょい前進だ。できれば奴を左舷《ポート》に回そう」

「ちょい前進」

「君の判断で動かしてくれ、トム。ゆっくり上げて、やりやすい場所に持って来よう、エディーが手鉤《ギャフ》を打ち込めるように。縄も掛けたいし。鉤素《リーダー》は僕が取る。若トム、君はここに降りて来て、椅子の世話だ。それから僕がリーダーをさばく時には、道糸が竿にからまんよう、面倒見てくれ。奴を一度放さなけりゃならんこともあるから、絶対に糸がからまんようにな。アンディー、君はエディーに言われたら何でも道具が渡せるようにしとく——掛ける縄、棍棒《こんぼう》、何でも言われたらすぐ渡す」

魚はぐんぐん上がるようになり、デイヴィッドはリズムを乱さずポンピングを続けている。

「トム、降りて下で舵《かじ》を取ってくれ」ロジャーが声をかけた。

「今降りようとしてたところだ」ハドソンは答えた。

「すまん」とロジャーは言い、「いいな、デイヴ、もし奴が急に突っ走りだして、僕が放さなけりゃならんようになったら、必ず竿を立てて糸や何かがからまないようにすること。僕がリーダーをつかんだら、すぐドラッグをゆるめてくれ」

「むらのないように糸を巻けよ」とエディー。「ここまで来て糸をもつれさせたりするなよ」

ハドソンはブリッジからコックピットにひらりと降り、コックピットにある舵輪《だりん》と操縦装置に向った。ブリッジより水中の見通しは良くないが、緊急の場合扱いやすいし、連絡も楽である。長い時間上から見下ろしていたあげく、急に戦いの場と同じ高さに立つのは妙な気分だな、と思う。ボックス席から舞台に、あるいはリングサイド、競馬場の手摺《てすり》のそばに降り立った感じだった。一同の姿が大きく近く見え、寸詰りの感じが消えて背が高く見える。

デイヴィッドの血塗《ちまみ》れの手、血が滲《にじ》み出、べったりとうるしを塗ったような足、背中に走るハーネスの痣《あざ》、竿を立て終って振り向く顔に浮ぶほとんどあきらめきったような表情が目に入る。キャビンをのぞき込むと、真鍮《しんちゅう》の時計が六時十分前を指していた。こうしてそばから見ると海の様子も変る。日陰に入り、デイヴィッドの弓なりの竿ごしに海に目をやると、暗い水中に白い糸が斜めに走り、竿はしきりに上下している。エディーは点々と雀斑《そばかす》の浮いた手にギャフを持ち、スターンに跪《ひざまず》いてほとんど紫の水面を見下ろし、魚の姿を求めていた。ギャフの柄に結んだロープがスターンの係留柱につないであるのがハドソンの目に留った。目を移し、ふたたびデイヴィッドの背中、伸ばした足、竿を持つ長い腕を見た。

「奴が見えるか、エディー?」椅子《いす》を押えながらロジャーが聞く。

「まだだ。頑張って放すなよ、坊主。がっちり押えろ」

デイヴィッドは同じ動作で竿を立て、下げ、リールを巻き続ける。リールはもう糸で重く、一度振るごとにかなりの糸が取れた。一度、魚はぐっと踏みとどまり、竿が水に向って二つに折れ曲ると、糸がまた出始めた。

「あいつ、まさか」デイヴィッドが言う。

「いや、やりかねねえ」とエディー。「分るもんか」

が、デイヴィッドは重さにてこずりながらもじりじりと竿を上げ、以後また前同様糸は楽に、絶え間なく巻き取れた。

「野郎、ちょっと頑張ってみせただけだな」古い中折れをあみだにし、エディーは澄んだ暗紫色の水中をのぞき込む。

「見えたぞ」とエディー。

急いで舵輪の前を脱け出したハドソンは、スターンからのぞいた。魚が見える。スターンの海中深く、深さのために小さく頭でっかちの姿だったが、ハドソンが見ているほんのわずかの間にぐんぐん大きくなった。接近する飛行機ほど速やかではないにせよ、ぐんぐん膨らむ感じは同じである。

デイヴィッドの肩に腕を回すと、ハドソンは舵輪に戻った。「ほら、見てごらん、あれ」と言うアンドルーの声が聞え、今度は舵の前から見えた。スターンのかなり後方、深い所に、丈も幅も厚味もすっかり大きくなった褐色の姿。

「船はそのまま」振り向かずにロジャーが言い、ハドソンは答えた。「そのまま」

「凄い、見てごらん」と若トム。

本当に大きい。ハドソンの見た最大のめかじきである。巨大な身体《からだ》の端から端まで、さっきまでの褐色と打って変り、青紫色に見える。艇と同じ方角にゆっくりと一定の速度で泳ぐ。艇の後方、デイヴィッドの右手に当る。

「そのままずっと来させろ」とロジャー。「今の来方でちょうどいい」

「ちょい前進」魚を見ながらロジャーは言う。

「ちょい前進」ハドソンが答えた。

「糸をちゃんと巻いとけ」エディーがデイヴィッドに言いつける。リーダーの撚戻《よりもど》し金具が水から上がったのが見えた。

「もうちょい前進」とロジャー。

「もうちょい前進」ハドソンは復誦《ふくしょう》した。

魚を見守りながら、ハドソンはスターンをそろそろと魚の針路に寄せた。魚の紫の巨《きょ》軀《く》が端から端まで完全に見える。先端の太い剣のようなくちばし、広い背に突き出し、水を切って進む背鰭《せびれ》、ほとんど動くとも見えずに魚を推進させる巨大な尾。

「ほんのちょい前進」

「ほんのちょい前進」

デイヴィッドは、リーダーが手の届く所まで引き込んだ。

「用意いいな、エディー?」とロジャー。

「いいとも」

「トム、奴を見張っててくれ」そう言うとロジャーは身を乗り出し、ワイヤ・ロープのリーダーをつかんだ。

「ドラッグゆるめて」デイヴィッドに言うと、ロジャーはゆっくり魚を引き上げ始める。ギャフが届くまで、重いワイヤで引き込むのだ。

長さ、幅とも、まるで水に漬かった大丸太の感じで魚は上がって来る。デイヴィッドは魚を見守り、時々竿先がからまぬよう上にも目を走らせた。過去六時間、初めてデイヴィッドは背中や手足の負担から解放され、ハドソンはデイヴィッドの脚部の筋肉がわなないているのが目に入った。エディーはギャフを手に舷側《げんそく》から身をかがめ、ロジャーはゆっくり着々と引き上げている。

「千ポンドは超えるぞ」それからそっと声を落したエディーは、「ロジャー、鉤《はり》が切れかかってる。細い針金一本しかつながってない」

「手が届くか?」とロジャー。

「まだだ。そっと引いてくれ、そっと」

ロジャーはワイヤ・ロープを取り続け、巨大な魚は艇に向って着々と上がって来た。「少しずつ切れてたんだな」とエディー。「もうほとんど何もつながってねえ」「届くか？」ロジャーの声の調子は変っていない。

「いや、もうちょいだが」エディーはそっと言う。ロジャーは精一杯そっとそっと引く。と、引くのをやめて立ち上がった。込めた力はすべて抜け、両手にはだらりとなったリーダーが。

「馬鹿《ばか》な、そんな馬鹿な。神様、そんな」若トムが言った。

エディーは猛然とギャフを水に突っ込み、続いて自分も飛び込んだ。届くものならギャフを魚に打ち込む気なのだ。

無駄だった。暗紫色の巨大な鳥を思わせて、魚はしばらく水の中にじっと止っていたが、それからゆっくりと沈んで行く。皆、沈んで行く姿を見守った。徐々に小さくなり、ついに視界から消えた。

凪《な》いだ海面にエディーの中折れが浮き、エディーはギャフの柄につかまっている。ギャフはスターンの係留柱に結んだロープにつないである。ロジャーはデイヴィッドを両手で抱きしめ、ハドソンにはデイヴィッドの肩が震えているのが見えた。が、デイヴィッドはロジャーに任せることにした。「はしごを出して、エディーを上げてやれ」と若トムに言う。「アンディー、お前はデイヴの竿を引き受けろ。糸を外しとく」

ロジャーがデイヴィッドを抱き上げ、コックピットの右舷側の寝台《バンク》に運んで寝かせた。ロジャーが両腕を回したまま、少年は寝台にうつ伏せに横たわった。

エディーはびしょ濡《ぬ》れで水を滴《したた》らせながら艇に登り、着替えにかかった。アンドルーがギャフを使ってエディーの帽子を引き上げ、ハドソンはキャビンに降り、エディーにシャツと木綿ズボン、デイヴィッドにはシャツと半ズボンを出す。デイヴィッドに対する憐《あわ》れみと愛情以外、何の感情も湧《わ》かぬのに驚く。戦いの間に、他の感情はすべて体内から抜け去ったのである。

上って来ると、デイヴィッドは裸でうつ向けに寝台に横たわり、ロジャーがアルコールでマッサージしている。

「背中とお尻《しり》が一面に滲《し》みる」とデイヴィッド。「気をつけてね、デイヴィスさん、頼むから」

「擦れた所が滲みるのさ」エディーが言った。「手足はお父さんがマーキュロ塗ってくれるからな。こいつは滲みねえから大丈夫」

「このシャツを着なさい」とハドソン。「身体《からだ》が冷えんように。トム、お前一番軽い毛布を持って来てくれ」

ハドソンはデイヴィッドの背中のハーネスで擦れた個所にマーキュロをつけ、手伝ってシャツを着せた。

「大丈夫だよ、僕」デイヴィッドの声には抑揚が無い。「コカコーラ飲んでもいい、パパ？」

「いいとも。じき、エディーがスープを持って来る」

「お腹《なか》は空《す》いてない。まだ食べられやしないよ」

「じゃ、しばらく待つさ」

「よく分るよ、兄さんの気持」コカコーラを持って来たアンドルーが言う。

「誰にも分るもんか」とデイヴィッド。

ハドソンは若トムに島に帰るコンパスの針路を教え、舵を取らせた。

「両方のエンジンを三百回転で同調させてくれ。暗くなるまでに燈台が見える。そしたら修正の数字を教えるから」

「時々チェックしてね。パパも腐ってるの、僕と同じに？」

「どうにもならんことだ」

「でも、エディーは良く頑張ったね」と若トム。「魚追っかけて海に飛び込むなんて、誰にでもできることじゃない」

「あと一息のところだったがな、エディーは。が、エディーが水の中にいて、奴にギャフをぶち込んでたとしたら、大変なことになってたろう」

「エディーのことだ、ちゃんと何とかしたに決ってる。どう、エンジンはうまくシンクロしてる?」

「耳でよく聴くことだ。回転計《タコメーター》だけ見てても駄目だぞ」

寝台《バンク》に歩み寄ると、ハドソンはデイヴィッドの横に腰かけた。デイヴィッドは軽い毛布にすっぽりくるまれ、エディーが手、ロジャーが足の手当をしている。

「おす、パパ」と言ってハドソンを見たが、横を向いてしまった。

「残念だったな、デイヴ」とハドソン。「お前は立派に闘った。あんなに良くやったのは、お父さん、初めて見たぞ。デイヴィスさんもほかの誰もかなわない」

「どうもありがと。でもお願いだからその話はやめて」

「何か持って来てやろうか?」

「できたらコカコーラをもう一本」

ハドソンは餌箱《えばこ》の氷の中に入れたコカコーラを一本見つけ、栓を抜いた。デイヴィッドの横に坐《すわ》り、少年はエディーに手当してもらった片手でらっぱ飲みする。

「すぐスープができるからな。今あっためてる」とエディー。「チリコンカルネ*でもあっためるかね、トム旦那《だんな》? 籬貝《まがきがい》のサラダもある」

「チリをやろう。朝飯以後何も食ってないからな、皆。ロジャーは一日中酒断ちだ」

「今、ビールを一本やった」とロジャー。

「エディー」デイヴィッドが言う。「あいつ、本当の目方はどのくらいあったかしら?」

「千ポンド以上だ」

「飛び込んでくれてありがとう。本当にありがとうよ、エディー」

「てっ、ああするほかどうしようもねえじゃねえか」

「本当に千ポンドもあった、パパ？」

「確かだ。あんなに大きいのは見たことない、めかじきにしろまかじきにしろ。絶対だ」

日は沈み、艇は凪《な》いだ海を突っ走っている。エンジンをたくましく響かせ、過去何時間のろのろとたどって来た同じ水面を高速で突き進むのだった。

　見ると、アンドルーも広いバンクの縁に腰かけるところである。

「よう、馬っ子」デイヴィッドが言った。

「兄さん、もし奴《やっ》をつかまえてたら、世界一有名な男の子になったとこだね」

「僕は有名になりたかない。お前がなればいい」

「僕たちは、デイヴィッド兄さんの兄弟ってんで有名になるよ。本当だ」

「僕はデイヴィッドの友達としてな」とロジャー。

「私は舵《かじ》を取ったからな」とハドソン。「エディーはギャフを打ち込んだから」

「エディーはどのみち有名になって当然だ」とアンドルー。「それから、トム兄さんはお酒をどっさり持って来たから。大決戦の最中、トム兄さんはついにお酒の補給を絶やさなかった」

「魚はどうだ？　奴も有名になるんじゃないか？」とデイヴィッド。今は元気なこの子である。少なくとも口のきき方は元気だった。

「奴が一番有名になるよ」とアンドルー。「不滅の栄光だ」

「あいつ、どうもしなけりゃいいがな」デイヴィッドは言う。「大丈夫だといいけど」

「大丈夫さ」ロジャーが答えた。「鉤《はり》の掛り方と暴れ方で分る。大丈夫だ」

「いつか経験談を話すよ」とデイヴィッド。

「今聞かしてよ」とアンドルーがうながす。

「今は疲れてるし、てんで気狂《きちが》いじみた話だからな」

「今頼むよ。少しでもいい」とアンドルー。

「話したものかどうか分んないし。どう、パパ？」

「話せ」

「そうだな」デイヴィッドは目を固くつぶって言う。「一番ひどい時、一番くたびれてふらふらだった時、どっちが奴でどっちが僕だか分らなくなっちまった」

「よく分る、それは」ロジャーが言った。

「それから、この世の何よりも、奴が好きになった」

「好きって、本当に好きなの？」とアンドルー。

「そう、本当にね」

「へえ、僕には分んないな」

「あまり好きになっちまったもので、奴が上がって来るのが見えた時、辛《つら》くて我慢できなかった」デイヴィッドは目を閉じたままである。「ただ奴の姿を近くで見たかった、それだけだ」

「分るよ」とロジャー。

「奴を釣り落したことなんて屁《へ》とも思っちゃいない、今の僕は。記録なんてどうでもいいんだ。記録がどうこうなんて、前にそう思い込んでただけ。今は奴も大丈夫で僕も大丈夫なことが嬉《うれ》しい。敵じゃないんだから、僕たち」

「よく話してくれたな」ハドソンが言う。

「僕が最初奴に逃げられちまった時、あの話してくれてどうもありがとう、デイヴィスさん」デイヴィッドは相変らず目をつぶっている。

ロジャーがデイヴィッドに何を言ったのか、ハドソンにはついに分らず終《じま》いだった。

10

その夜、風の出る前のべったりした宵凪《よいなぎ》の一刻、ハドソンは椅子《いす》に腰かけて本を読もうとした。ほかの者は皆床に就いていたが、ハドソンは眠れそうもなく、眠気がさすまで本を読むつもりになったのである。が、本も読めぬまま、一日のことを考えるのだった。一日の出来事を最初から最後まで振り返ってみると、若トム以外の息子たちは皆自分からはるか遠ざかってしまったような気がする。いや、自分が彼らからはるか遠ざかってしまったのかもしれぬ。

デイヴィッドはロジャーについて行ってしまった。ロジャーから学べることを全部学んでほしいと思う。生活と仕事においてはおよそ美しくなく、健全でないロジャーだが、反比例して行動においては美しく健全である。デイヴィッドはハドソンにとっては昔から謎《なぞ》だった。愛する謎だった。が、ロジャーはあの子を、実の父親以上に理解している。二人がよく理解し合っていることは嬉しい。しかし、今夜の自分には、そのことが何か淋《さび》しく思える。

そして今日のアンドルーの態度が気に入らなかった。アンドルーはアンドルー、まだ小さな子供にすぎず、あれこれきめつけてしまうのが片手落ちなことは分っている。べつに悪いことをしたわけではなかったし、むしろお行儀は良かったと思う。それでいて、あの子にはどこかしら信用できぬ所がある。

自分の愛する者について、貴様は何とひどい、わがままな考え方をするのか、とハドソンは思う。今日一日のことをただ思い出せば良い、なぜ腑《ふ》分《わ》けしてズタズタにしたりする？　さっさと寝床に入って、自分を寝かしつけることだ。ほかのことなど糞喰《くそく》らえ。明日の朝になったら、ふたたび生活のリズムの中に入って行け。子供たちがいてくれるのも、もうそんなに長いことではないのだ。あの子たちにどのくらい幸せな時を過させてやれるか、精一杯やってみろ。いや、できるだけやったさ、と自分に言う。本当にやった、あの子たちのために、そしてロジャーのために。貴様自身、実に幸せだったじゃないか。そりゃもちろん。が、今日の出来事には、何かぞっとさせるものがある。いや、本当は、毎日毎日が、何か人をぞっとさせる所を持っているものさ、とハドソンは自分に言い聞かす。床に入れ、ぐっすり眠れるかもしれぬ。皆が明日幸せでいられるよう、それが貴様の望みなのだ、忘れるな。

夜中に南西の大風が吹き起り、夜が白むころには衰えつつあったが、なお風力七から十の強風に達しようという勢いである。椰子《やし》の木はたわみ、ブラインドは叩《たた》きつけられ、紙が飛び散って、浜には小山のような波が押し寄せていた。

ハドソンが朝食に降りて来ると、ロジャーはいなかった。子供たちはまだ寝ており、ハドソンは週一度、氷、肉、生野菜、ガソリンなどの物資を運んで来る連絡船が届けた郵便を読んだ。あまり風が強いので、ハドソンは食卓に一通の手紙を置く時、上にコーヒー・カップを乗せて重しにしたほどである。

「戸を閉めきろうか？」ジョゼフが聞く。

「いや、物が壊れでもせんかぎりいい」

「ロジャー旦那は浜で散歩だよ。島の端の方に歩いてったが」

ハドソンは郵便を読み続けた。

「ハイ、新聞。アイロンかけといた」

「ありがとう」

「トム旦那、魚の話本当かい？　エディーに聞いたけど」

「何と言ってた？」

「大変なでかい奴だったとか、ギャフをぶち込む寸前まで行ったとかね」

「本当だ」

「たはっ。俺もあの連絡船さえ来なけりゃ、留守番して氷や食料品運ぶ代りに一緒に行けたんだがな。俺だったら追っかけて飛び込んで、ギャフで仕止めたぞ」

「エディーも飛び込んだ」

「俺には黙ってたよ」ジョゼフはしゅんとなった。

「コーヒーをもう一杯。それにパパイヤをもう一切れもらうか」ハドソンは腹が空いていた。しかも風のせいで食欲が出る。「連絡船でベーコンが届かなかったか？」

「少しならまだあると思うよ。旦那、今朝はたくさん食べるね」

「エディーにここにお入りと言ってくれ」

「目の手当しに家に帰った」

「目をどうしたんだ？」

「誰かが拳骨《げんこつ》を食わせたのさ」

ハドソンにはなぜそうなったのか分るような気がした。

「ほかはやられなかったのか？」

「大分ひどくぶちのめされてる。あちこちのバーに行ったけど、誰も信用しなかったのさ。あの魚の話、エディーがいくらしても誰も信用しないよ。くやしいけどな」

「どこで喧嘩《けんか》したんだ？」

「いたる所さ。どこに行っても信用しない。エディーの話信用する奴なんてまだ一人もいないんだ。夜中になったら、何の話だか知りもしない連中が、ただエディーに喧嘩売るために嘘《うそ》だ嘘だって言いだすのさ。もう島の喧嘩好きをみんな相手にしたんじゃないかな。今夜だって、中之島《ミドル・キー》からわざわざエディーの言ってることにケチつけるために出かけて来る奴らが絶対現われるよ。ミドル・キーの工事場に、二人ばかり凄《すご》い荒っぽいのが来てるんだ」

「ロジャー旦那につきそって行ってもらったほうが良いな」

「わあ、凄《すげ》え」ジョゼフの顔が明るくなる。「いよいよ今夜はお楽しみ」

ハドソンはコーヒーを飲み、冷やしたパパイヤに新鮮なライムをしぼってかけて食べ、さらにジョゼフが取って来たベーコンのお代りを四切れ食べた。

「旦那《だんな》、今日は食い気たっぷりだね。旦那がそんなに食べるの見ると、何か一言言いたくなっちまう」

「私は大食のほうだぞ」

「時々はね」とジョゼフ。

ジョゼフがコーヒーのお代りを持って来、ハドソンはこれを持って二階に上がり、仕事机に置いて手紙の返事を二通書く。郵便船で出さなければならない。

「エディーの家に行って、連絡船に注文する品物のリストを作ってもらってくれ」とジョゼフに言った。「できたらここに持って来る。私が目を通すから。ロジャー旦那の分のコーヒーはあるか？」

「もう飲んでったよ」

ハドソンは二階の仕事机で二通の手紙を書き終え、エディーが来週の連絡船用の注文リストを持ってやって来た。大分ひどい姿である。片目はどうも手当がきかなかった様子、口と頰が腫《は》れ、耳も片方腫れあがっている。口が切れた所にマーキュロを塗っているが、その派手な色がエディーをおよそ非悲劇的に見せる。

「昨夜はろくでもねえことばかりやらかしちまって」と言うと、「このリスト、つけ落ちはねえと思うけども」

「今日は休んで、家でゆっくりしてたらどうだ？」

「家にいるともっと白けちまうんでな。今夜は早く寝るよ」

「あの事でもう喧嘩なんかしなさんな。何の役にも立たん」

「違《ちげ》えねえ」赤塗りの腫れて切れた唇を動かしてエディーは言う。「真実と正義は必ず勝つてえわけで待ちに待ってるところへ、また誰か新しい奴が来やがって、真実と正義に尻餅《しりもち》突かせやがる」

「ジョゼフに聞いたが、大分何度もやったらしいな」

「誰かが俺を家に連れてってくれて、やっとケリだ。『仏《ほとけ》のベニー』の野郎じゃねえかな。野郎と駐在のおかげで怪我《けが》せずにすんだんだろう」

「怪我しなかったと？」

「したといえばしたし、しなかったといえばしなかった。へっ、旦那もいりゃ良かったのに」

「いなくて良かったぞ。本気であんたをやっつけようとした奴はいなかったのか？」

「と思うがね。ホラ吹くな、見せしめにしてやるぞって調子の野郎ばかりだったから。駐在は俺の話信用してくれたが」

「駐在が？」

「そうとも、旦那。駐在とボビーだ。信用してくれたのは、まったくのところこの二人だけ。駐在は先に俺を殴った奴は豚箱にぶち込むぞって言ってくれた。今朝も俺に聞いてたよ、先に俺を殴った奴はいなかったかって。『いたとも、でも殴りかかったのは俺のほうが先だ』てえのが俺の答え。真実と正義は踏んだり蹴《け》ったりの晩だったねえ。さんざんだったよ」

「昼の料理、あんたにやってもらってもかまわないか、本当に？」

「かまうわけねえだろ？　連絡船でビフテキ用の肉が届いてる。本物のサーロインだ。悪いこたあ言わねえ、一度見てごらん。こいつをテキにして、マッシュポテトにリマ豌《えん》豆《どう》をつけ合せ、肉汁《グレイヴィー》をかけて出す。サラダには例のキャベツ・レタスともぎたてのグレープフルーツがある。坊やたちはパイをほしがるだろう？　罐詰《かんづめ》のローガンベリー*があるから、飛びきりのパイができるぜ。それに連絡船で届いたアイスクリームをつける。どうだい、これで？　俺、あのデイヴィッド坊主《ぼうず》に栄養をつけさせたくてな」

「あんた、ギャフを持って飛び込んだ時、どうするつもりだったんだ？」

「鰭《ひれ》の真下に鉤《はり》を叩き込んでやるつもりだった。あそこならギャフのロープを引っ張ればひとりでにくたばるからな。そうしといて、あとは一目散、船に帰る気よ」

「水の中で見た奴《やつ》はどうだった？」

「ボートくらいの幅はあったね。全身紫色、目のでかいことと言ったら、手の長さくらいある感じ。真っ黒な目だった。下腹は銀色で、あの剣みてえなくちばしの凄えこと、見ただけでぞっとする。ゆっくりだが、底へ底へと沈んで行く。ギャフの柄が浮きすぎて、追っかけて潜ろうとしてもできねえんだ。結局無駄だったよ」

「あんたの方を見たか、奴？」

「分らなかったな。野郎、ただあすこにいるだけで、万事関係ねえって感じだった」

「ばててたのかね？」

「完全に参ってたと思う。降参する気だったんじゃねえかな」

「あんな奴はもう二度とお目にかかれんだろうな？」

「ああ、俺たちが一生かかっても駄目だろうね。それに昨夜でこりたから、もう人には信用してもらわなくてもいい」

「あいつを絵に描こうと思うんだが、デイヴィッドのために」

「あの時の姿をそのまま描くことだね。旦那が時々描くような滑稽《こっけい》めかした絵にはしねえことだ」

「写真より本当な絵にする」

「そういう時のほうが好きだな、旦那の絵は」

「水の中の所を描くのがひどく難かしそうだ」

「ボビーの所にある竜巻の絵みたいにするのかい？」

「いや、こいつは違う。が、あれよりもっと良い絵にしたい。今日中に下絵を作るつもりだ」

「あの竜巻の絵、俺は好きだがな。ボビーは夢中になってら。それにあの絵見せると、誰でもあの時にゃ本当にあれだけたくさん竜巻があったんだって、信用させられるもの。だが、今度の絵は難かしいぜ、魚が水の中だから」

「自信はある」

「飛び上がるところも描けるだろ？」

「描けそうだ」

「じゃ、二枚描きなよ。飛び上がったところ、それにロジャーがリーダーで引き寄せてるところ、坊主は椅子《いす》、俺がスターンにいる。あとで写真にとってもいい」

「とにかく下絵を描き始める」

「何か注文があったら、俺は台所にいるから。坊やたちはまだ寝てるのか？」

「三人とも」

「てへっ。ま、俺はあの魚以来、万事糞喰らえって気になっちまったが。とにかくうまい飯だけはこさえなくちゃ」

「私はその目につける蛭《ひる》がほしいところだね」

「ちぇっ、この目なんざ糞喰らえだ。ちゃんと物は見えるからな」

「子供たちは寝たいだけ寝かせておくつもりだよ」

「起きたらジョゼフの奴が俺に教えてくれるから、朝飯を出す。寝坊しすぎたら昼飯の邪魔にならねえように、あまり食べさせない。旦那、あの肉はまだ見てねえんだろ」

「ああ」

「確かに値段はべらぼうだが、すばらしい肉だよ、旦那。この島にはあんな肉生れてこの方食ったことある奴はいねえ。どんな牛かね、ああいう肉が取れる牛ってのは？」

「足が短くて、腹が地面すれすれでな。身体《からだ》の長さと幅が大差ない」

「たはっ、よっぽど肥《ふと》ってるに違えねえな。いつか生きてるところを見てえもんだ。この島じゃ餓死寸前にでもならないと牛を殺さねえ。だから肉が渋くなっちまう。ここの奴らにあんな肉食わせたら、気が狂うんじゃねえかな。肉だと思わねえだろう。気持悪くなるかもしれねえぞ」

「この郵便を片づけなけりゃいけないんだがね、私は」

「これはすまねえ、旦那」

　郵便を片づけ、来週の連絡船までお預けにするつもりだった商用の手紙の返事をさらに二通したためると、来週の分の買物リストに目を通し、今週の分の小切手を切った。アメリカ本土からの輸入物資に総督府が一律にかける一割の税金も含まれる。全部終ると、ハドソンは公用桟橋で積荷の最中の連絡船まで歩いて出かけた。船では船長が島民から、食糧、衣類、医薬品、金物、機械部品、その他すべて米本土から運ばれて来る物資の注文を受け付けているところである。積荷は生きた伊勢海老《いせえび》、籬貝《まがきがい》、それに甲板にぎっしりの籬貝の殻、空になったガソリンや重油のドラム罐。島民たちは激しい風の中を行列してキャビンに入る番を待つ。

「どうだ、品物は全部あれで良かったかい、トム？」キャビンの窓からラルフ船長がハドソンに呼びかけた。

「おいおい、あんた、割り込んじゃいかん。一度外へ出てってもらおう」船長は麦藁《むぎわら》帽子をかぶった大男のニグロに言ってから、「二、三ほかの物で間に合せにゃならなかった物があったがね。肉はどう？」

「エディーがすばらしい肉だと言ってる」

「そりゃ良かった。さ、その手紙とリストをこっちに。強風だな、外の吹きは。次の潮に乗って浅瀬を越えて出るつもりだ。忙しくてどうもすまん」

「じゃまた来週、ラルフ。仕事の邪魔しちゃいかんから。いろいろどうもありがとう」

「来週は全部ご希望にそうようにするよ。金はいらんか？」

「いや、先週のがまだ残ってる」

「ほしけりゃここにどっさりあるから。よし、次。ルシアス、あんた、何で困ってるんだ？　今度は何に金を使ってるのかね？」

ハドソンは桟橋を歩いて戻った。桟橋の上では、ニグロ連中が娘や女房たちの木綿のドレスに風がいたずらするのを見て大笑いしている。珊瑚土《さんごど》の道に出ると、ポンセ・デ・レオン亭に行った。

「トムかい」ボビー旦那が言う。「入って坐《すわ》れや。一体全体、どこに姿くらましてたのかね、あんた？　たった今掃き出したとこだから、もう正式に開店だ。さ、一杯やれ。今の一杯は一日最高の一杯だぞ」

「まだ早すぎるな」

「馬鹿《ばか》言え。そこにあるのは上等の輸入品ビール。ドッグズ・ヘッド・ビールもあるが」氷を入れた桶《おけ》に手を突っ込むと、ピルゼン・ビールを一本開けてハドソンに渡した。「コップはいらねえな？　ま、そいつを腹に納めてから、一杯やるかやらんか決めたらいい」

「そんなことしてたら仕事ができない」

「かまうことねえだろ？　そもそもあんたは働きすぎるぞ。少しは自分のことも考えなけりゃ。ただ一度の人生だからな。年がら年中絵ばかり描いてても仕様がねえよ」

「昨日は一日船に乗ってたから、仕事してないがね」

ハドソンはカウンターの突当りの壁に掛けてある大きな竜巻の絵を見ていた。良い絵だ、と思う。今日現在の自分としては最高の出来だろう。

「もっと高い所に掛けないといけねえ。昨夜、どこかの旦那がのぼせちまって、その絵の中の小舟に乗り込もうとしやがった。足突っ込んだら一万ドル弁償だぞと言ってやったが。駐在が何か描いてもらいたいものがあると言ってたよ、家に掛けるんだとさ」

「何を描けというのかな？」

「駐在、言おうとしねえんだ。とにかくえらく結構な思いつきが浮んだから、あんたと相談したい、とそれだけよ」

ハドソンは絵を仔細《しさい》に眺めている。そこここに痛んだ痕跡《こんせき》があるのだった。

「いや、実に頑丈な絵だて」ボビーは鼻高々である。「こないだの晩も、何かわめいたあげく、その竜巻のどてっ腹にビールをジョッキ一杯ぶっかけた旦那がいたよ。竜巻をへし折ってやるだとさ。毛筋ほどの傷も残ってねえだろう。凹《へこ》みもしやしねえ。水みたいにはじかれて、ビールがだらだら流れ落ちたっけ。とにかくあんた、どっしりと頑丈な絵描くよ」

「でも限度はあるぞ」

「へっ、まだびくともしてねえさ。だけど、やっぱりもう少し上の方に移すつもりだ。昨夜の旦那で俺も心配になってきたからね」

ボビーは良く冷えたピルゼン・ビールをもう一本、ハドソンに渡した。

「あの魚のこと、本当に気の毒だったな。エディーと俺は幼なじみだが、あいつは絶対に嘘《うそ》はつかねえ男だ——少なくとも、大事なことに関するかぎりはね。本当のこと言えって言えば、絶対に言う奴よ」

「偉い出来事だった。私は誰にも話さんつもりさ」

「それでいいのよ。ただ、あんたにお気の毒と言いたかっただけさ、俺は。さ、そのビールを空けて、何か一杯飲んだらどうだ？　こんな朝早くから、しけた気分にゃなりたくねえからな。何飲んだら気が晴れる？」

「これで充分上機嫌だよ。今日は午後から仕事するんで、頭がぼけちゃ困る」

「仕方ねえ、あきらめとくか。あんたの口開けさせられなくても、誰かほかの奴が来るだろう。見てごらん、あの船。ああ吃水《きっすい》が浅くちゃ、渡って来る時大分こっぴどく痛めつけられたろうな」

開け放しの戸口から外を見ると、白いきれいなハウスボート*型の船が水道を上って来るのが見える。アメリカ本土の港でチャーターし、フロリダの沖島《キー》めぐりに使うタイプで、昨日のような凪《なぎ》なら湾流を横切るのも難ないことだろう。が、あの浅い吃水とごてごてした上部構造では、今日は大分叩《たた》かれたに違いない。この荒れた海で、よくあの砂洲《さす》の浅瀬の上を渡れたもの、とハドソンは思う。

ハウスボートは港をさらに少し入り込んでから錨《いかり》を下ろし、ハドソンとボビーは戸口からその姿を見守った。総白塗り、真鍮《しんちゅう》の装具、見える乗組員のいでたちも白ずくめである。

「柄の良い連中ならありがたいんだが。鮪《まぐろ》のシーズンが終ってこの方、一人前の大きさの船は初めてだ」とボビー。「お客さんだぞ」

「どこの船かな？」

「見たことないね。きれいな船だ。だが、湾流を乗り切るようにはできてねえ」

「真夜中の凪いでるうちに港を出て、途中でこの吹きに出くわしたんじゃないのかね」

「そんなとこだろう。横揺れ《ローリング》もひどかったろうし、縦にもろに波に突っ込んで、どすんどすん食らってるに違いねえ。こりゃ本物の吹きだからな。まあ、いずれどこの連中だか分るさ。トム、一杯作らせとくれよ。あんたが飲まねえんで、どうも落ち着かねえ」

「仕方ない。ジン・トニックをもらうか」

「トニック・ウォーターを切らしててね。ジョゼフが最後の一箱をあんたの家に持ってっちまったたから」

「じゃ、ウイスキー・サワーだ」

「アイリッシュ・ウイスキーに砂糖抜きでな。三杯こさえるよ。ほら、ロジャーが来たから」開いた戸口にロジャーの姿が見えた。

ロジャーが店に入って来た。はだしで、色あせた木綿ズボン、洗い縮みした漁師の着るシャツという姿。カウンターに肘《ひじ》を突いて寄りかかると、シャツの下で背中の筋肉がたくましく動くのが見える。ほの暗い店の中で、ロジャーの肌は真っ黒に見え、塩気と日光に脱色された髪の毛が縞《しま》になっていた。

「まだ皆寝てる」ロジャーはハドソンに言った。「誰かがエディーをこてんこてんにやったな。見たか？」

「奴《やっこ》さん、昨夜は一晩中喧嘩《けんか》さ」とボビー。「でも大したことにゃならなかった」

「エディーにもしものことがあったりしちゃ僕はやりきれん」ロジャーは言う。

「大したことはなかったよ」ボビーが安心させ、「酒飲んでは、信用しねえ奴《やつ》相手に喧嘩だ。でもエディーを痛めつけた奴はいなかった」

「デイヴィッドのことでもいやな気がしてる」ロジャーはハドソンに言った。「あんなこと、そもそもさせるんじゃなかったな」

「大丈夫だろう、あの子は」とハドソン。「よく眠ってたから。でも責任は私だ。私がやめさせるべきだった」

「いや、君は僕に任せてたんだから」

「責任があるのは父親さ。そんな権利などないのに、私はその責任をあんたに委《ゆだ》ねてしまった。人に任せるべき筋合のものじゃないのにな」

「しかし、僕はそいつを引き受けてしまったわけだからね。デイヴィッドを傷つけることになるとは思っていなかった。エディーだってそうだ」

「分ってるさ。私もそうは思ってなかった。よしてはならぬ理由がほかにあると思っていたものだから」

「僕もそうだった。が、今となれば、ただ自分がひどくわがままで悪者に思えてね」

「あの子の父親は私さ。私が悪いんだよ」

「あの魚のことはまったくもってお気の毒だ」そう言ってボビーは二人にウィスキー・サワーを渡し、自分も一杯手にする。「もっとでかいのが釣れるように乾杯しようや」

「いや、やめとく」とロジャー。「僕はあれ以上の大物など絶対見たくはない」

「どうかしたのかね、あんた？」ボビーは聞く。

「いや、何も」

「私はデイヴィッドのために、二枚ばかり奴の絵を描こうと思ってる」

「そいつはいい。奴をうまく絵にできそうか？」

「運好《よ》くすればだな。目には見えてるし、描き方も分ってると思う」

「君なら描ける。君には不可能の字なし。あの船に乗ってるのは誰だ？」

「なあ、ロジャー、あんたは島中ぐるぐる歩いて後悔を散らそうとしたが――」

「はだしでな」とロジャー。

「私は私で後悔を抱えたままここに来てるというわけだ、ラルフ船長の連絡船に寄った足で」

「歩いて散らすのは駄目だった。ましてや飲んでまぎらす気は毛頭無い。とはいうものの、この酒は実にうまいぞ、ボビー」

「ようそろ。もう一杯こさえよう。その後悔ってやつを浮足立たせることさ」

「子供に一か八か賭《か》けるなど、僕は確かに良くなかった」ロジャーは言う。「しかも他《ひ》人様《とさま》の子供にな」

「いや、それは何のために賭けたかによるのじゃないかな」

「そうじゃない。大体子供に賭けるってことがいかん」

「分ってる。私は自分が何のために賭けたのかは承知だ。魚のためでもない」

「そりゃ同感さ」とロジャー。「だがあの子にはそもそもそんなことは必要なかった。あんな思いなど絶対にさせる必要ない子だよ、あの子は」

「目が覚めりゃちゃんとしてるだろう。全然参ってないさ、あいつ」

「僕の英雄だ」とロジャー。

「そいつは大分ましだな、あんたが自分で自分を英雄に仕立ててたころと比べれば」

「そうだろう？　だが、あの子は君の英雄でもあるわけだ」

「分ってる」とハドソンは言う。「あの子はあんたと私二人にとって良い薬だよ」

「ロジャー」ボビーが言った。「あんたとトムは血筋か何かなのかい？」

「なぜだ？」

「そんな気がしてな。あんたたち二人は似かよってるものだから」

「ありがとう」とハドソン。「あんたも礼を言ったほうがいいぞ、ロジャー」

「どうもありがとう、ボビー。僕は本当に似てるかね、このミスター男性兼絵描きに？」

「四分の一の兄弟ぐらいには見えるな。しかも坊やたちはあんたら両方に似てる」

「血筋じゃないが」とハドソン。「同じ町に住んで、同じしくじりをやらかした仲だ」

「ま、そんなこたあどうでもいい」とボビーは言い、「酒を干して、後悔がどうのこうのって話はやめにすることだ。この時間に酒場でそんな話はどうもいただけねえ。後悔話なら耳にタコでな、俺は——ニグロに聞かされ、チャーター船の航海士に聞かされ、ヨットのコックに聞かされ、百万長者にその女房、ラム密輸の大ボス、食料品屋の親爺《おやじ》に、海亀《うみがめ》採りの片目男どもに聞かされ、おたんちんどもに猫に杓子《しゃくし》に聞かされってわけよ。とにかく朝の後悔は願い下げにしとこう。風のある日は飲むに限る。後悔は打ち止め。どっちみち後悔なんてえものは今日流行《はや》らねえ。ラジオが普及してこの方、みんなBBCを聞いてばかりいて、後悔する暇も手間もありゃしねえのさ」

「あんたも聞くのかね？」

「ビッグ・ベンの鳴らす時報だけ。ほかのもの聞くと落ち着かなくなっていけねえや」

「ボビー、あんたは偉い立派な奴だ」とロジャー。

「偉くも立派でもねえが、とにかくあんたの上機嫌な顔を見るのは嬉《うれ》しいやね」

「確かに上機嫌になったぞ、僕は」とロジャーは言って、「あの船で来たのはどんな連中かな？」

「お客さんよ。もう一杯飲もう。たとえどんな手合が来ても、俺が苦い顔せずに酒出す気になるようにな」

ボビーがライムをしぼり、酒を作っている間に、ロジャーはハドソンに言うのだった。

「デイヴのことで、ウェットなこと言ってすまなかったな」

「べつにウェットでもなかった」

「要するに僕が言いたかったのは——ま、どうでもいい、そんなことは。とにかく僕はこれからできるだけ単純に事に当って行くつもりだよ。昔の僕は自分で自分を英雄に仕立ててたとさっき君にひやかされたが、あれは当ってる」

「私には人をひやかす権利など無い。悪いことをした」

「いや、僕に関するかぎり大ありさ。困るのは僕の人生には単純な事など絶えて久しく無いのに、こっちはいつも単純に単純にと懸命になってるってことだな」

「まっすぐ、単純に、良い物を書く。それが手初めだ」

「僕という人間がまっすぐでも単純でも善良でも無かったらどうする？　君の言うような物が書けるだろうか？」

「自分そのままに書けば良い。だがとにかくまっすぐに書け」

「も少し分るよう努力したうえでのことだな」

「いや、もう分ってるはずだ。覚えてるか、この前あんたに会ったのはニューヨーク、あんたは例の煙草《たばこ》の吸いがらをおっつける変な女とつき合ってた」

「あの女は自殺したよ」

「いつ？」

「僕が山ごもりしてる最中。西海岸に行って、例の映画のシナリオを書く前のことだ」

「気の毒に」

「遅かれ早かれそうなるようにできてたんだな、あの女。僕は良い時に降りたよ」

「あんたはまさかそんな真似《まね》するまいな」

「さあ、どうかね。理の当然に思えたことがないでもない」

「あんたにそんなことがあっちゃならん理由の一つは子供たちだ。とんでもないお手本だぞ。デイヴがどう受け取ると思う？」

「分ってくれるんじゃないかな。それに、ああいうことに深入りしてしまえば、人の手本がどうのこうのと思ったりしちゃいられまい」

「それこそウェットだぞ」

ボビーが酒を二人の方に押しやり、「ロジャー、あんたがそんな口きくと、俺まで気が滅入《めい》っちまう。俺は他人様の言うことに耳傾けて金をもらうのが商売だが、友達がそんなこと言うのは聞きたくねえ。な、ロジャーよしてくれ」

「よしたよ」

「よし。じゃそいつを干せ。以前、ここの宿に泊ってたニューヨークの旦那《だんな》がいてね。ほとんど一日中ここで酒浸りだ。口を開けば、いずれ自殺するって話しかしやしねえ。冬の半分はこの旦那のおかげで、誰も彼もが落ち着かねえ始末。駐在が自殺は法律違反だとおどかし、俺は駐在に、そんなこと口にするだけで法律違反だと言えと言ってやった。だが駐在は、ナソーまで問い合わしてみなけりゃ分らんと言う。しばらくするとみんなこの旦那の自殺計画に馴《な》れちまい、飲み助連中の中にはこの旦那の肩を持つ奴も大分出てきた。或《あ》る日、この旦那は大男《ビッグ》ハリーと話してて、自分はいずれ自殺するつもりだが、誰か道連れがほしいとハリーに言ったたってわけ。

「『そりゃ俺だ。旦那の探してたのはまさにこの俺だ』とハリーは言いやがった。あげく、ハリーの奴、その旦那をけしかけにかかる――ニューヨークに行き、二人でべろべろに飲んだくれ、もうどうにもならなくなったところで、マンハッタンの一番高い所に登ってぴょいと身投げ、一目散に冥土《めいど》に行くという算段だ。ハリーめ、冥土なんてどこかそこらの郊外か何かだと思ってたんじゃねえかな、アイルランドの奴ばかりが住んでる町でな。

「この自殺旦那、ハリーの考えが気に入って、それから毎日毎日、寄れば二人でこの相談だ。ほかにも一口乗らしてくれって奴が出てきやがって、自殺志願者の団体旅行を組んで、ナソーまで行って前夜祭をやろうなどと言いだした。だがハリーは絶対ニューヨークだと頑張り、ついに自殺旦那に、もうこんな人生にゃ我慢できねえ、用意ドンだぜと打ち明けたものさ。
「そうこうするうちに、ハリーの奴はラルフ船長から注文が来て、一日二日伊勢海老《いせえび》漁に出かけて留守にした。その間自殺旦那は飲みに飲んで、どうにもならなくなると、どこか北の方から手に入れて来たアンモニアみてえな代物《しろもの》を飲む。こいつを飲むと酔いがさめるらしいんだな。さめるとまたここに来て酒だ。だが、酒が何かこう身体《からだ》の中に積り積って行ったらしい。
「そのころになると、俺たちはこの旦那を『自殺屋さん』と呼んでいた。俺はこの旦那に言ってやったのよ――『自殺屋さん、酒はいい加減にしときなよ、そうしねえとあの冥土とやらに行く前にあんた参っちまうぞ』
「『いや、私は冥土に向いつつある、着々と、一歩一歩、じりじりとな。さ、酒代だ、取っておけ。私はついに恐るべき決意を固めた』
「『ハイ、お釣り』と俺。
「『釣りはいらん。ハリーにそれで飲ましてやってくれ、私を追って来る前の一杯だ』
「というわけで旦那ここを飛び出し、まっしぐらにジョニー・ブラックの桟橋に行って水道にドボンだ。引潮で潮は出て行く、真っ暗な闇夜《やみよ》てえわけで、二日後岬《みさき》に打ち上げられるまで、以後旦那の姿を見た者はねえ。その夜は総出で探し回ったんだけどね。俺の思うには、古いコンクリートの塊か何かに頭をぶつけ、そのまま潮に流されて出て行ったんじゃないかな。ハリーの奴は帰って来ると旦那の死を悼《いた》んで飲み続けた。お釣りが無くなるまでな。何しろ二十ドル札だったからね。それからハリーの奴、俺にこんなこと言いやがる――『なあ、ボビー、あの自殺屋さん、キ印だったんじゃねえかな』実はそのとおり、あの旦那の家族に頼まれて仏を引き取りに来た男が弁務官に言った話じゃ、自殺屋さん、『象鬱病《うつびょう》』とかいう病気だったんだとよ。まさかそんな病気にかかったことねえだろうな、ロジャー？」

「ない。そんな話聞くと、絶対にかからん気になった」

「そうこなくちゃ。それから、冥土とか何とかいうものに手出すんじゃねえよ」

「冥土などあかんべえだ」とロジャーは言った。

11

昼食はすばらしかった。ステーキの表は焦茶色《こげちゃいろ》に焼きあがり、焼網《グリル》の焦げ目が縞《しま》になっている。ナイフがすっと入り、内側の肉は柔らかく汁気たっぷりである。皆、肉の汁を皿からすくってマッシュポテトにかけた。ポテトのクリーム色の中に汁の池ができる。バタいためしたリマ豌豆《えんどう》は快い歯ごたえがあり、キャベツ・レタスはパリッと冷たく、グレープフルーツはしみるほど冷えている。

風のせいで皆食欲があった。食べているとエディーがのぞきに来た。顔が大分ひどい。

「どうだ、結構な肉じゃねえか？」

「すてきだ」と若トムが答えた。

「よく噛《か》めよ。がつがつ食っちゃ勿体《もったい》ねえ肉だぜ」

「長く嚙むなんてできないよ。溶けちまうから」と若トム。

「デザートはあるの？」デイヴィッドが聞く。

「あるともさ。パイにアイスクリーム」

「わあ、凄《すげ》え」とアンドルー。「二人前くれる？」

「食いすぎて沈没するくらいあるぞ。アイスクリームはカチカチに固い」

「パイはどんなの？」

「ローガンベリー・パイ」

「アイスクリームは？」

「ココナッツ」

「どこで手に入れたの？」

「連絡船で届いた」

皆、食べながら冷やし紅茶を飲み、ハドソンはデザートのあと、コーヒーを飲んだ。

「エディーは名コックだな」ロジャーが言う。

「腹が減ったせいもあるだろう」

「いや、あのステーキは違う。サラダもパイもな」

「確かに良い腕だ」とハドソンは相槌《あいづち》を打ち、「コーヒーはそれで良いかね？」

「上等だ」

「パパ」と若トム。「あの船で来た連中がボビーの店に入ったら、僕たち行ってもいいかな？　アンディーが飲み助になる芝居やって、いたずらするんだ」

「ボビー旦那、気に入らんかもしれんな。駐在ともめるかもしれんから」

「僕が行ってボビーさんには言っとくよ。駐在にも言う。僕らの友達だからね、駐在は」

「よし。ボビー旦那にはちゃんと言っておけ。それから船の連中がいつ来るか、見張っとくこと。デイヴはどうするんだ？」

「かついで行ったらどうかな？　そうすりゃ感じが出る」

「僕はトム兄さんのバスケット・シューズを借りて歩いて行くよ」とデイヴィッド。

「筋書きはできてるの、トム兄さん？」

「やりながら考えるさ。あんた、まぶたを裏返しにするの、まだやれるか？」

「できるとも」とデイヴィッド。

「今はよしてよ」アンドルーが言う。「お昼がすんだ途端にゲーゲーやるのはいやだもの」

「十セントくれれば、たった今ゲーゲーやらしてみせるぞ、馬っ子」

「やめて、やめてよ。あとでならかまわないけど」

「僕も一緒に行こうか？」ロジャーが若トムに聞く。

「そりゃすてきだ。二人で考えられるもの」

「じゃ、出かけよう」とロジャー。「デイヴ、君は昼寝したらどうだ？」

「するかもしれない。眠くなるまで本を読もう。パパはどうする？」

「ポーチの風の当らない所で仕事をする」

「じゃ、僕もポーチの簡易ベッドに横になって見物しよう。かまわない？」

「かまわんよ。かえって仕事がはかどるだろう」

「いずれ戻る」とロジャー。「アンディー、君はどうするんだ？」

「一緒に行って稽古《けいこ》したいけど、あの船の人たちがもう来てたりするとまずいからよす」

「そりゃよく気がついた」と若トム。「頭が良いぞ、馬っ子」

若トムとロジャーが出かけ、ハドソンは午後中仕事をした。アンディーはしばらく見ていたが、どこかに行き、デイヴィッドは見たり、本を読んだり、一言も口をきかずにいた。

まず魚の跳ねるところを描こうとハドソンは考えた。水中の姿を描くほうがずっと難かしそうだからである。二枚の下絵を描いたが、共に気に入らぬ。三枚目は気に入った。

「どうだ、これで感じは出てるかな、デイヴ?」

「凄《すご》い、パパ、すてきだ。でも、魚が跳ね上がると、水も一緒に跳ね上がるでしょう? 水に飛び込んだ時だけじゃないよね、しぶきが上がるのは」

「違いない。飛び上がる時も水面をぶち割るわけだからな」

「ずいぶん長い間空中にいたものな。水もどっさり舞い上がったはずだ。目がすばやく利《き》けば、水が奴《やつ》の身体から滴《したた》り落ちたり流れ落ちたりするところも見えるわけだね。それ、奴が飛び上がるところ、それとも落ちるところ?」

「これはただの下絵だからな。飛び上がりきったところのつもりだが」

「下絵だってことは僕も知ってる。余計な口きいたとしたらご免なさい。分ったようなこと言うつもりは無いんだ」

「いや、お前の意見を聞きたい」

「誰に聞くといいと思う? エディーだよ。エディーの目は写真機のシャッターより早いし、エディーならちゃんと覚えてる。エディーって偉い奴だと思わない？」

「むろん偉いさ」

「でもエディーのことを分ってる人はほとんどいない。トム兄さんはもちろん分ってるけど。僕はパパとデイヴィスさんを除くと、エディーが一番好きだ。料理する時は自分が料理するのが好きでたまらないって具合にやるし、色んなこと知ってるし、何でもできる。あの鮫《さめ》の時や、昨日あの魚追っかけて海に飛び込んだ時のこと見れば分る」

「それに昨夜、奴の言うこと信用せん連中にこっぴどく殴られたしな」

「でもパパ、エディーには悲劇的っていうか、痛々しいところなんて無いだろう」

「無い。幸せなんだな、奴は」

「今日だって、あんなに殴られたあとなのに嬉《うれ》しそうな顔してる。魚追って飛び込んだこともきっと嬉しがってるんだと思う」

「むろんさ」

「デイヴィスさんもエディーみたいに幸せならいいんだけどね」

「デイヴィスさんはエディーより複雑だから」

「分ってる。でも僕はデイヴィスさんが、のんきに幸せだった時のこと覚えてるものだから。僕、デイヴィスさんはよく知ってるからね」

「今デイヴィスさんは結構幸せなんだよ。だが確かにのんきなところは無くなってしまったな」

「悪い意味ののんきじゃないよ、僕の言ったのは」

「私もその意味で言ったんじゃない。が、何か確かな自信みたいなものが無くなっている」

「分ってる」とデイヴィッドは言う。

「それを見つけ出してくれりゃいいが。また物を書くようになれば見つかるかもしれん。エディーが幸せなのは、自分に得意なものがあって、それを毎日やってるからだ」

「デイヴィスさんには、お父さんやエディーみたいに、得意なことを毎日やることができないんだろうな」

「そうだ。それにほかにもいろいろ事情があってね」

「知ってるよ。僕は子供にしちゃ知りすぎてるんだよ、パパ。トム兄さんは僕の二十倍もいろんなこと知ってるし、とんでもないことまで知ってるけど平気なんだ。だけど、僕は知ってることの一つ一つがみんなこたえて仕方ない。なぜなのか分らないけど」

「お前は身で感じ取るということだろう」

「感じて、そのたびごとに僕はどうかなっちまうんだ。身代りで犯す罪っていうのかな。もしそんなものがあるとすればだけど」

「なるほど」

「パパ、真面目《まじめ》腐った話しちまってご免ね。こんな話するの人に失礼だってことは知ってるんだけども。でも時々こういう話してみたくなるんだよ。だって僕たち、知らないことがどっさりあるし、いざそれが分る時になると、あんまり急にやって来るものだから頭から波かぶるみたいになっちまう。今日の波みたいなのをね」

「何でも聞きたいことがあったら私に聞いていいんだよ、いつでも」

「うん。どうもありがとう。でも、中にはも少し待ったほうがいいと思うものがあるんだ。自分で分る以外に方法がないものだってあるでしょう」

「お前どう思うかね――この『飲み助』のお芝居、ボビーの店でトムやアンディーと一緒になってやっても良いと思うかい？　例の男がお前はいつも酔っぱらってると言ったおかげで、私が面倒な目に遭わされたこと覚えてるだろう？」

「覚えてる――あいつったら、三年間にたった二度しか僕が酔ったところ見たことないのにな、しかもぶどう酒でだよ――でもその話はよそうよ。今日ボビーさんの店でやるのは、僕が万一飲み助になった時に、かえって良いアリバイになるもの。あいつ相手に二度やれたなら三度めもうまくいくかもしれないからね。大丈夫、やっていいと思うな、パパ」

「最近やったことあるのか、偽《にせ》の飲み助ごっこ？」

「トム兄さんと僕だけでも、かなり良い線まで行くけど、アンディーが一枚加わるとぐっと良くなる。アンディーはこういうことやらすと一種天才的なんだ。あの子は人をぞっとさせるような真似《まね》がうまい。僕のは役がちょっと限られてるんだ」

「最近じゃどんなのをやった？」ハドソンは描く手を休めない。

「僕が馬鹿な兄弟役やるの見たことある？　脳タリンの真似ならまかしとけだ」

「いや」

「さてと、今度はどうかね、デイヴ？」ハドソンはスケッチを見せた。

「良いな。これでお父さんの狙《ねら》いも分る。落ち始める寸前に空中で停ったところだね。本当に絵になったのをもらってもいいの？」

「いいとも」

「僕、大事にする」

「二枚できるはずだ」

「学校には一枚だけ持って行って、もう一枚はお母さんの所に置いとく。それとも、ここに置いといたほうがいい？」

「いや、母さんの気に入るかもしれん。も少しいたずらの話聞かせとくれ」

「汽車の中でひどいのをよくやったな。汽車の中って一番うまく行くんだ。乗ってる人種のせいだろうな。あんな連中がまとまっている所って、汽車しかないもの。それに逃げようったって逃げ出せないからね」

向うの部屋でロジャーの声がしたので、ハドソンは道具を掃除し、片づけ始めた。若トムが入って来て言う。「どう、パパ？　よく仕事できた？　見てもいい？」

二枚の下絵を見せると、若トムは、「二枚ともいいな」

「二枚比べてどっちのほうがいいと思う？」デイヴィッドが若トムに聞く。

「いや、二枚とも立派だよ」ハドソンには、若トムが何かほかのことを考え、急いでいる様子なのが分った。

「あれ、うまく行ってるかい？」デイヴィッドが聞いた。

「凄い凄い」と若トム。「うまくやるとすてきに面白くなりそうだ。船のご連中、みんなボビーの店に集まってる。僕たち、昼過ぎに行ってから、ずっと連中をかまってるんだ。ボビーさんと駐在には、連中が来る前に会えた。今までの筋書きじゃ、デイヴィスさんがぐでんぐでんになってて、僕が一生懸命飲ませないようにしてるってわけ」

「あまりやりすぎなかったろうね？」

「全然。デイヴィスさん、見せたいくらいだぜ。一杯飲むたびに変って行く。でも、それが目にとまるかとまらないくらい、実に微妙なのさ」

「何を飲んでるの、デイヴィスさん？」

「紅茶。ボビーがラムの瓶《びん》に詰めといたんだ。アンディーにはジンの瓶に詰めた水が用意してある」

「デイヴィスさんに飲ませないようにしてるって、どんな具合に？」

「僕がかきくどくわけだ。ほかの人たちに聞かれないようにひそひそって感じでね。ボビーさんも一役買ってるんだぞ。ただし本物のお酒を使ってる」

「僕たちも出かけようよ」とデイヴィッド。「ボビーさんが度を過さないうちに。デイヴィスさん、ご機嫌はどう？」

「上乗。あの人は大変な名優だよ」

「アンディーはどこだい？」

「下で鏡を前に稽古してる、抜き稽古だ」

「エディーも入るのかい？」

「エディーもジョゼフも出演だ」

「覚えられそうもないぞ、あの二人」

「台詞《せりふ》は一つずつしかない」

「エディーなら一つは覚えられるけど、ジョゼフはどうかな」

「エディーのあとについて同じことを繰り返すだけだから」

「駐在も入るの？」

「入る」

「連中、何人いる？」

「全部で七人、うち女が二人。片方もきれいだが、もう一人がすてきだ。すてきなほうは、もうデイヴィスさんに同情し始めてる」

「凄《すげ》え」とデイヴィッド。「さ、行こうよ」

「あんた、あそこまでどうやって行くつもりだ？」若トムがデイヴィッドに聞いた。

「私が抱えて行こう」とハドソン。

「いいよ、パパ、バスケット・シューズはいて行くから」とデイヴィッド。「トム兄さんのを借りる。足の外側だけ地面に着けて歩くようにすれば痛くないし、おまけに感じが出るだろ」

「よし。じゃ出かけるとするか。ロジャーはどこだ？」

「エディーとちょいと一杯だって、芸を磨くために」若トムが答えた。「紅茶だけで大奮闘したんだからね、パパ」

ポンセ・デ・レオン亭に入って行った時、表ではまだ風が吹きつのっていた。船の客たちはカウンターでラム・スィズル*を飲んでいる。皆日焼けし、白ずくめで、感じの良い連中だった。丁寧で、ハドソンたちのためにカウンターの場所を空けてくれる。男二人と若い女が一人、スロット・マシンの置いてある側のカウンターの端にいる。逆の端、戸口に一番近い所に三人の男とも一人の若い女。スロット・マシン側にいるのが噂《うわさ》の美人だが、もう一人のほうもすこぶる良い。ロジャー、ハドソン、息子たちの一行はまっすぐつかつかと入った。デイヴィッドはつとめてびっこを引かぬようにしている。

ボビー旦那《だんな》はロジャーを見ると、「またか？」と言う。

ロジャーはどうにもならぬといった顔つきでうなずき、ボビーはラムの瓶とグラスをその前に置く。

手を伸ばしたロジャーは何も言わない。

「ハドソン、あんた飲むか？」ボビーが言った。険しい義憤の表情。ハドソンがうなずくと、「よしたほうがいいぜ。物事には限度ってものがあらあ」

「ラムをちょっぴりでいいんだ、ボビー」

「この先生のと同じ奴《やつ》か？」

「いや、バカルディ*をもらう」

ボビーはグラスに注いでハドソンに渡した。

「ホラ、飲みな。本当は飲ませねえところだが。分ってるな？」

ハドソンは一口で干した。身体《からだ》が暖まり、快い刺激である。

「お代り」

「二十分待て」と言うと、ボビーはカウンターの後ろの時計に目をやる。

船の一同もそろそろ意識し始めたが、まだ遠慮があった。

「そこの兄ちゃん、何を飲む？」ボビーはデイヴィッドに聞く。

「もうよしたよ、酒は。知ってる癖に」デイヴィッドはつけつけと言う。

「いつから？」

「昨夜からだよ。知ってる癖して」

「そりゃ失礼」ボビーは自分で軽く一杯飲む。「あんたら与太者のことをいちいち嗅《か》ぎ回っちゃいられねえんでね。とにかく商売が忙しくなってきたら、そこのハドソン先生を連れ出すようにしてくれよ。頼むのはそれだけだ」

「おとなしく飲んでるだろう、私は」ハドソンが言う。

「当り前じゃねえか」ボビーはロジャーの前の瓶に蓋《ふた》をすると、棚に戻した。

若トムは、良くやってくれたとばかりボビーにうなずき、ロジャーに何かささやく。ロジャーは頭を抱え込んだ。が、顔を上げると瓶を指さす。若トムが首を横に振る。ボビーは瓶を取り、蓋を取ってロジャーの前に置く。

「飲んでくたばるがいい。どうなろうと俺は平ちゃらだからな」

二手に分れた船の一同は、かなり注意を払うようになったが、相変らず遠慮がある。わざと柄の悪い所へ遊びに来たというわけだが、折目正しいし、ちゃんとした連中らしい。

と、ロジャーが初めて口を開いた。

「このチンピラにも一杯頼む」

「何にするんだ、坊や？」ボビーがアンディーに聞いた。

「ジンだ」とアンディー。

ハドソンは連中を見ないようにした。が、様子は気配で分る。

ボビーはアンディーの前にジンの瓶を置き、横にグラスを置く。アンディーはなみなみと注ぐと、ボビーの方にグラスをかざし、

「ボビー旦那に乾杯。朝から初めての一杯だぞ」

「干しな。ずいぶん遅かったな、来るのが」

「パパにお金が届いたんだ。誕生日のお祝いにママが送ってくれるの」

若トムが父の顔を見上げ、泣きだした。実際に泣いているわけではないが、いかにも悲しげに見え、しかもほどほどでやりすぎてはいない。

しばらく皆黙りこくっていたが、アンディーが、「ジンをもう一杯、ボビーさん」

「自分で注ぎな、かわいそうな子だ」

ハドソンの方に向き直ったボビーは、「ハドソン、もう一杯飲んだら出てってくれ」

「おとなしくしてる分には、いくらいたってかまわんだろうが」

「あんたがいつまでもおとなしくしてるわけねえよ」根に持った口調。

ロジャーが瓶を指さし、若トムがその袖《そで》を押えつけた。やっと泣きやんだけなげな少年というところ。

「デイヴィスさん、そんなに飲まなくても」

ロジャーは何も言わず、ボビーはまた瓶を前に置く。

「デイヴィスさん、今夜は仕事するはずだよ」と若トム。「今夜は書くぞって僕に約束してくれたじゃないか」

「だから何のために飲んでると思うんだ？」ロジャーが言う。

「でも、デイヴィスさん、『嵐《あらし》』を書いた時はこんなに飲まなくても良かったでしょう」

「黙ってろ」とロジャー。

若トムは我慢強く、けなげに堪える顔。

「黙るよ。でも、デイヴィスさん、僕に注意してくれって頼んだから言っただけだよ。ね、家に帰らない？」

「あんたは良い子だ」とロジャー。「でももうしばらくここにいる」

「あとどのくらい？」

「とことんまで」

「そんな。無駄だよ」と若トム。「本当。デイヴィスさんだって分ってるじゃないの。目が見えなくなるほど飲んじまったら書けなくなるでしょ」

「口述筆記で行く。ミルトンに見習ってな」

「確かにデイヴィスさん、口述の名人だ。でもね、今朝秘書のフェルプスさんが録音機から書き取ろうとしたら、ほとんど音楽ばっかり」

「オペラを書いてるんだ」とロジャー。

「確かにデイヴィスさんならオペラの傑作が書ける。だけど、最初に小説のほう仕上げたほうが良かない？　前借りがどっさりあるんだから」

「なら、あんた仕上げてくれ。もう筋は分ってるだろう」

「分ってる。とてもすてきな話だ。けど、あの中には、デイヴィスさんが前の本で死なせちまった女の子がまた出てるよ。読者がこんぐらかっちまうじゃないか」

「デュマもそうした」

「しつこくするんじゃない」ハドソンが若トムに言う。「そう始終しつこくしたら、先生も書けやしないじゃないか！」

「デイヴィスさん、いっそ優秀な秘書を雇って、代りに書いてもらったらどう？　小説家ってよくそうするって聞いたよ」

「駄目だ。金がかかる」

「俺が手を貸そうか？」ハドソンが言う。

「いいな。あんた、絵にしてくれ」

「そりゃいいや」と若トム。「本当にそうしてくれる、パパ？」

「俺なら一日で絵にしてみせる」とハドソン。

「ミケランジェロみたいに、逆さまに描いてくれ」とロジャー。「うんとでかくな、ジョージ国王陛下が眼鏡無しでも見られるように」

「絵に描くの、パパ？」デイヴィッドが言う。

「うん」

「いいぞ」とデイヴィッド。「初めてまともな話を聞いた」

「そんなに難かしくないかな、パパ？」

「とんでもない。やさしすぎて困るかもしれん。女の子ってのは誰だ？」

「デイヴィスさんの本にいつも出る女の子だ」

「あの女の子なら半日で描いてみせる」とハドソン。

「逆立ちさせて描いてくれ」とロジャー。

「話を落すな」ハドソンはたしなめた。

「ボビーさん、もう一杯ストレートで頼む」とアンディー。

「何杯目だ、坊や？」

「二杯しか飲んでない」

「じゃ飲め」とボビーは瓶を渡す。「なあ、ハドソン、あの絵いつになったら持って行ってくれるんだ？」

「まだ買手はつかんのか？」

「つかねえ。店がごみごみしていけねえや。しかもあの絵見てるとどうもいらいらしてくる。とにかくこの店からどけてもらおう」

「失礼」船の男の一人がロジャーに話しかけた。「あの絵、売りに出てるんですか?」

「誰もあんたに話しかけちゃいないだろ?」とロジャーは相手を見た。

「ええ」と男は言い、「ですが、あなたはロジャー・デイヴィスさんでは?」

「まさにそのとおり」

「もしそこのお友達があの絵をお描きになって売りに出しておいでになるなら、いくらでお売りなのか相談させていただこうと思って」振り向いた男は、「こちらはトマス・ハドソンさんですね?」

「確かに苗字《みようじ》はハドソンだ」

「あの絵、お売りになるので?」

「いいや」とハドソンは答え、「お気の毒だが」

「でも、さっきバーテンが――」

「奴は気狂《きちが》いでね。実に良い奴だが、気狂い」

「ボビーさん、もう一杯ジンもらってもいいかしら?」とアンドルー。ひどく丁寧だった。

「いいとも、坊や」とボビーは酒を出してやり、「どうかね、こういうのは? 坊やのかわいい、元気そうな顔をジンのレッテルに使ったら？　あんな杜松《ねず》の実なんてえ阿呆《あほう》みたいな絵の代りにな。ハドソン、お前さん、このアンディー坊やのぼちゃぼちゃした魅力を生かしたレッテルを工夫してみちゃどうだ？」

「僕らだけで新しい銘柄を売り出してもいい」とロジャー。「『トム老《オールド・トム》』ってジンがあるから、僕らは『浮かれアンドルー《メリー・アンドルー》』ってのを売り出す」

「資本《もと》は俺に任せろ」とボビー。「この島で醸造すりゃいい。坊やたちが瓶詰めしてレッテルを貼《は》る。俺たちで卸しと小売りいっさいやる」

「これぞ名人芸の復活」とロジャー。「イギリスのウィリアム・モリスに見習う」

「そのジン、何から作るの、ボビーさん？」とアンドルー。

「外鰯《そといわし》に籬貝《まがきがい》」

船の一同は、もうロジャー、ハドソン、子供たちには目を向けず、ボビーだけを見つめ、不安げな様子だった。

「あの絵のことだけれど」さっきの男が言う。

「どの絵のお話かね、お客さん？」ボビーはそう言いながら、また一杯ひっかける。

「あのとても大きな絵だ、竜巻が三本、それに小舟に乗った男の」

「どこにある？」とボビー。

「あそこ」と男。

「お客さん、申し訳ねえがもう充分召し上がったんじゃありませんかね？　この店は品の良い店だからね。いくら何でも竜巻や小舟に乗った野郎どもなんてえ物にゃ手は出しませんぜ」

「あそこにあるあの絵のことだよ」

「からむのは堪忍《かんにん》だよ、お客さん。あそこにゃ絵なんてねえよ。店に絵を置くとしたら、ちゃんと絵は絵らしくカウンターの上に掛けまさ。しかもこういい感じに寝そべった全身ヌードをね」

「あそこにあるあの絵だったら」

「どこのどいつの絵だって？」

「あそこ」

「お客さん、酔いざましのブロモ・セルツァ水でもサービスしましょうか？　それとも人力車呼ぼうか？」

「人力車？」

「そうさ。歯に衣着《きぬ》せねえところが聞きたけりゃ言うよ。人力車。あんたはどう見ても人力車面《づら》だ。これ以上飲みなさんなよ」

「ボビーさん」アンディーが馬鹿丁寧《ばかていねい》に聞く。「僕ももうこれ以上飲まないほうが良いかしら？」

「いんにゃ、坊や。かまわねえよ。さ、自分で注げ」

「ありがとう、ボビーさん。これで四杯目」

「百杯目といきてえところだね。坊やは俺の誇りだ」

「おい、ハル、ここを出ないか？」男の一人が、絵を買いたがる男に言った。

「あの絵がほしいんだよ、僕は。値段さえ手ごろなら」

「僕はここを出たい」ともう一人の男は言い張って、「浮かれるのは浮かれるで良い。

だが、子供たちがぐいぐい飲むのを見てるのは、いささかこたえるんでね」

「本当にジンを飲ませてるの、あの坊やに？」カウンターの戸口側にいる例の感じの良い金髪娘がボビーに聞いた。背が高く、完全な金髪で、雀斑《そばかす》に愛敬《あいきょう》がある。赤毛の女にできる雀斑とは違う。金髪で、日に当っても火傷《やけど》など起さず、こんがり焼ける肌の持主によくあるそれだった。

「本当でさ」

「あんまりだわ。胸が悪くなる。あんまりよ。罪よ」

ロジャーは娘から目を外《そ》らし、ハドソンはじっと下を見ていた。

「じゃ、何飲ましてやりゃいいんで？」とボビー。

「何も。お酒なんか飲ませちゃいけないのよ」

「そりゃ片手落ちだよ」とボビー。

「片手落ちって何？　子供をアルコールで毒することが片手落ちじゃないって言うの、あなたは？」

「ホラ、ごらん、パパ」と若トム。「アンディーがお酒飲むのはどうかなって僕も思ってた」

「でも、三人兄弟の中で飲むのはこの子一人だけだからね。そこの兄ちゃんが酒断ったってえから」ボビーは彼女を説き伏せようとする。「三人兄弟中ただ一人だよ、その子からささやかな楽しみを取り上げちまうのが、片手落ちじゃねえってのかい？」

「片手落ちですって！　あなたは化物よ。それからあなたも」とロジャーに言うと、「あなたも化物だわ」と今度はハドソンに言い、「あなたたちみんなひどい人、大嫌い」娘の目には涙が浮んでおり、娘は子供たちに背を向けてしまった。ボビーが連れの男たちに、「あんたたち、放っとく気か？」

「冗談だよ、こんなの」男の一人が娘に言う。「パーティの時によくわざと無礼なこと言う給仕を雇うじゃないか。でなければ、ただチンプンカンプンを並べて人を煙《けむ》に巻いてるだけのことさ」

「いいえ、冗談なんかじゃない。あのひどい人、坊やにジン飲ませてるんだから。ひどいしそれに痛々しくって」

「ボビーさん、僕は五杯までならいいの？」と若トム。

「今日はな。あのお嬢さんをおどかしちゃいけねえ」

「ね、私を連れ出して。見てられないわ」

娘は泣きだし、二人の男がついて出て行った。ハドソン、ロジャー、子供たちと、一同ひどくいやな気分になってしまう。

例の本当の美人のほうが寄って来た。美しい顔だち、浅黒いきれいな肌、髪は黄と茶の中間。スラックス姿だが、ハドソンの目に映るかぎりでは身体《からだ》も見事で、絹のような髪の毛が歩くとさっさっと揺れる。どこかで見覚えがあった。

「あれ、本当はジンじゃないわね？」とロジャーに聞く。

「もちろん違うさ」

「あの人にそう言って来るわ。深刻に気分害しちゃってるから、あの人」

戸口から出て行ったが、出て行く時皆ににっこりしてみせた。とにかく美人である。

「さあ、これでお終《しま》いだ、パパ」とアンディー。「コカコーラ飲んでもいいね、僕たち？」

「僕はビールもらうよ、パパ。ただし、あの女の人が気分害さないならだ」と若トム。

「ビールなら気分害さんだろう」そう言ってハドソンは、「一杯ご馳走《ちそう》しましょうか？」と絵を買いたがっている男に言う。「あんまり馬鹿なことして、気にさわったらご免なさい」

「いや、とんでもない」と男は言った。「面白かった。最初から最後まで、私にはとても面白かった。すっかり引き込まれましたよ。私は前から作家や画家に興味があったものですから。皆さん、アドリブでおやりになったんですか？」

「ええ」とハドソン。

「そこであの絵のことですが――」

「あれはここのサンダーズ氏の物でね」とハドソンは説明し、「プレゼントにあげた物です。売る気はないんじゃないかと思うが、彼の絵なんだから好きにすればいい」

「俺は手放さないよ」とボビー。「あんまり高い値で買うなんて言わないでほしいね。俺が辛《つら》くなっちまう」

「私は本気でほしいんだが」

「俺だって同じことだぜ。しかも今の持主は俺だからね」

「しかしサンダーズさん、あの絵はこんな所に置いとくにはあまりにも貴重な絵だ」

ボビーは怒り始めた。

「ほっといてくれねえかな」と男に言う。「せっかく楽しんでたんだぜ、俺たち。精一杯楽しんでたところを、どうだ、女がメソメソしたおかげで、何もかもぶち壊しよ。そりゃあのお嬢さん、善意からだってことは分る。けどな、へっ、畜生め。善意くらいあっという間に人をぶちのめすものもないぜ。家のかみさんなんてのは善意善行の塊みてえなもんだが、おかげで毎日俺はこてんこてんにされてる。善意なんてどうにでもなりやがれ。あげく今度はあんたが現われて、ほしいからこの絵は自分の物だとくる」

「だがね、サンダーズさん、この絵を持って行ってくれ、売りに出てると言ったのはあなた自身だよ」

「ありゃみんな冗談だ。俺たちがふざけてた時の話じゃねえか」

「ではあの絵は売物じゃないんだね」

「そうだ。売りも貸しも、しねえったらしねえ」

「そうか。それなら万一売りに出た時のために私の名刺をさし上げておこう」

「ようし、分った。ひょっとするとトム旦那《だんな》、家に売りたい絵を置いてるかもしれない。どうだい、トム？」

「これといって無いな」

「おうかがいして拝見したいのですが」と男はハドソンに言う。

「今、何もお見せしていないのでね」とハドソンは答えた。「もしそのおつもりなら、ニューヨークの画廊の番地をお教えしよう」

「それはありがたい。ここに書いていただけますか？」

男は持っていた万年筆を出し、名刺の裏に番地を書き取ると、もう一枚の名刺をハドソンに渡した。ふたたびハドソンに礼を言うと、一杯ご馳走したいと申し出た。

「大型の絵だと、いくらぐらいになるかお教え願えますか？」

「いや。でも、画商に聞いて下されば」

「ニューヨークに戻りしだい、画商の方にお会いするつもりです。この絵は実に面白い」

「恐縮です」とハドソン。

「どうしても売ってはいただけませんか？」

「チェッ」とボビー。「やめてくれよ、もう。あいつは俺の絵だからね。俺がアイディアを出して、トムが描いてくれた絵だ」

男は、また『ジェスチュア』ごっこの始まりかという顔で、愛想良くにっこりすると、

「いや、べつにしつこくする気は毛頭――」

「海亀《うみがめ》みてえにしつこい人だよ、あんた。食いついたら放しゃしねえ。さ、一杯サービスするからあきらめてくれ」

子供たちはロジャーと話している。「ま、結構面白かったね、デイヴィスさん？」と若トム。「僕、大してやりすぎなかったでしょう？」

「立派なものだ。デイヴはあまり見せ場が無かったが」

「もうちょっとでお化けの真似《まね》するところだったのにな」デイヴィッドは言った。

「そんなことしたら、あの女の人死んじまったぞ、きっと」と若トム。「もう大分参っ

てたもの。お化けになってニュッと顔出すってわけか？」

「まぶたを裏返しにして、準備完了だったのに。かがんで、いざニュッと顔上げようとしてたら終りになっちゃった」

「でもあの女の人、いい人だったから気の毒だな」とアンディー。「僕は、お酒が回ってきた真似する前にお終いになっちまった。これでもう二度目をやるチャンスは無くなっちゃったろうね」

「ボビーさんはすばらしかったろう？」と若トム。「本当、すてきだったよ、ボビーさん」

「やめるのが惜しくてな。駐在なんて、ついに顔出しもしねえうちにお終いだ。名優っていわれる連中の気持もよく分るな」

娘が戸口から入って来た。入るところで、風がセーターをひたひたと娘の身体に吹きつけ、ロジャーを振り向く娘の髪の毛がなびいた。

「あの人、ここに戻るのはいやですって。でもいいの。もう機嫌は直ったから」

「一緒に一杯どう？」ロジャーが言う。

「喜んで」

ロジャーは全員の名を紹介し、娘はオードリー・ブルースと名乗った。

「お邪魔して、絵を拝見してもいいかしら？」

「もちろん」とハドソン。

「ブルースさんと一緒に行かせていただけないかな」例のしつこい男が言う。

「ブルースさんのお父さんかな、あなたは?」ロジャーが言った。

「いや。でもずっと昔からの友人です」

「来るのはお断わりだね」とロジャー。「〈おなじみご招待日〉まで待っていただこうか。さもなければ、委員会から許可証を取って来てもらうか」

「この方に失礼なことおっしゃるのはいけないわ」娘はロジャーに言った。

「遺憾ながらさっきから僕は失礼続きだ」

「じゃ、もうおよしになって」

「いいよ」

「仲良くしましょう、お互いに」

「良かろう」

「トム坊やの言った、あなたの本にいつも同じ女の人が出てくるって、あの台詞《せりふ》気に入ったわ」

「本当?」と若トム。「あれ、実際はそうじゃないんだよ。デイヴィスさんをからかったんだ」

「私はわりと当ってると思ったけれど」

「ハドソンの家においで」とロジャー。

「お友達、連れて行ってもいい？」

「いかん」

「一人も？」

「そんなに連れて行きたいのかね？」

「いいえ」

「ならいいが」

「何時ごろお邪魔したらいいかしら？」

「いつでも」とハドソン。

「お昼ご馳走になってもかまいません？」

「当然」とロジャー。

「すてきな所らしいわね、この島。これで皆さん、仲良しになって良かったわ」

「デイヴ兄さん、お化けになるところを見せてくれるよ。さっきは途中でやめちゃったけど」アンディーが言う。

「まあ、至れりつくせりだこと」

「いつまでおいでですか？」若トムが聞いた。

「さあ、知らない」

「あの船はいつまでいるの？」ロジャーが聞く。

「さあ、知らない」

「何か知ってることは無いのかね？」とロジャー。「べつにからんでるわけじゃないが」

「あまり無いわね。あなたはどう？」

「君は美人だ、とな」

「まあ。どうもありがと」

「しばらくこの島にいる気ある？」

「さあ、知らない。いるかもしれない」

「ハドソンの家に行って一杯やらないか？　ここで飲む代りに？」

「ここにしましょうよ。とても居心地が良いもの、このお店」

12

翌日、風はやみ、ロジャーと子供たちは浜で泳ぎ、ハドソンは二階のポーチで仕事中である。あとで包帯さえ取り換えれば、塩水で泳いでもデイヴィッドの足に害はあるまいとエディーが言ったので、皆揃《そろ》って水に入り、ハドソンは絵筆を取りながら下をのぞき、時々彼らの姿を見守る。ロジャーと例の娘のことをあれこれ考えたが、気が散るのでやめにした。が、それにしても、初めて会ったころの若トムの母をそぞろ思い出させる娘ではある――そう思わずにはいられぬ。しかし、あの女の真似をし、ハドソンに彼女を思い出させるような娘は実に大勢いたではないか、と考えてハドソンは仕事を続けた。いずれ自分はまたあの娘に会うだろう、これは確実だし、一同揃ってこれからあの娘にかなりしげしげ会うことになるだろう、これはもっと確実だ。とっくに目に見えていたことではなかったか。まずは美しい飾りのような娘、気だても好《よ》さそうだ。若トムの母を思い出させるのがかなわぬが、まあ、不運とあきらめること。どうにもならぬことだから。これについては、もう同じ目を大分見て来た自分ではある。ハドソンは仕事を続けた。

この絵は良い絵になりそうだ。自分で分る。本当に難かしいのは、次の絵、水中の魚を描く絵である。それを最初に描くべきではなかったか？ いや、これをまず仕上げたほうが良い。もう一枚のほうは、皆がいなくなってからいつでも取りかかれる。

「僕が抱いて行ってやるよ、デイヴ」とロジャーの声が聞える。「足に乾いた砂が入っちゃいかん」

「じゃ、お願いします」とデイヴィッドが言い、「その前に海の水で足を洗っておこう」

ロジャーがデイヴィッドを抱えて浜伝いに来、海に面した戸口にある椅子《いす》に坐《すわ》らせた。ポーチの下を通る時、デイヴィッドが言っているのが聞えた。「あの女の人、来ると思う、デイヴィスさん？」

「どうかな。来てほしいと思うが」

「あの人、美人だと思わない？」

「きれいだな」

「僕たちが気に入ってるらしいよ、あの人。ね、デイヴィスさん、ああいう女の人、一体何をしてるんだろう？」

「知らん。聞かなかったからね」

「トム兄さん、あの人好きになっちまった。アンディーもだ」

「君はどうなの？」

「分んないな。僕はあの二人みたいに、すぐ人が好きになったりしないからね。とにかくもっと会ってみたいな。デイヴィスさん、あの人、性悪女《しょうわるおんな》なんかじゃないだろ？」

「さあね。そうは見えないが。なぜ？」

「トム兄さんが言うんだ、俺はあの人が好きだけど、あれはきっと性悪だぞって。アンディーは、性悪だろうとなかろうと、かまやしないってさ」

「性悪女には見えんな」

「ね、デイヴィスさん、あの人と一緒にいる男の人たち、みんな無口で不思議な人ばかりだね？」

「まったくだ」

「ああいう人たちって、何してるんだろうか？」

「彼女が来たら聞いてみよう」

「来るかしら？」

「来るさ。僕が君なら心配などしないよ」

「心配してるのは、トム兄さんとアンディーさ。僕が好きなのは別な女の人。デイヴィスさんは知ってるね、僕が教えたから」

「覚えてる。だがあの子も君の言うその人に似てるな」

「映画で見て、真似してるのかもしれない」

ハドソンは仕事を続ける。

ロジャーがデイヴィッドの足を手当していると、娘が浜を歩いて来る姿が見えた。素足に水着、その上にアンサンブルのスカート、手にはビーチ・バッグ。脚も顔同様、セーターの下に見た乳房同様に良いのが、ハドソンには嬉《うれ》しい。腕もきれいで、全身褐色に焼けている。口紅以外化粧はしていないが、口もとが美しく、口紅を落したところが見たい気がする。

「こんにちは。遅かったかしら？」

「いや」とロジャーが言った。「一度皆で入ったが、僕はもう一度泳ぐつもりだ」

ロジャーはデイヴィッドの椅子を浜のきわまで出しておいたので、ハドソンは娘がデイヴィッドの足もとにかがみ込む姿を見つめた。髪の毛が前に垂れかかって、うなじのあちこちに小さく巻き上がる巻毛が見える。日焼けした肌に、小さな巻毛は日を浴びて銀色だった。

「どうしたの？　かわいそうなあんよね」

「魚と引っ張りっこですり切れちまったんだ」デイヴィッドが答える。

「どのくらいの大きさの魚？」

「分らない。逃げちゃったから」

「まあ、お気の毒」

「いいんだよ。もう誰も気にしちゃいない」

「その足で泳いで大丈夫？」

擦れた所にロジャーがマーキュロを塗っているところだった。傷はきれいで経過良好だが、塩水で肉が幾分ふやけている。

「エディーが泳ぐと傷に良いと言ったから」

「エディーって？」

「家のコックさん」

「コックさんがお医者さんもやるの？」

「エディーはこういうこと詳しいんだ」とデイヴィッドは説明し、「デイヴィスさんも大丈夫だって言ったし」

「そのデイヴィスさんとやらは、ほかに何かおっしゃって？」娘はロジャーに向って聞いた。

「君に会えて嬉しい、とな」

「まあ、良かった。皆さん、昨夜は乱痴気騒ぎ？」

「でもないな」とロジャー。「皆でポーカーを一戦、僕はそのあとで本を読んで寝ちまった」

「誰が勝って？」

「アンディーとエディー」とデイヴィッドが言う。「おねえさんたちは何を？」

「私たちのほうは、バックギャモンを」

「よく眠れたかい？」とロジャー。

「ええ。あなたは？」

「ぐっすり眠れたよ」

「バックギャモンができるのは、僕たちの中じゃトム兄さんだけなんだ」とデイヴィッドは娘に言って、「ろくでもない奴《やつ》が兄さんに教えたんだけど、そいつホモだったんだって」

「本当？　悲しいわね」

「トム兄さんの話聞くと、そんなに悲しそうな話でもないよ。べつに妙なことは起きなかったって」

「でも私はホモってみんなとっても悲しい人たちだと思うわ。かわいそうよ」

「でもこいつはちょっとばかり滑稽《こっけい》な話なんだ。トム兄さんにバックギャモン教えたろくでなしって奴、ホモだってことはどういうことかとか、古代ギリシャ人はどうだったとか、やれデーモンとピシアス*がどうしたとか、ダビデとヨナタン*がこうしたとか、しきりに説明するんだってさ。ホラ、学校でよく教えるでしょう、魚と卵と白子のこととか、蜂《はち》が花粉運んで受精させることとか——あんな調子なんだって。だからトム兄さん、そいつにジイドの本読んだかって聞いたんだってさ。デイヴィスさん、あの本何て本だったかしら？　ホラ、『コリドン』じゃなくて、もう一つの？　オスカー・ワイルドが出てくる本さ」

「『一粒の麦死なずば』」とロジャーが言う。

「てんでひどい本なんだ、その本。トム兄さん、学校に持ってって仲間に読んで聞かせたんだよ。もちろんみんなフランス語だと分んないんだが、トム兄さんが翻訳してやったんだ。退屈な所ばかりの本だけど、ジイドさんがアフリカに行くとてんでひどいことになるんだ」

「読んだわ、私も」

「ならいいや。僕の言ってること、どんなことか分ってもらえるね。それで、トム兄さんにバックギャモン教えたこのホモ男、兄さんがあの本の話したらぶったまげちまったんだって。だけど、喜んでたらしいんだ、おかげでホモの話するのにも、蜂や花で説明する所は抜きでできるからね。で、そいつ、『君が分ってくれるんで嬉しいよ』とか何とか言ったんだとさ。そこでトム兄さん、こう言ってやったんだ――僕、その言葉暗記したんだよ――『エドワードさん、僕の同性愛に対する興味は、ただ学問的なものにすぎません。バックギャモンを教えて下さったことを心から感謝申し上げます。ではこれで失礼』」

「そのころの兄さん、とっても礼儀正しくってね」とデイヴィッドは娘に話し続け、「パパと一緒にフランスにいて、帰って来たばかりのところで、とっても礼儀正しかったんだ」

「あなたもフランスにいたことあるの？」

「僕たちみんないたことある。めいめい違う時にだけど。でもフランスのことちゃんと覚えてるのはトム兄さんだけ。もともとトム兄さん、兄弟で一番物覚えいいんだよ。正確に覚えてるしね。おねえさんのほうはどう？　フランスにいたことある？」

「長い間いたわ」

「学校に行ったの？」

「ええ。パリの郊外の学校に」

「じゃ、トム兄さんに会うといいよ。兄さんはパリやパリの郊外のことなら、僕がここの磯《いそ》や干潟《ひがた》を知ってると同じくらいよく知ってるんだ。いや、兄さんのパリ通のほうが上かな」

娘はポーチの下の日陰に腰を下ろすと、足の指で白い砂をすくっては、さらさらと落している。

「磯と干潟のお話してよ」

「実際に見せたほうがいいや。ボートで干潟まで案内するよ。気に入ったら潜って魚突きしてもいい。磯を知るにはそれに限るんだ」

「ぜひ連れてって」

「あの船の連中はどういう人たち？」とロジャーが聞いた。

「ただの人たちよ。あなたは嫌いでしょうね、きっと」

「なかなか立派な人たちとお見受けしたが」

「私たち、そんな調子でお話ししなくちゃならないの？」

「べつに」

「あなた、あのしつこい人にはお会いになったわね。あの人が一番お金持で、一番退屈なの。ね、もうあの人たちの話はよさない？　みんな良い人、すてきな人で、退屈この上無し、それだけ」

若トムがやって来た。それに続いてアンドルー。浜の遠くで泳いでいた二人は、水から上がるとデイヴィッドの椅子の横に娘の姿を見つけ、浜の固い砂の上を駆けて来たのだったが、アンドルーはあとに取り残され、息を切らしていた。

「待っててくれりゃいいのに」と若トムに言う。

「ご免ご免」と若トムは言ってから、「おはよう。待ってたんだけれど、泳ぎに行っちまった」

「遅くなってご免なさいね」

「遅くなどないさ。また皆で泳ごう」

「僕は入らずにいよう」とデイヴィッド。「皆入っておいでよ。どっちみち、僕は少しおしゃべりしすぎちゃった」

「底潮で沖に引っ張られる心配は無いから」と若トム。「ここはずっと遠浅なんだ」

「鮫《さめ》や大かますはどうかしら？」

「鮫は夜しか来ない」とロジャーが教える。「大かますは何にもしないから大丈夫。水が濁ってる時だけさ、人にかかって来るのは」

「あいつらは、何か正体の分らない物がチラッとすると、間違えて飛びついて来ることがあるんだ」とデイヴィッドが説明し、「でも水が澄んでる時には、人に噛《か》みついたりしない。僕たちが泳いでるあたりには、大体いつでもいるな、あいつら」

「浅瀬の上などで、身体《からだ》のすぐそばに寄って来てブラブラしてるのが見える」と若トム。

「とても好奇心が強いんだ。でも、必ず逃げて行くよ」

「だけど魚を持ってたりすると話が違うぞ」とデイヴィッド。「魚突きしたりしてて、魚を糸に通したり、網の袋に入れて持ったりしてると、あいつら、その魚を狙《ねら》って来るんだ。凄《すご》く速いから、間違えて人間がやられることもある」

「それに、ぼらや鰯《いわし》の群れの中を泳いでたりする時ももちろん」と若トム。「群れの魚を狙って突っ込んで来た時に、人にかかって来ることもある」

「トム兄さんと僕の間を泳ぐといいよ」アンディーが言った。「そうすれば、絶対大丈夫」

波が激しく砕ける渚《なぎさ》では、磯しぎと千鳥が、波が引き次に砕ける間を縫って、濡《ぬ》れての固い砂の上をチラチラと走り回っている。

「こんなに荒くて、水の中が見えないような時に泳いで大丈夫かしら?」

「大丈夫さ」とデイヴィッドは娘に言い、「泳ぎ出す前に、足もとに注意すること。もっともこれだけ波があると鱏《えい》が砂の上にいることはまず無いと思うけどね」

「デイヴィスさんと僕がついてるから大丈夫だよ」と若トム。

「いや、僕がついてるもの」とアンディー。

「波の割れてるあたりで魚にぶつかったとすると、たいがい小さな鯵《あじ》にきまってるから」とデイヴィッド。「上潮に乗って砂にいる飛虫を食べにやって来るんだ。水の中で見るととてもきれいな魚で、珍しがりやで気だてがいい」

「何だか水族館の中で泳ぐみたいね」

「深い所に潜ったままでいたければ、アンディーが息の出し方を教えてくれるし、うっぽがいやならトム兄さんに聞けばいいや」

「おどかすもんじゃない、デイヴ」と若トムが言う。「僕たちはこのデイヴィッドみたいに、潜りの王様じゃないものね。でも、この子、ついそれを鼻にかけて——ね、ブルースさん」

「オードリーでいいのよ」

「オードリー」とトムは言うと、口ごもってしまう。

「何のお話だったっけ、トム君？」

「分んなくなっちまった。とにかく入って泳ごう」

ハドソンはしばらく仕事を続け、それから降りて来てデイヴィッドの横に腰を下ろし、波とたわむれる四人を見守った。娘はキャップをかぶらずに泳いでいたが、泳ぐのも潜るのもあざらしのように軽やかである。力の差はあるが、泳ぎの巧《うま》さはロジャーなみだった。皆と共に水から上がり、浜の固い砂の上を家に向って来る娘の髪は濡れ、額からまっすぐ後ろにかきのけられて、頭の形が余計な邪魔物なしにはっきり分る。これほど美しい顔と見事な身体はまだ見たことが無い、とハドソンは思う。一人だけを除いては。あの比べものの無い美しく見事な女を除いては。考えてはならぬ、とハドソンは自分に言い聞かせた。黙ってこの娘を見、この娘がここに来ているのを喜ぶことだ。

「どうだった？」とハドソンは聞く。

「すてき」とほほ笑みを送った娘は、デイヴィッドに、「でもお魚は全然見えなかった」

「波がこれだけ荒いとね。ぶつかりでもしないかぎり」とデイヴィッド。

娘は膝《ひざ》を抱いて砂の上に坐《すわ》っている。湿った髪が両肩に垂れ、両脇《わき》に二人の少年が坐り、ロジャーは組んだ両腕の上に額をあずけ、娘の前に腹這《はらば》いになっていた。ハドソンは網戸を開け、家に入ると二階のポーチに戻り、絵を描き続けた。自分にはそれが一番良さそうである。

ハドソンがもう見ていない下の砂浜。娘がロジャーを見つめていた。

「憂鬱《ゆううつ》？」娘がロジャーに聞いた。

「いや」

「物思い？」

「少し、かな。よく分らん」

「こんな日には、何も考えないほうがいいの」

「よし。お互い、考えないことにしよう。波を見てるのならいいか？」

「波はただですもの」

「また泳ぎたいかね？」

「あとでね」

「泳ぎは誰に教わった？」

「あなたに」

頭を上げたロジャーは、娘を見た。

「アンチーブ岬《みさき》のあの浜覚えてらっしゃらないの？　あの小さな浜。エデン・ロックの海水浴場じゃないほう。あなたがエデン・ロックで潜るのを見物してたことはあるけど」

「あんた、一体ここへ何しに？　本名は何だ？」

「あなたに会いに。名前はオードリー・ブルース——だと思う」

「僕たち、あっちに行こうか、デイヴィスさん？」若トムが聞いた。

ロジャーは返事もしない。

「本当の名は？」

「前はオードリー・レイバーン」

「なぜ僕に会いに来た？」

「そうしたかったから。悪かったかしら？」

「悪くはあるまい。誰に聞いた、ここにいるって？」

「ニューヨークのカクテル・パーティで会ったいやらしい男の人から。あなた、その人とここで喧嘩《けんか》したんですってね。あなたのことを浜辺にたかるやくざ者と言ってた」

「たかりつくされてるな、この浜は」海に目をやりながらロジャーは言う。

「ほかにもいろいろ言ってたわよ、あなたのこと。全部悪口」

「あんた、アンチーブには誰と？」

「お母さんとディック・レイバーンと。これで思い出した？」

起き上がったロジャーは娘を見、近づくと抱きしめてキスした。

「こいつは驚きだ」

「来てもかまわなかった？」

「この餓鬼大将め。本当にあんたか？」

「証明がおいり？　ただ信用してはもらえないの？」

「秘密のあざなど覚えてないんでな」

「これで気に入ってもらえたかしら？」

「首ったけになっちまった」

「いつまで馬の坊やじゃいないもの、私だって。覚えてる、あの時あなた私のことをオートイユ競馬の若駒《わかこま》みたいだっておっしゃったものだから、私が泣き出しちゃったこと？」

「あれはお世辞のつもりだぞ。『不思議の国のアリス』のテニエル*の挿絵《さしえ》に出て来そうな馬の子だって言ったんだ」

「でも泣いちゃった、私」

「デイヴィスさん」とアンディーが言う。「それにオードリー。僕たち、コカコーラを取って来るけど、いらない？」

「僕はいらん。餓鬼大将、君は？」

「いただくわ、ぜひ」

「行こう、デイヴ」

「いやだ。僕はここで話を聞いてる」

「あんた、時々小面憎《こづらにく》い弟になるな」と若トム。

「僕にも一本頼むぜ」とデイヴィッドは言い、「さ、デイヴィスさん、先を続けて。僕のことなどいっさい気にしなくていいよ」

「私は気にしてないわよ、デイヴ君」

「それにしても、君、一体どこに行ってたのかね？　オードリー・ブルースと名前が変ったのはどういうわけ？」

「ちょっと混み入ってるの」

「だろうな」

「お母さんが、結局ブルースって人と結婚したのよ」

「奴《やつ》なら知ってる」

「私は嫌いじゃなかったけど」

「僕はまあ言わずにおく。だがオードリーってのはどういうわけだ？」

「私の真ん中の名前。お母様の名がいやだったから名乗ったの」

「僕も君のお母さんは好きじゃなかった」

「私も。でも私、ディック・レイバーンとビル・ブルースは嫌いじゃなかったし、あなたとハドソンさんは大好き。けど、あの人も私に気がつかなかったでしょ？」

「さあ、どうかね。あれは変り者だから、気がついても黙ってるかもしれない。君が若トムのお母さんに似てると思ってることは確かだが」

「なら嬉《うれ》しいんだがな」

「よく似てる、本当に」

「本当だよ」とデイヴィッド。「そのことなら僕に聞いてよ。ご免なさい、オードリー。僕、黙ってあっちに行ったほうがいいんだけど」

「君は僕もハドソンも好きじゃなかったぞ」

「いいえ、好きだった。人なんて分らないものよ」

「お母さんは今どこ？」

「ジェフリー・タウンゼンドって人と結婚して、ロンドンに」

「まだ麻薬をやるのか？」

「もちろん。でもきれいよ」

「本当かい？」

「嘘《うそ》じゃなく、本当にきれい。ただ親孝行で言ってるんじゃないわ」

「君は昔はとても親孝行だった」

「ええ。みんなのためにお祈りしたっけ。何を見ても胸を痛めてしまって。お母様に幸せな死のお恵みをって、初金《はっきん》*のお勤めをしたものだわ。あなたのためにだって、どれだけお祈りしたか、ご存じないでしょうね」

「もっとご利益《りやく》があってくれたらな」

「私もそう思ってるの」

「そりゃ分らないよ、オードリー。お祈りのご利益なんていつあるか、思いがけないものなんだから」とデイヴィッド。「デイヴィスさんにお祈りのご利益が必要って意味じゃないんだよ。ただお祈りの理屈を言ってるの」

「ありがとう、デイヴ。で、ブルース氏はどうなった」

「死んだわ。覚えてらっしゃらない？」

「いや。ディック・レイバーンが死んだのは覚えてるが」

「でしょうね」

「そう」

若トムとアンディーがコカコーラの瓶《びん》を持って戻って来、アンディーが娘とデイヴィッドによく冷えた瓶を一本ずつ渡した。

「どうもありがと。とってもよく冷えてる」

「オードリー」と若トムが言う。「思い出したよ。レイバーンさんと一緒に、よくアトリエに来ただろう。全然、口きかない人だったな。あなたと僕とパパとレイバーンさんと四人してあちこちのサーカスを見て回ったし、競馬にも行った。でも、今みたいな美人じゃなかったね」

「いや、美人だったさ」とロジャー。「お父さんに聞いてみろ」

「レイバーンさんが亡《な》くなったのはお気の毒だな」と若トム。「僕、よく覚えてるんだ。ボブスレーがカーブ切る時、高く上がりすぎて見物人の中に飛び込み、それで殺されちまったんだ。その前、レイバーンさんは大病を患《わずら》って、パパと僕とでお見舞に行ったっけ。それからしばらくして具合が良くなり、本当は行っちゃいけないのに、ボブスレーのレース見物に行ったんだ。レイバーンさんが亡くなった事故の時、僕たちはその場にいなかった。オードリー、ご免ね、こんな話してショックじゃない？」

「あの人は良い人だった。べつにどうもしないわ。もう昔のことだもの」

「僕たち二人を知ってた？」とアンディーが聞く。

「知ってるわけないじゃないか、馬っ子。僕らの生れる前のことだぞ」とデイヴィッド。

「無理だよ、僕にそんなこと言っても」とアンディー。「僕、フランスのことなんて何にも覚えてないんだもの。兄さんだって大して覚えてやしないだろう」

「覚えてるなんて言う気もないよ。フランスのことは、トム兄さんが代表で覚えててくれてる。僕はこの島のことならあとになってきっと覚えてるだろうし、今でもパパの描いた絵で僕が見たことあるのは全部忘れない」

「競馬の絵、覚えてる？」オードリーが聞いた。

「うん、見たのは全部」

「私が出てるのが何枚かあるのよ。ロンシャン、オートイユ、それにサン・クルーの競馬。いつでも頭の後ろしか描いてもらえないの」

「その頭の後ろを覚えてるぞ、僕は」と若トム。「あなたは髪を腰のあたりまで垂らしていた。僕はもっとよく見えるようにと、二段上の席に坐ってる。秋によくある青くて煙に霞《かす》んだように見える日、僕たちは二階のスタンド、障害の水濠《すいごう》の真正面にいる。左手に障害の柵《さく》と石垣。僕たちに近い側にゴールラインがあって、水濠は内側のコース。コースぎわまで降りて見てる時以外は、いつも僕はよく見えるようにあなたの後ろ上に坐ってた」

「あなたのことを、おかしな子だと思ってたものよ」

「事実そうだったんだろうな。そしてあなたは全然口きいてくれない。僕がほんの子供だったせいかもしれない。でも、オートイユの競馬場ってきれいな所だったね？」

「すてきな所。去年行ったわ」

「僕たち、今年行けるかもしれないね、トム兄さん」デイヴィッドが言う。「デイヴィスさんもオードリーと一緒に競馬に行ったの？」

「いや、僕は水泳の先生をしただけさ」

「私のヒーローだったわ、あなた」

「パパは違うの？」とアンドルー。

「もちろん、君のパパも。でも、奥さんがいらっしゃるから、私の思うとおりのヒーローにはできなかった。パパとトム君のお母さんが離婚した時、パパに手紙書いたっけ。思いっきり書いた手紙で、私、どんなことしてもいい、私にできるかぎりで、トム君のお母さんの代りになる気でいた。でも、パパはデイヴ君とアンディー君のお母さんと結婚してしまったから、その手紙はとうとう出さずじまい」

「複雑なものだな、世の中って」若トムが言う。

「も少しパリの話聞かせてよ」とデイヴィッド。「僕たちもじきにパリに行くんだとすると、できるだけ聞いといたほうがいい」

「オードリー、覚えてるかい？――コースの手摺《てすり》で見てると、最後の障害を越えた馬がまっすぐ僕たちの方に突進して来る、馬の姿がみるみるうちに大きくなり、蹄《ひづめ》の音を轟《とどろ》かして目の前を過ぎて行く」

「とても寒いので、私たちは大きな火鉢に身体《からだ》をすり寄せて暖まりながら、バーで買って来たサンドイッチを食べたわね、覚えてる？」

「秋が良かったな」と若トム。「競馬場から帰る時は、馬車に乗った――屋根無しのオープンの馬車だ、覚えてるかい？ ブーローニュの森を抜けるとセーヌ河の岸辺、そろそろ夕闇《ゆうやみ》だ――落葉を燃す匂《にお》い、河では引き舟がはしけを引っ張って」

「本当にそんなにハッキリ覚えてるの？ 君はまだほんの坊やだったけど」

「シュレーヌ*からシャラントン*までだったら、セーヌ河にかかった橋は全部覚えてるよ」

「まさか」

「名前は知らないけど、全部頭に焼きついてる」

「全部なんてとても無理よ。それにセーヌ河にはみっともない所だってあるし、橋だってみっともないのがたくさん」

「分ってるさ。でも、あなたと会ったあと、僕は長いことパリにいたし、パパと僕はセーヌ河を端から端まで歩いてみたんだから。みっともない所も、きれいな所もね。それにいろいろな友達とあちこちで釣りしてみた」

「セーヌ河で釣り？　本当？」

「もち」

「パパも釣りしたの？」

「それほどしょっちゅうでもない。パパは時々シャラントンに釣りに出かけたけど。でも、パパは仕事が終ると散歩するのが好きで、一緒に歩いたっけな——僕がくたびれちまうと、適当にバスに乗って帰って来る。少しお金ができてからは、タクシーや馬車で帰った」

「皆で一緒に競馬に行ったころはお金持だったのね」

「あの年はね。よく覚えてないけど。お金がある時もあったし、無い時もあった」

「私はお金に困ったこと無かったな。お母様はお金持でないと結婚しなかったから」

「今はお金持なの、オードリー？」

「いいえ。お父様はお母様と結婚してから、お金を費い果しちゃったし、義理のお父様たちは一人も私にお金を残して下さらなかったから」

「お金なんて無くたっていいよね」とアンドルーが言う。

「僕たちと一緒に住んだらどう？」と若トム。「大歓迎だよ」

「ありがたいわ。でも私もお金を稼《かせ》がなけりゃならないから」

「僕たち、パリに行くんだ」とアンドルー。「おいでよ、一緒に。きっと楽しいぞ。〈アロンディスマン〉とかいうのを、全部見て回ろうよ」

「少し考えさせてね」

「一杯飲んで心が決るんだったら、僕がお酒作るぞ」デイヴィッドが言い、「デイヴィスさんの本じゃみんなそうしてる」

「私にあまりお酒すすめないでよ」

「そいつは人買いの常套《じようとう》手段だぜ、女の子をかどわかして売り飛ばす連中の」と若トム。「気がついてみるとブエノスアイレスにいるってやつさ」

「ずいぶん強いのを飲ませるんだな」とデイヴィッド。「えらい長旅だものね、ブエノスアイレスまでなんて」

「デイヴィスさんがこさえるマーティーニより強いお酒なんてありゃしない」とアンドルー。

「デイヴィスさん、マーティーニを作ってあげてよ」

「オードリー一杯飲まない？」アンドルーが聞く。

「いただくわ。お昼ご飯までじきなら」

ロジャーが立ち上がって酒の支度に行き、若トムがやって来て娘の隣に坐《すわ》る。アンドルーは彼女の足もと。

「飲まないほうがいいと思うな、オードリー」と若トムは言う。「ずるずるべったりになっちまうよ。ことわざがあるじゃないか―― *Ce nèst que le premier pas qui compte.*（初メガ大事）」

上のポーチでハドソンは絵を描き続けていた。皆の話はいやおうなしに聞えてしまうが、皆が海から上がって来てから、まだ一度も下を見てはいない。自らを護《まも》るために作りあげた仕事の殻に閉じこもっているのが、かなり難儀になっている。今仕事の手を休めてしまったら、この殻は破られてしまう、と思う。皆が行ってしまったあとでも仕事はできる。だが、今手を止めてはならぬ、さもないと、おのがため仕事で築きあげたせっかくの安心立命《あんしんりつめい》が消えてなくなるのだ。ハドソンには分っている。皆がいない時と同じだけのことは、きっちりやらねばならぬ。終ったら後片づけをし、降りて行く――レイバーン、昔の日々、何だろうと知ったことか、くよくよ考えてどうなる。が、仕事を続けながら、すでに淋《さび》しさが忍び込みつつあるのを感じる。皆が去るのは来週に迫っていた。仕事だ、と自分に言い聞かす。きちんとやれ、習慣を守ることだ、いずれ習慣に頼らねばならなくなるのだから。

仕事を終え、下に降りて皆に合流した時も、ハドソンは今描いている絵が念頭から去らずにいた。「やあ」と娘に言うと目を外《そ》らせた。その上でまた視線を戻した。

「聞えてしまったよ、全部。いや、立聞きせざるをえなかった。昔なじみとは嬉《うれ》しい」

「私も。お分りになってたの？」

「かもしれん。さ、昼飯にしよう。それ、乾いてるのか、オードリー？」

「シャワー室で着替えるわ。これと組になったシャツとスカート持って来てるから」

「ジョゼフとエディーに、こっちはもういいと言ってくれ」とハドソンは若トムに言い、

「シャワーに案内しよう、オードリー」

ロジャーは家に入った。

「ほかのことにかこつけて、ここに来たりしたくなかったの」

「かこつけちゃいないさ」

「私、あの人の役に立つかしら？」

「かもしれん。奴《やつ》に必要なのは、魂を救うために良い仕事をすることだ。私は魂などというものについては何も知らん人間だが、奴は初めて西海岸に行った時、魂をどこかに置き忘れてしまったのさ」

「でもあの人、今度小説を書くのよ。大作を」

「どこで聞いた？」

「新聞の消息欄で。チャーリー・ニッカーボッカーの書いてる欄だと思う」*

「そうか。なら本当だろう」

「本当に私、あの人の役に立たないかしら？」

「立つかもしれん」

「ちょっと混み入った事情があるけれど」

「世の中、いつでもそうさ」

「今、あなたにお話ししてしまおうかしら？」

「やめておけ。着替えて頭に櫛《くし》を入れて食堂に行くこと。待たしとくと、たちまちほかの女を見つけかねん奴だからな」

「昔のあなたはそんな口はきかなかったわ。私の知ってる一番親切な人だと思ってたけれど」

「すまん、すまん。私はあんたが来てくれて大喜びだ」

「私たち、昔からのお友達だわね？」

「そうとも。さ、着替えてお洒落《しやれ》して食堂に行きたまえ」

目を外らしたハドソンは、シャワー室のドアを閉めた。なぜこんな気持がするのか分らぬ。が、干潟《ひがた》の潮の変りめ時のように、外海に通ずる水道で潮が下げだした時のように、夏の幸福感が心の中から引き始めている。ハドソンは海と渚《なぎさ》の線を見つめた。潮が変っていた。海辺の鳥たちは、引いて出て来た濡《ぬ》れた砂のはるか裾《すそ》の方をせっせと漁《あさ》り回り、割れる波は、引潮で遠のきながら治まりつつある。浜のはるか遠くに目をやってから、ハドソンは家に入った。

13

最後の数日は楽しかった。それまでの楽しかった時に劣らず楽しく、別れを前にしての悲しさは無かった。例の船は島を去り、オードリーはポンセ・デ・レオン亭の二階に部屋を取った。が、ずっとハドソンの家で過し、家の裏側のポーチの簡易ベッドで寝、客用の部屋を使っていた。

ロジャーを愛していることは二度と口に出さない。ロジャーはロジャーで、彼女についてハドソンに言ったことといえば、ただ、「あの子、何かいやらしい男を亭主にしてる」と、それだけである。

「あの子が一生あんたを待ち続けるなどと、あてにするほうが間違ってるさ」

「いずれにせよ、そいつはいやらしい男だぞ」

「亭主なんてものは皆そうさ。いずれ良い面もあるなということになる」

「金持だ」

「それがそいつの良い面なのかもしれん」とハドソンは言い、「皆、いやらしい男を亭主にしてるものさ。しかもそのいやらしい男、きまってどこかに途方もなく良い面がある」

「分ったよ」とロジャー。「もうその話はよそう」

「あんた、あの本を書くんだろうな？」

「書く。あの子が僕にさせたがってるのはそれだ」

「あの子がさせたがってるから書くのか？」

「いい加減にしろ」とロジャーはきめつけた。

「キューバの家を使うか？　むさ苦しい所だが、人に会わずにすむ」

「いや、西部に行きたい」

「西海岸か？」

「いや。西海岸は断わる。しばらく君の牧場にいさしてもらってもいいか？」

「はずれの河岸の小屋しか無いぞ。残りは人に貸したから」

「上等だ」

　娘とロジャーは浜をよく長いこと散歩して歩き、二人で泳いだり、息子たちと一緒に泳いだりした。息子たちは外鰯《そといわし》の投釣りに出かけ、またオードリーを磯《いそ》に連れ出しては、外鰯を釣ったり、潜って魚を突く。ハドソンはよく働いた。息子たちが干潟に出かけ、一人仕事をしていると、じき息子たちが戻って来て、夕食だなと楽しい心地になる。潜りに行っている時は気がかりだったが、ロジャーとエディーが無茶はさせまいと思う。一度皆で連れ立って、グレート・バハマ堆《バンク》の最遠端の燈台《とうだい》付近まで丸一日のトローリングに出、鰹《かつお》としいらに大型のかますさわら三匹を揚げた。一番大きなかますさわらを釣ったアンディーのために、ひしゃげた異様な頭、スピード本位の細長い胴体に縞《しま》模様のあるこの魚を絵に描いてやった。背景には夏雲とグレート・バハマ・バンクの緑の海をめぐらせて立つ、蜘蛛《くも》型の足をした大燈台である。

そして或《あ》る日、旧式のシコルスキー水陸両用機が一度家のまわりを旋回し、湾に着水して、ハドソンたちはボートを漕《こ》ぎ、三人の子供を機まで送った。もう一隻《せき》のボートで、ジョゼフが荷物を乗せて漕ぎ出る。若トムは、「さよならパパ。本当にすてきな夏だった」

デイヴィッドは、「さよなら、パパ。本当に楽しかったよ。何も心配いらないさ。僕たち気をつけるから」

アンドルーは、「さよなら、パパ。ありがとう、とてもとても楽しい夏だった。それにパリ旅行もありがとう」

三人はコックピットの扉の中に登って入り、戸口から、桟橋に立って見送るオードリーに手を振って叫ぶ。「さようなら！　さよなら、オードリー」

ロジャーは三人に手を貸していたが、子供たちは、「さよなら、デイヴィスさん。さよなら、パパ」と言うと、水の上に響き渡る大声を出し、「さようなら、オードリー！」

そして扉は閉じ、ロックされ、三人は小さな窓ガラスごしの顔になり、古いエンジンが回転数を高めると、水しぶきの散る顔となった。ハドソンはほとばしる飛沫《ひまつ》を避けてボートを引き、古ぼけた醜い飛行機は滑走を始め、微風を突いて離水すると、一度旋回し、針路を正し、湾流を横切って飛び去った――落ち着きはらい、醜い姿で、のっそりと。

ハドソンには、ロジャーとオードリーもじき去って行くことが分っていた。連絡船が明日入るので、ロジャーにいつ行くのか尋ねた。

「明日」とロジャーは言う。

「ウィルソンの飛行機でか？」

「ああ。も一度来てくれと言っておいた」

「ただ聞いてみただけだ、連絡船に食糧を注文する必要があるんで」

というわけで、翌日、二人も同じように去った。ハドソンは娘に別れのキスをし、娘もキスを返した。子供たちが去った時泣いた彼女は、この日も泣き、ハドソンをぎゅっと強く抱きしめるのだった。

「奴を大事にしてやってくれ。あんた自身も大事にな」

「やってみるわ。本当に親切にして下さってありがとう、トム」

「とんでもない」

「手紙を書くよ」とロジャー。「あっちで僕に何かできることがあったら聞いとくが？」

「精々楽しむことだ。様子を知らせてくれりゃありがたい」

「そうする。このお嬢さんも手紙を書くさ」

　こうして二人も去り、ハドソンは帰りみち、ボビーの店に寄った。

「どえらく淋しくなるな」とボビー。

「ああ、どえらく淋しくなる」ハドソンは言った。

14

　子供たちが去ったとたん、ハドソンは気が滅入《めい》った。が、これは子供たちと別れて暮す日常の淋しさと考え、ただ仕事に精出すのだった。この世の終りはボビー旦那《だんな》が工夫した大地獄図絵のような形では訪れない。それは郵便局から電報を届けに道を歩いて来る島の少年と共に訪れる。少年はこう言う——「封筒の切取線の下にサインしておくれね。お気の毒だ、トム旦那」

　ハドソンは一シリングやったが、少年は見ただけで、金をテーブルの上に置いてしまった。

「チップなんていらないよ、旦那」言うと、少年は出て行った。

ハドソンは電報を読んだ。それからポケットにしまうと戸口を出、海に面したポーチに腰を下ろした。電報用紙を取り出すともう一度読んだ。「デイヴィッド、アンドルー両ゴ子息ハビアリッツ付近ニテ母上ト共ニ交通事故死サル、貴下ゴ到着マデ万端当方ニテ取リ計ラウ、衷心ヨリゴ同情申シ上グ」署名はハドソンが取引しているニューヨークの銀行のパリ支店である。

エディーが出て来た。無線局の少年からジョゼフを通じて知らせを聞いている。

ハドソンの横に腰を下ろすと、「ぺっ、一体全体どうしてこんなひでえことが？」

「どうしてかな」とハドソンは言った。「何かにぶつかったのか、何かがぶつかって来たんだろう」

「デイヴが運転手じゃなかったことは確かだ」とエディー。

「私もそう思う。だが、今となっては関係ないことだな」

ハドソンは青く平らな海を見、沖の湾流のより濃い青を見た。日は低く、やがて雲間に没しそうである。

「お母さんの運転かね？」

「かもしれん。運転手を雇ってたのかもしれん。どうでもいいことじゃないか？」

「アンディーの運転ってことは?」

「ありえるさ。母親の許しで」

「やりそうだな、あの子はうぬぼれ屋だったから」

「うぬぼれてたな、確かに」とハドソン。「が、今はもううぬぼれてないだろう」

日は落ちて行き、雲が前にあった。

「次の通信の時間に、ウィルキンソンに電報を打ってもらうか。明日早く迎えに来るように、それからニューヨーク行きの飛行機の座席を電話で予約しとくようにと」

「留守中俺のしとくことは?」

「あれこれ気を配っててくれればいい。毎月分の小切手を切って置いて行く。風《ブロー》が来たら、しっかりした手伝いを大勢雇って船と家の面倒を見てくれ」

「万事任しときな」とエディーは言ったが、「でも、もう何がどうなろうと知っちゃいねえ気分だな」

「私もだ」

「まだ若トムがいる」

「今のところはな」そう言うと、ハドソンは初めて、前途に横たわる一望千里の無を、はっきりと見下ろすのだった。

「何とか立ち直れるさ」

「そうとも。今まで立ち直れなかったためしがあるかい、私に？」

「しばらくパリに腰落ちつけて、それからキューバの家に行ったらいい。若トムがつき合ってくれるよ。キューバの家ならじっくり絵が描けるだろう。気分転換にもなるしな」

「そうとも」とハドソンは言った。

「旅行すると利《き》くよ。でかい船に乗れ、俺がいつも乗りたがってたようなでかい奴《やつ》にな。片っぱしから乗ってみろよ。行先は船まかせにして、どこでも行ってみな」

「そうとも」

「ぺっ、畜生。なぜあのデイヴを殺しやがるんだ？」

「考えずにおこう、エディー。もうとっくに私らの知識を超えた話だからな」

「何もかも糞喰《くそく》らえよ」そう言うとエディーは、中折れをあみだにかぶり直した。

「できるところまでできるようにやってみることだ」とハドソンはエディーに言う。だが、この勝負、自分はあまり気が無いことを悟るのだった。

15

〈イル・ド・フランス〉丸で東に渡る船旅で、トマス・ハドソンは、地獄とは必ずしもダンテその他地獄の偉大な描写家が伝えるようなものではないことを学んだ――地獄とは、昔から自分が期待に胸弾《はず》ませて通った国へと自分を連れて行ってくれる、居心地良く、楽しい、馴《な》れいつくしんだ船のことでもある。この地獄にも多くの層があるが、あのフィレンツェ生れのど偉い自己中心主義者の描いた地獄の種々層ほど固定してはいない。ハドソンは早目に乗船した――今考えてみれば、今度の事件について何かと彼に話しかけてきそうな連中の多い都会から逃げ出すためだった。船に乗ってしまえば、悲しみと何とか折合いがつけられると思っていた。悲しみとは絶対に折合いなどつけられぬものと、まだ悟っていなかったからである。死には悲しみを癒《いや》す力があるし、またほかにもいろいろ、悲しみを麻痺《まひ》させ、鈍らせてくれるものがある。時も悲しみを癒すはず。しかし、死以外のもので癒しうるような悲しみは、たぶん真の悲しみではあるまい。

すべてを鈍らせるついでに、一時的に悲しみをも鈍らせてくれるものの一つが酒、心をまぎらせてくれるものの一つが仕事。ハドソンはこの療法の双方ともわきまえていた。が、同時に、飲めば満足な仕事をする能力が破壊されることも知っているし、長いことおのが人生を仕事本位に築きあげてきたハドソンにしてみれば、仕事だけは絶対に失ってはならぬものだった。

が、ここ当分は仕事ができぬわけだから、酒と読書と運動に、身体《からだ》を疲れさせて眠る計画である。飛行機の上では寝たが、ニューヨークでは寝ていない。

今、ハドソンは船の特等室にいる。次の間として居間のついた部屋。ポーターが彼の荷物と、買っておいた新聞雑誌の大きな包みを置いて去った。まずは新聞雑誌が一番とっつきやすかろうと思えたのである。部屋係の給仕に切符を渡すと、ペリエ水を一本と氷を注文した。届くと、カバンの一つから上等のスコッチを一本出し、封を切って酒を作る。次に新聞雑誌の大包みの紐《ひも》を切るとテーブルの上に広げた。島に届く雑誌と比べると、新鮮な生娘のように見える。『ニューヨーカー』を手に取った。島ではいつも夜読むために取っておいた雑誌だが、折り畳んでいない、発行されたその週の『ニューヨーカー』を目にするのは久しぶりのこと。深々と坐《すわ》り心地の良い椅子《いす》に腰を下ろし、酒を飲み、『ニューヨーカー』は愛する人々の死の直後には読めぬ雑誌だと気づく。『タイム』はやってみると読めた――「里程標《マイルストン》*」の欄も読める。二人の息子の死が書いてあり、年齢も入っていた。母親の年齢も――このほうはあまり正確ではなかったが。それに結婚歴も――ハドソンとは一九三三年に離婚とある。

『ニューズウィーク』にも同じ事実が載っている。が短い記事を読みながら、ハドソンは記事の筆者が息子たちの死を悼《いた》んでいるような、不思議な感覚を覚えるのだった。

酒をもう一杯作り、ウィスキーを割るにはペリエ水が抜群に優れていると思う。それから『タイム』と『ニューズウィーク』を読み通した。ビアリッツくんだりで、あの女一体何をしていたのだ？　せめてサン・ジャン・ド・リューズ*ときてほしかった。

酒が少しは利いてるな、と、そこで気づく。

あきらめてしまえと自分に言い聞かせた。生きていた時の姿を頭にとどめ、きれいさっぱり思いきれ。遅かれ早かれのことではないか。今そうしてしまえ。

も少し読んでみろ、と自分に言ったところで、船が動きだした。のろのろした動きで、ハドソンは居間の窓から外を見ようともしない。心地良い椅子に坐ったまま、新聞雑誌の山を片端から読んで行き、ペリエ水で割ったスコッチを飲み続けた。

何も問題は無いではないかと自分に言う。もう奴らのことはあきらめた。奴らは帰って来はしない。そもそもこれほど愛してはならなかった。奴らもその母親も愛してはならなかった。ほらみろ、酒が口をきいている。良い加減な救いの神もあったものだ。救イノ神ノ錬金術師、*タチドコロニ鉛ノ黄金ヲ糞ニ変エ——いや、大体語《ご》呂《ろ》が良くない——タチドコロ、糞ニ変ジヌ、鉛ノ黄金——ならまだましか。

ロジャーの奴、あの娘を連れてどこにいることやら。若トムの居場所は銀行に聞けば分る。俺の居場所は分っている。俺は今ここに、〈オールドパー〉を一瓶連れて。明日は運動室に行き、こいつを全部汗にして出してしまう。蒸風呂《むしぶろ》に入ろう。例の走らない自転車をやってみるか。機械の馬もやろう。俺に必要なのはまさにそれだ。機械馬でたっぷり揺られること。続いて念入りにマッサージ。それからバーで誰かに会い、ほかのことをあれこれ話す。たった六日じゃないか。六日ならお茶の子。

その晩は眠れた。夜中、目を覚まして、海を走る船の音を聞いた。海の香を嗅《か》ぎ、最初は島の家で悪い夢を見て目が覚めたのかと思った。が、悪夢ではないことが分り、開け放した舷窓《げんそう》の縁にべったり塗られたグリースの臭《にお》いが鼻を打った。明りをつけ、ペリエ水を飲む。ひどく喉《のど》が乾いている。

昨夜、給仕がテーブルの上に置いて行った盆の上に、サンドイッチと果物が載っている。ペリエ水の瓶を冷やすバケツには、まだ氷がある。

何か食べたほうが良いことは分っている。壁の時計に目をやった。午前三時二十分。海風が涼しく、ハドソンはサンドイッチ一枚に林檎《りんご》二個食べ、バケツの氷を取って酒を作った。〈オールドパー〉の瓶はほとんど空だったが、もう一本ある。こうしてハドソンは明け方の涼しさの中、ゆったりした椅子に腰掛け、酒を飲みながら『ニューヨーカー』を読む。今度は読めた。夜酒を楽しんでいる自分にも気づく。

永年ハドソンは夜酒はやらぬこと、仕事を休む日以外、決して仕事が終るまでは酒を口にしないことを規則としてきた。が、今、夜中に目を覚ました自分は、節制を破る単純な喜びを感じている。あの電報以来、純粋に動物的な喜び、あるいは喜びの能力が、初めてよみがえったのである。

『ニューヨーカー』は実に面白い、と思う。これは、何か事件があって四日目になれば読める雑誌らしい。一日、二日、三日目までは駄目。だが四日目なら良い。重宝なことが分ったものだ。『ニューヨーカー』を読みあげると、『リング』*、続いて『アトランティック・マンスリー』*の読むに堪える部分を全部、読むに堪えぬ部分も少しは読む。続いて三杯目の酒を作り、『ハーパーズ』を読んだ。ほらみろ、と自分に言う、そんなに難かしいことじゃない。

II キューバ

皆が帰ると、男は床の敷物に寝そべって風の音に耳を傾けた。北西からの強風である。居間のテーブルの脚にふっくらした椅子《いす》の背当を立て掛け、さらに枕《まくら》をいくつかあてがってクッションにした。床に毛布を広げ、つば長の帽子をかぶって光が目に入らぬようにし、テーブルの上の大型スタンドのほど良い光を受けて、郵便に目を通す。猫が胸の上に寝そべっている。薄い毛布を猫と自分の上に掛けた男は、手紙の封を切って読みながら、ウィスキーの水割りをすすっては、グラスを床の上に置いた。飲みたくなると、手がひとりでにグラスに届く。

猫は喉《のど》を鳴らしていたが、男には聞えぬ程度の低い声である。手紙を片手に持つと、残った手の指で猫の喉にさわってみた。

「喉マイクを仕掛けてるな、ボイシー」と男は言う。「どうだ、俺が好きか？」

猫は男の胸をそっと揉《も》むようにし、爪《つめ》が男の厚い青セーターの毛糸をかすかに引きむしった。胸の上に長々と寝そべった猫の重みには情がこもっており、喉の鳴るのが指先に伝わってくる。

「悪い女だよ、こいつは」と猫に言って聞かせると、男は別の手紙の封を切る。

牡猫《おすねこ》は男の顎《あご》先に頭をすり寄せてきた。

「女って奴《やつ》らは、人を手荒く引っかくものさ」そう言うと男は、顎の不精髭《ぶしょうひげ》で猫の頭をさすってやり、「女はこいつが嫌いでな。なあ、ボーイ、貴様が飲まんのは残念だ。貴様、ほかのことはほとんど何でもやってのけるが」

猫は巡洋艦〈ボイシー〉にちなんで名づけたのだったが、大分前から男は縮めて「ボーイ」と呼んでいる。

二通目の手紙を何も言わず読み通した男は、手を伸ばし、水割りを一口飲んだ。

「さてさて、こんなことをしていてもどうにもならん。どうだ、ボーイ、貴様、代りに手紙を読んでくれないか？　俺が貴様の胸の上に寝そべって喉を鳴らすというのはどうだ？」

猫は頭をもたげて男の顎先にすりつけ、男は不精髭を押しつけて猫の耳の間から首筋、背筋とさすってやりながら、三通目の封を切る。

「貴様、風《ブロー》が来た時、俺たちのことを心配したか？　湾に入って来る時など、見せたかったくらいだぞ。モーロの砦《とりで》*が波をかぶってるんだ。貴様など縮みあがったろうな。途方もない波が寄せては砕ける中を、まるで波乗り板《サーフ・ボード》よろしく突っ込んで来たものだ」

猫は満足げに横になり、男と息を合わせて呼吸している。大きくて長い図体をし、情が深い奴、と男は思う、夜の獲物漁《あさ》りで参ってる様子だ。

「俺の留守中はどうだ、稼《かせ》げたか、ボーイ？」男は手紙を下に置くと、毛布の下で猫を撫《な》でてやりながら、「獲物は多かったか？」猫がごろりと横になり、撫でてくれと腹を向けるしぐさは、仔猫《こねこ》のころと同じである。あのころはこの猫も幸せだった。男が両腕で強く胸に抱きしめると、猫は横になったまま頭を男の顎の下に預けている。が、男の胸の圧力を感じると、ふと身をひねり、セーターに爪を立てて、ぺったりと胸をつけてくる。もう喉は鳴らしていない。

「すまん、ボーイ、実にすまん。とにかくこの下らん手紙をもう一通読ませろ。俺たちにはどうにもならんことだが。貴様だって、どうしたら良いか分らんだろうが？」

猫は喉も鳴らさず、重い身体《からだ》を必死に押しつけている。手紙を読みながら、男は撫でてやった。「むきになるな、ボーイ。解決策などありやせん。もし解決策が見つかったら貴様に教えてやるから」

一番長い三通目を読み終えるころには、黒白ぶちの大猫は眠り込んでいた。スフィンクスの姿勢、頭だけは男の胸に埋めている。

やれやれ、ありがたい、と男は思う。服を脱いで風呂《ふろ》に入り、ちゃんと床の中で寝たほうが良いのだろうが、湯は出ないはずだし、今夜はどうもベッドの上では寝つかれそうにもない。身体を激しく動かしすぎた。ふらついてベッドから放り出されそうだ。しかし、この老いぼれ猫が胸の上では、このままでも眠れぬだろう。

「ボーイ、ちょっと持ち上げさせてもらうぞ。横向きになりたいんでな」

ぐにゃりとした猫の重い身体を持ち上げると、猫は手の中ではっと目覚めた様子だったが、すぐまたぐにゃりとなり、男は自分の身体の横に置いて、右手で頬杖《ほおづえ》を突く姿勢になった。猫は背中の所にいる。動かされた時は腹を立てたが、身体を寄せて丸くなると、また眠り込んだのだ。三通の手紙を手に取ると、も一度読み返した。新聞を読むのは断念し、手を伸ばして明りを消すと、猫の身体を尻《しり》に感じながら、肘《ひじ》を突いた形で横になった。両腕で枕の一つを抱き、もう一つの枕に頭を預けている。外では風が吹き荒れ、部屋の床は艇のブリッジさながら、まだ揺れている感じが残る。港に入る前、十九時間ブリッジに立ちつくした彼だった。

横になって眠ろうとしたが、寝つかれない。目が疲れているので明りはつけたくないし、物を読む気もせぬまま、横になって朝を待つ。毛布ごしに床に敷いたござの感触が伝わってくる。この広い部屋の寸法に合わせたござで、真珠湾事件の半年前、ある巡洋艦が南太平洋のサモア群島から運んで来た。タイル張りの床いっぱいに敷いてあるが、観音開きのフランス扉が中庭《パチオ》に開いている所では、扉の開閉のためによじれてしまい、扉の下から吹き込むすきま風が潜り込んで、ばたばたと膨らむのが分る。この北西風は少なくとももう一日は続くはず――それから北に回り、結局は北東に回ってから吹きやむ。これが冬風の回り方だが、ひょっとすると北東に回ってから数日間、強く吹きつのり、それから治まって、この土地で言う「ブリーサ」、つまり北東貿易風になることもある。北東から風力七ないし十の強風となってメキシコ湾流に吹きつけると、海はひどく時化《しけ》る。よそでもめったにお目にかからぬ大時化だ。この海に浮上するドイツの潜水艦もあるまい。これは分っている。つまり、俺たちは少なくとも四日は陸《おか》にいられるわけか。四日経《た》てば、奴らはきっと浮上する。

今度の出動を振り返ってみる――風《ブロー》に会ったのは、沿岸六十マイル下った沖合い三十マイルの地点である。バイア・オンダ*に入らず、ハバナに戻ることに決めてからの帰路はきつかった。船をかなり痛めつけてしまった。あれだけ酷使したのだから、点検を要する個所がいくつかある。バイア・オンダに入ったほうが良かったのだろう。だが、最近あの港に寄る回数が多すぎる。しかも、十日以上は海にいないつもりが、十二日になってしまった。足りなくなってきた物があったし、このブローが何日続くかおよそ見当もつかなかったので、ハバナに入ることに決め、おかげで手荒くやられた。朝になったら風呂に入り、髭を剃《そ》り、身づくろいして町に出、大使館付き海軍武官に報告する。沖合いにいてほしかったと言われるかもしれぬ。が、この時化では何も浮上してくるはずが無いことは分りきっていた。奴らにそんな真似《まね》はできるわけが無い。つまるところはただそれだけだ。この自分の判断が正しければあとは万事ＯＫ。とはいうものの、世の中いつもそう簡単には行かぬ。どうしてどうして簡単には行かぬ。床につけた右の尻と腿《もも》と肩が辛《つら》くなってきたので、男はあお向けになり、背中の筋肉で身体を支えるようにし、毛布の下で膝《ひざ》を曲げ、踵《かかと》で毛布を踏んばる。これで疲れが幾分柔らいだように思え、男は左手を伸ばし、眠っている猫を撫でてやった。「貴様、くつろぐことにかけちゃ名人だな、ボーイ。ぐっすり眠ってやがる」と猫に言う。「してみると、それほどのこともなかったんだろう」

ボイシーが寝込んでしまったので、話し相手にほかの猫を入れてやろうかと思う。が、やめることにした。ボイシーが気を悪くし、焼餅《やきもち》を焼くからである。皆がステーション・ワゴンで乗りつけた時、ボイシーは家の外で待っていた。ひどく興奮して、荷物を下ろす間皆の足手まといだった。一人一人に挨拶《あいさつ》し、ドアが開くたびに出たり入ったりする。皆が出かけたあと、毎晩表で待っていたのかもしれぬ。出動の命令が来ると、この猫はたちまちそれと悟ってしまう。もちろん、命令の内容が分るわけはないが、準備にかかるとすぐ様子を嗅《か》ぎつけ、次々と手順を経て、最後に一同が家に集まっていぎたなくざこ寝（男は未明に出発する時は、必ず一同を夜十二時前に家に集めて寝かすことにしている）するにいたるまで、徐々に気をたかぶらせ、おろおろするようになり、いよいよ車に荷を積んで出かける時になると、半狂乱になるので、注意して家に閉じ込めてから出かけねばならなかった。家の車道から村へ、さらには街道へと、追って来ないようにするためである。

一度、中央街道で車に轢《ひ》かれた猫を見たことがある。轢かれて死んだばかりのこの猫は、「ボーイ」そっくりに見えた。背中が黒く、喉、胸、前肢《まえあし》は白、顔に仮面を着けたような黒の横縞《よこじま》。男の農場からは少なくとも六マイルあるから、ボーイではないことが分っていたが、ひどくいやな気がし、男は車を停めて戻り、猫を抱き上げてボーイではないと確かめたうえで、二度と轢かれぬよう道端に置いてやった。やつれていないところを見ると誰か飼主がいるらしい。道端に置いておけば、いずれ見つかり、飼主も無駄に気を揉まずにすむと思ったのだ。さもなければ、車に乗せて取って返し、誰かに農場内に埋めさせるところだったが。

その夜、農場への帰途に見ると、猫の死骸《しがい》は置いた場所にはもう無かった。おそらく飼主の家族が見つけたのだろう。夜中、大きな椅子にボイシーを横に置いて坐《すわ》り、本を読みながら、男はボイシーが殺されでもしたらとても自分はやりきれまいと思ったものだ。猫のしぐさや必死な態度を見ていると、猫も同じ気持を俺に対していだいているのだなと思う。

この猫め、俺より苦労性ときている。なぜ万事そう大汗かいてむきになるんだ、ボーイ？ もっと気楽にかまえたほうが幸せだぞ。俺は何事もできるだけ楽にかまえてる、と男は自分に言う。嘘《うそ》じゃない。ところがボイシーにはそれができないのだ。

海の上で、男はボイシーのこと、その奇癖の数々や、空《むな》しい必死の愛情のことを考えていた。最初見かけた時を思い出す。あれはコヒーマル＊の町、港を見下ろす岩の上に張り出して建てられた酒場――葉巻売りのカウンターのガラス張りの上で、映る自分の姿相手にじゃれていた仔猫がボイシーだ。皆でクリスマスの明るい朝、この酒場にやって来たのだ。前夜のお祭り騒ぎの名残りで、まだ酔っぱらいが数人残っていたが、強い東風《ひがし》が吹いており、開け放しのレストランとバーを吹き抜け、まぶしいほど明るい陽光、空気も実に新鮮で涼しく、酔っぱらいにはいたたまれぬ朝なのだった。

「風が強いからドアを閉めきっちまえ」と酔っぱらいの一人が亭主に言う。

「いやだね」と亭主。「俺は良い気持だよ。風が強すぎるてえなら、どこかよそに行って風陰に入りな」

「居心地好《よ》くするために銭払ってるんだぞ」これも前夜の飲めや歌えやの居残り組の一人。

「いや。あんたは飲むために銭払ってるだけだ。居心地好くしたけりゃよそを探すんだね」

男は開け放たれたバーのテラスごしに海を眺めた。紺色で波頭が白い海を、漁船が帆を上げしいいらをトローリングしながら、縦横に走る。バーには六人ほどの漁師がおり、さらに外のテラスで二つのテーブルを囲んでいるのも漁師である。前日大漁に恵まれた連中か、あるいは良い天気と潮がもうしばらくは続くとあてこんで、クリスマスを陸《おか》で過している連中だった。男――名をトマス・ハドソンという――には分っていたが、この漁師たち、一人残らずクリスマスでさえ教会に足を踏み入れたことがないし、また意識して漁師らしい身なりをしたこともない。こんなに漁師らしくない漁師たちは見たことがないが、しかも漁師としては屈指の部類である。古い麦藁《むぎわら》帽子をかぶる者もあれば、何もかぶらぬ者もある。古ぼけた服を着、靴ははいたりはかなかったり。漁師とグアヒロ、つまり百姓とはすぐ見分けがつく。百姓は町に出る時、必ず格式張ったひだ付きのシャツにつば広の帽子、細身のズボンに乗馬長靴という姿で、ほとんどが鉈《なた》を腰に提げているが、漁師は手当りしだいのぼろをまとい、陽気で自信ありげな連中なのだ。百姓は酒でも飲まぬかぎり、引っ込み思案のはにかみ屋揃《ぞろ》いである。漁師をはっきりと見分ける方法はただ一つ、手を見ることだった。老人たちの手は節くれだち、褐色で、日焼けのしみがぽつぽつとできており、掌と指は手釣りの糸で深い切り傷、擦り傷、所を知らない。若者たちの手は節くれ立ってはいないが、日焼けのしみはほとんど免れず、皆深い傷だらけで、よほど毛の黒い連中を除き、手や腕の毛が日光と塩水で白く脱色されているのだった。

ハドソンは思い出す。このクリスマスは戦争が始まって最初のクリスマスだった。亭主は、「車海老《くるまえび》どうかね？」と言うと、大皿一杯茹《ゆ》でたての海老を盛りつけて、カウンターの上に置き、別に黄色いライムを輪切りにして小皿に並べた。すこぶる大型の車海老で、桃色に茹であがり、髭がカウンターの端から一フィート以上も垂れ下がる。亭主は一匹手に取ると、この長い髭を両の手いっぱいに広げて見せ、日本の或《あ》る海軍提督の髭より長いと言ったものだ。

ハドソンは日本の提督の首をもぎ取り、両手の親指の爪で腹の殻をたち割って、身を剝《は》いだ。歯ごたえが水々しく絹のようにつややかで、海水にしぼりたてのライム・ジュースを混ぜ、乾した黒胡椒《ごしょう》をまるごと使って茹であげた風味は極上と思え、スペインのマラガ、タラゴナ、バレンシアでもこれに優《まさ》る海老を食べた覚えはない。仔猫がカウンターに飛んで来てハドソンの手に身をすりつけ、海老をせがんだのはこの時だった。

「あんたにはこの海老はでかすぎるぞ、ニャーゴ」そう言ったハドソンだったが、二本の指で少しちぎってやると、仔猫はくわえて葉巻のカウンターに走って戻り、がつがつとたちまち平らげてしまう。

ハドソンは仔猫を眺めた。黒白のまだらがきれいで、胸と前肢は白、目から額にかけて舞踏会の仮面さながらの黒が走り、海老をかじりながら唸《うな》り声をたてている。亭主に誰の猫か聞いてみた。

「ほしけりゃあんたのものさ」

「家にはもう二匹もいるのでな。ペルシャ猫だ」

ぜてやれ」

「二匹なんて物の数じゃない。こいつも連れて行きな。ペルシャにコヒーマルの血を混ぜてやれ」

「パパ、あの猫連れてっちゃいけない？」息子の一人――今やハドソンが考えまいとしているあの子――が言った。息子はテラスに出、漁船が港に帰って来て、漁師たちがマストを外し、円く束ねたロープを船から下ろし、魚を陸に投げ上げるのを見ていたが、階段を登って中に戻って来たところだった。「ね、パパ、この猫飼っちゃいけないかな？　きれいな猫だ」

「海から離れて淋《さび》しがらんかな？」

「絶対大丈夫さ。ここにいたって、いずれ惨《みじ》めになるだけだ。町の野良猫《のらねこ》がどんなに惨めなものか、パパ、見たことないの？　ああいう野良猫だって、もともとはこういうきれいな仔猫だったんだ、きっと」

「連れてきなさいよ」と亭主。「農場暮しを喜ぶかもしれねえ」

「トマス」と呼びかけたのは、テーブルに坐って一部始終に耳を傾けていた漁師の一人だった。

「猫ほしいんなら、俺がアンゴラ猫世話するぜ。生粋のアンゴラ、グアナバコア産*のアンゴラだ。本物の虎猫《とらねこ》だ」

「雄か、そいつ？」

「あんた同様、ピンピンの雄だ」と漁師は言う。テーブルの一同がどっと笑った。スペイン語の冗談は、大部分つまるところこの調子である。「しかも毛まで生えてら」漁師はも一度笑いを狙《ねら》い、今度も当てた。

「パパ、ね、飼ってもいいでしょ？　この猫、雄なんだから」

「確かかね？」

「大丈夫、分るんだ」

「家のペルシャ猫どもの時も、お前そう言ってたぞ」

「ペルシャ猫はちょっと変ってるんだよ。あいつらの時は僕も勘違いしちまった。それは認めるけどさ。でも今度は大丈夫、本当に分るんだ」

「トマス、あんたほしくねえのか、グアナバコア産のアンゴラの虎猫？」と漁師。

「一体どんな素性の猫だ？　魔女のお使いか何かか？」

「魔女とはめっそうもねえ。バルバラ様＊の名前も聞いたことがねえ猫だよ。クリスチャンとしちゃ旦那《だんな》より上手《うわて》だね」

「*Es muy posible.*（アリソウナコッタ）」とも一人の漁師が言い、皆どっと笑う。

「で、そのご立派な猫、いくらで売る？」とハドソン。

「たださね。のしをつけて進呈。本物のアンゴラの虎猫一匹。クリスマス・プレゼントにな」

「ま、ここに来てくれ。一杯やりながら、どんな猫か聞かしてもらおう」

漁師はカウンターに来た。角縁の眼鏡をかけ、さっぱりとしてはいるが、すっかり色あせた青いシャツ。もう二度と洗い直しはきそうもない。背中のあたりはレースのように透けて薄く、生地が裂けかかっている。これまた色あせたカーキ色のズボン、クリスマスだというのに裸足《はだし》。顔と手は木の皮のように真っ黒で、傷だらけの両手をカウンターに置くと、亭主に注文した。「ウィスキーをジンジャー・エールで割ってくれ」

「ジンジャー・エールは駄目だ、胸が悪くなる」とハドソン。「私のはミネラル・ウォーターで割ってもらおう」

「俺はとても好きなんでね。〈カナダ・ドライ〉が好物だ。こいつで割らねえかぎり、ウィスキーは喉《のど》を通らねえのさ。なあ、トマス、この猫ってのは、あだやおろそかの猫じゃねえ」

「パパ」と少年が言った。「この人とお酒飲み始める前にお願い、あの猫もらって行ってもいいだろう？」

少年は車海老の殻を白の木綿糸の先につけ、猫をじゃらしている。猫は紋章の獅子《しし》のように後肢で立ち上がり、少年が振り回す餌《えさ》を相手にボクシングの最中。

「ほしいか、お前？」

「分ってるじゃないか」

「じゃ連れて行け」

「どうもありがとう、パパ。じゃ僕、車に連れて行って馴《な》らすよ」

トマス・ハドソンは少年が猫を両腕に抱いて路《みち》を横切り、車の助手席に乗り込むのを見送った。車はコンバーティブルで幌《ほろ》は畳んであり、バーから見ていると、明るい日ざしの下、車に坐った少年の茶色の髪が風になびく。風よけに座席に低く腰かけ、横に置いて撫《な》でているので、仔猫《こねこ》の姿は見えなかった。

そして今、あの少年は世を去り、仔猫は少年より長生きして、年老いた。お互い相手より長生きなどしたくないというのが、今の俺とボイシーの気持だな、と思う。人間と動物が愛し合った例が今まではたしてどのくらいあったか。人と動物が愛し合うなど、おそらく実に滑稽《こっけい》なことなのだろうが、俺には全然滑稽には思えぬ。

そう、子供の猫が子供より長生きすることが滑稽でないと同様、とても俺には滑稽とは思えぬ。確かにばかげた面も数々あった。ボイシーが、怒って唸っていたかと思うと、突然例の悲痛な声をたてて、全身を硬《こわ》ばらして彼にしがみついてくる時などは、その良い例である。召使たちによれば、彼が出かけてしまうと数日間は何も食べようとしないが、結局飢えには勝てず、食べるようになるそうだ。外で獲物を漁《あさ》って食いつなぎ、他の猫どもと一緒に家へ入ろうとはせぬ日々もあったが、とどのつまりは必ず入って来て、召使が挽《ひ》き肉を盛った盆を持って来、猫部屋のドアを開けると、押し合いへし合いする他の猫どもの上を飛び越えて出て来るのだが、他の猫どもが餌を運んでくれた召使の少年のまわりにひしめき合っているうちに、また飛び越えて猫部屋に入ってしまう。そしていつも餌をさっさと食べ終え、猫部屋をすぐ出たがるのだ。仲間の猫には全然心を引かれていない。

大分前から、彼にはボイシーが自分を人間だと思い込んでいるように見える。熊《くま》のように人間と一緒に酒を飲むところまでは行かないが、彼が食べる物は何でも食べるし、ことに猫が全然手を出さぬような物をすべて食べてしまう。去年の夏、一緒に朝食を食べていて、ボイシーにもぎたての冷やしたマンゴーを一切れやってみた時のことを思い出す。ボイシーは大喜びで平らげ、以後ハドソンが陸にいて、マンゴーのシーズンが続くかぎり、毎朝マンゴーを食べるようになったものだ。猫の手で皿から取るにはつるつる滑りすぎるので、ハドソンはマンゴーをいちいち手で持ってやらねばならない。猫があわてずにすむように、トースト・ラックのような台を工夫してやらなければ、と思う。

ハドソンがハイチに行こうとして、船を九月にオーバーホールに出し、陸にいた時のことだった。アボカドの木が実をつけた。この辺ではアグアカーテと呼び、大きくて濃緑をしたこの木の実は、葉の色そっくりだがほんの少し緑が濃く、つややかである。種を抜いた部分の窪《くぼ》みにサラダ油と酢のドレッシングを満たし、スプーンに一つ掻《か》き取ってボイシーにさし出すと、猫はこれを食べ、以後毎食アボカドの実を半分平らげるのだった。

「自分で木に登って取って来たらどうだ？」地所の中にある丘をボイシーと連れ立って散歩しながら、ハドソンは聞いたものである。もちろん猫は返事をしなかった。

が、ある晩、アボカドの木に登っているボイシーを見つけた。椋鳥《むくどり》の群れがハバナに向うところを見に、ハドソンが夕暮散歩に出た時のことで、椋鳥は市の南や東の周辺から長い行列を組んで毎晩集まって来、プラド通りの熱帯月桂樹《げっけいじゅ》の並木にねぐらを求めて降り、かしましく騒ぐ。ハドソンは、丘を越えて飛んで来る椋鳥の群れを見るのが好きだったし、宵闇《よいやみ》に舞い出る最初の蝙蝠《こうもり》や、入日がハバナ沖に沈み、周囲の丘陵に灯がともるころ、夜間飛行に飛び出す小さな梟《ふくろう》も見て楽しい。この晩に限って、いつも一緒に散歩に出るボイシーの姿が見えず、ハドソンは代りに通称「大山羊《やぎ》」を連れて行った。「大山羊」はボイシーが産ませた数々の息子の一匹で、肩幅があり、首が太く、大きな顔に猛烈な髭《ひげ》を生やした、黒い喧嘩《けんか》猫である。決して獲物漁りには出かけない。喧嘩と種つけと、二つの仕事で手一杯なのだ。が、ことこれらの仕事に関せぬかぎりは陽気な性格で、散歩も好きだった。ことにハドソンが時々立ち停って、足でぎゅっと押しつけ、転がしてやると喜ぶ。転がしておいてから、足で腹をさすってやるのだが、荒っぽくやればやるほど喜ぶし、素足より靴のままでさすられるほうが良いらしい。

ハドソンがちょうど手を伸ばして「大山羊」を軽く叩《たた》いてやったところで——軽くといっても、この猫は大きな犬にしてやる程度の力をこめて叩かれるのを好む——ふと目を上げると、ボイシーがアボカドの梢《こずえ》高く登っている姿に気づいた。「大山羊」も見上げて、その姿に気づく。

「何やってるんだ、こいつめ?」とハドソンはボイシーに呼びかけ、「とうとう木に生《な》ってるのを食い始めたのか?」

ボイシーは見下ろし、「大山羊」に目がとまった。

「降りて来い。一緒に散歩に行こう。夜食にアボカドをおごってやる」

ボイシーは「大山羊」を見、何も言わない。

「緑の葉っぱの中にいるところなど、なかなかすてきに見えるぞ。いたけりゃそこにいろ」

ボイシーは目を外《そ》らし、ハドソンと黒猫は木立の中を歩き続けた。

「山羊公、ボイシーの奴《やつ》、気でも狂ったかな?」と彼は言い、それから「大山羊」の機嫌を取るために、「お前、覚えてるか、あの薬が見つからなかった晩のことを?」

「薬」という言葉は、「大山羊」にとっては魔法の合言葉であり、この言葉を耳にした途端、猫はごろりと横になって、さすってくれとせがむ。

「薬、覚えてるか?」猫は荒くがさつな有頂天さでのた打ち回る。

「薬」が魔法の合言葉となったきっかけは、或る晩、彼が酔って——本格的に酔って——ボイシーが添い寝を拒否したことに始まる。彼が酔っぱらうと、「王女《プリンセッサ》」もウィリーも一緒に寝ようとしない。彼が酔った時一緒に寝てくれるのは、「一人ぼっち太郎」――これは「大山羊」の昔の名――と「一人ぼっち次郎」――「次郎」とはいうものの実は雌――の二匹だけだった。「一人ぼっち次郎」は運の悪い猫で、嘆きの種ばかり多いが、時には悦楽の瞬間もある。「大山羊」は素面《しらふ》の彼より酔った彼のほうが好き――というより、ハドソンが酔った時しか一緒に寝られないので、そう見えるのかもしれぬ。が、この晩のハドソンは海から戻って四日目で、本格的に飲んだくれた。場所はハバナのバー『フロリディータ』、正午から始め、まずキューバの政治家相手に飲んだ。軽く一杯やりたさにそわそわして舞い込んだ連中である。次の相手が砂糖きびと米の農園主たち、さらに昼飯を食べながら飲み続けるキューバ政府の役人相手。次が誰かを案内して『フロリディータ』にやって来た大使館の二、三等書記連。さらには、お定まりのFBIたち――この連中はきちんとしたアメリカの平均的青年のふりをしようとあまり躍起になるので、かえって目立って仕方がない。着ている白リンネルやサッカー地の背広の肩に、FBIの肩章《けんしょう》をつけているようなものだ。ハドソンは、フローズン・ダイキリ*をダブルで飲んでいた。バーテンのコンスタンテが作るこの酒は逸品で、アルコールの味が殺してあり、飲むほどに粉雪蹴散《けち》らしながら氷河をスキーで滑降する心地――六、七、八杯目にはザイル・パーティも組まずに氷河をスキーで急降下する心地。今度は顔見知りの海軍が何人か来、ハドソンはこれを相手に飲み、続いて当時のいわゆる「やくざ海軍」、つまり沿岸警備隊員相手に飲んだ。だがこれではそもそも忘れようとして飲んでいる仕事の話につい鼻突っ込まざるをえないことになる。そこでハドソンは、カウンターの奥の端、年増《としま》の高級淫売《いんばい》たちの溜《たま》り場に移動した。『フロリディータ』常連の飲み助たちが、過去二十年間に皆一度は寝たことがある姥桜《うばざくら》たちだ。カウンターの丸椅《い》子《す》に腰かけ、女たちに囲まれながら、クラブ・サンドイッチを食べ、さらにダブルのダイキリを次々に干す。

夜、「農場」に帰って来たハドソンはひどく酔っており、「大山羊」以外の猫は皆一緒に寝ようとしなかった。「大山羊」はいろいろの臭《にお》いに混じってひときわ鼻を打つラムの臭いにアレルギーを起すこともないし、飲んだくれに対する偏見もない。上等のクリスマス用フルーツケーキを思わせて濃厚に漂う淫売の臭いを嗅《か》いで随喜の涙を流さんばかり。男と猫は泥のように眠った。男が目を覚ますたびに猫はごろごろと大きく喉を鳴らす。最後に目を覚ました時、ハドソンは大酒を飲んだことを思い出し、猫に言った。

「こいつは薬を飲んどかなけりゃ」

「大山羊」は「薬」という言葉の響きを、いかにも現在自分が主人と分け持つ華麗な生活の象徴のように受け取り、すっかり喜んでひとしきり高く喉を鳴らした。

「山羊公、薬はどこだっけ?」枕《まくら》もとのスタンドのスイッチをひねったが、明りはつかない。彼を陸に釘《くぎ》づけにした嵐《あらし》のおかげで、電線が切れたのかショートしたのか、まだ修理ができず、停電していたのだった。ベッドぎわの小机に載せてあるはずの睡眠薬を手さぐりした。倍量のカプセルに入ったセコナールで、あと一個しか残っていない。これを飲めばまた眠れるだろう、明日の朝も二日酔いせずすっきり目が覚めるはず。が、闇の中で手を伸ばした時、机からはじき落してしまい、見つからないのである。念入りに床をくまなく手探りしてみたが駄目。禁煙中なので枕もとにマッチは置いていなかったし、懐中電燈《でんとう》は彼の留守中召使たちが勝手に使いすぎ、電池が切れている。

「山羊公、薬を見つけなけりゃならんぞ」

ハドソンは床に降り立っていたが、猫もこれに続き、揃《そろ》って薬を探し回るのだった。猫はベッドの下。何を探しているのかとんと闇雲ではあったが、猫なりの努力はしているのだった。「薬だぞ、山羊公。薬を見つけろ」

鼻にかかった鳴声を出しながら、猫はベッドの下を隅から隅まで歩き回った。やっと出て来たかと思うと喉を鳴らしている。ハドソンが床の上を探ってみると、カプセルが見つかった。埃《ほこり》にまみれ、蜘蛛《くも》の巣をかぶったような手ざわりである。とにかく「大山羊」が見つけたのだ。

「貴様が見つけてくれたんだぞ、山羊公。貴様は天才猫だ」枕もとの水差しの水をたらし、ハドソンは掌《てのひら》の上でカプセルを洗うと、一杯の水で飲み、横になって薬が徐々に利《き》いてくるのを感じながら猫を賞《ほ》めそやした。賞められて喉を鳴らす大猫――以後、「薬」

はこの猫にとって魔法の合言葉となったのである。

海に出た時、ハドソンはボイシーばかりでなく、「大山羊」のこともよく考えるのだった。しかし、「大山羊」には悲愴《ひそう》な所が全然無い。真の土壇場《どたんば》に立たされたことも何度かあったが、およそ動ずることもなく切り抜け、死闘のあげくしたたかやられた時にさえ、決して哀れっぽい様子は見せなかった。歩いて家に戻ることもできず、テラスの下のマンゴーの木陰に横たわり、汗びっしょり、肩で息をしていたこともある。へとへとで動けなくなり、懸命に息を吸い込もうとしながら横たわっているその姿を見ると、肩幅のぶ厚さと、脇腹《わきばら》のほっそりしていることが目立つ。こんな時でさえ、この猫は哀れっぽい様子を決して見せない。幅広の頭は獅子を思わせ、負けを知らぬことも獅子同様な猫だった。「大山羊」はハドソンに好意を寄せ、ハドソンは「大山羊」に好意を寄せ、敬意を表し、愛着もいだいていた。が、ボイシーとの関係のように、猫が彼を愛し、彼も猫を愛するということは決してありえない。

ボイシーはますます悪い子になっている。ハドソンと「大山羊」がアボカドの梢にボイシーを見つけたあの晩、ボイシーは外で夜更《よふ》しをし、ハドソンが寝床に入った時もまだ家に戻らなかった。そのころのハドソンは家の奥にある寝室の大きなベッドに寝ていた。三方大型の窓のある部屋で、夜風がよく吹き抜ける。夜中に目が覚めると、ハドソンは夜鳥の鳴声に耳を傾けるのだったが、この晩もそうしていると、ボイシーがひらりと窓枠《まどわく》に飛び上がった音が聞えた。無口な猫だったが、窓枠に登ると同時に彼を呼び、ハドソンは窓の網戸の所に行って、開けてやる。ボイシーは部屋に飛び込んだ。果樹専門に荒す鼠《ねずみ》を二匹くわえている。

　窓から月光がさし込み、広く白いベッドに樺《かば》の木の幹の影を投げかけていたが、ボイシーはこの月の光の中で鼠をもてあそぶのだった。飛び上がっては身をひねり、鼠を床の上に突き転がしたかと思うと、一匹をくわえたまま身を低くかまえ、もう一匹に躍りかかる。仔猫の時と同じ、滅茶《めちゃ》なじゃれ方である。そのうちに、鼠を浴室に運び込んだかと思うと、ハドソンはベッドに飛び上がった猫の体重をずしりと感じた。

「なるほど、貴様、木の上でマンゴーを食ってたのじゃなかったのか？」ハドソンが聞く。ボイシーは頭をこすりつけてくるのだった。

「なるほど、貴様、地所の見回りをしてくれたのか？　ボイシー。やい、この爺《じじ》い猫。兄弟。せっかくつかまえた鼠だ、食ったらどうかね？」

　ボイシーはただ頭をすりつけ、例の耳に聞えぬ声で喉《のど》を鳴らすだけ。やがて猟に疲れたのか、眠り込んでしまった。が、眠りは浅く落ち着かぬ様子で、朝になっても、死んだ鼠には全然興味を示さなかったのである。

　もう夜が明けかけ、ついに眠れなかったハドソンは空が白み、灰色の曙光《しょこう》に大王椰子《やし》の幹が灰色に浮び上がってくるのを見守っていた。まず幹、そして梢の輪郭が見えだす。続いて光が増すにしたがって強風にそよぐ梢が見え、やがて日が丘の陰から昇りだすと、椰子の幹は灰白色に、風に揺れる枝は明るい緑に——丘の草は冬の水枯れで茶色く、遠い丘陵の石灰岩の頂は雪をかぶったように白い。

床から起き上がったハドソンはモカシンをはき、ラシャの古びた上衣を着て、毛布の上に丸くなって寝ているボイシーをそのままにしておき、居間から食堂を抜け、台所に行った。台所はこの家の一翼の北端にあり、外に吹き荒れる強風が火炎樹の葉の落ちた枝を、壁や窓に吹きつけている。冷蔵庫には食物が何も無く、網を張った蠅帳《はいちょう》の中には、薬味があれこれ、それにアメリカ製のコーヒー、リプトン紅茶、料理用の落花生油がそれぞれ一罐《かん》ずつ入っているだけ。コックに雇っている中国人は、その日の食糧を毎日市場まで買出しに行く。ハドソンが帰って来ることは予定外だから、召使たちの分だけをすでに買いに行っているのに違いない。ボーイの一人が来たら、果物と卵でも町に買いにやることにしよう。

湯を沸かして、紅茶をポットに一つこしらえると、カップと受皿とポットを持って居間に行った。もう日は昇り、部屋は明るく、大きな椅子に腰かけたハドソンは、熱い茶を飲みながら、冬のすがすがしく明るい陽光の中で壁の絵を眺めた。掛け換えたい絵が何枚かある。一番良い絵は自分用の寝室にあるが、最近あの寝室には出入りしなくなった俺だ。

大きな椅子に坐《すわ》ると、船暮しのあとでは、この居間がだだっ広く思える。部屋の奥行きがどのくらいあるのかは分らない。敷物を注文した時には知っていたが、もう忘れてしまった。どのくらいだったにせよ、今朝は三倍あるように見える。陸《おか》に上がりたてはいつもこうだ。これ、そして冷蔵庫に何も無いこと。北西の強風が強い潮流を横切って吹きつけ、海は複雑な荒れ方をして、船が木の葉のように揉《も》まれたのも、今はすべて遠いかなたのこと。海が遠くへだたったのと同様、あの記憶も遠くなった。海はここからでも見えぬわけではない――白塗りの部屋の開け放たれた戸口から見え、さらに窓ごしにも見える。街道に断ち切られた木の繁《しげ》った小山、その向うにある禿山《はげやま》――これはかつての町を守る砦《とりで》の趾《あと》――港、さらにその向うに白く見える町。だが、海はあの白一面の遠い町のかなたに横たわる青い広がりでしかない。すべての過ぎ去った事同様、遠いかなたの存在であり、あの揺れる木の葉の動きが鎮《しず》まった今の自分としては、次の出航までは遠いままにしておきたいのだ。

海のことなど、ここ四日くらいはドイツ人に任しておけ、とハドソンは思う。こんな時化海《しけうみ》に潜航していると、魚どもが艦の底にへばりついたり、周囲を泳ぎ回ったりするのではないだろうか？　時化の動きは一体どのくらいの深さまで伝わるのか？　ここらの海だと、奴らがどんな深さに潜航しようと、必ず魚がいるはずだ。魚どもも、きっと大いに珍しがっているだろう。中には艦底が付着物で大分荒れた潜水艦もあるはず、魚ども必ずまわりをうろついているに違いない。いや、奴らの作戦日程では、艦底が荒れる暇など無いかもしれぬ。まあいずれにせよ、魚どもはついて回る。ハドソンはしばらく海に思いを馳《は》せた。今日の沖合いは一体どうだろうか？　小山のような青い波、白い泡が吹き散る波頭——が、やがて、強いて心から追い払ってしまう。

毛布の上で眠っていた猫は、ハドソンが手を伸ばして撫《な》でてやると目を覚ました。あくびをして、前肢《まえあし》を伸ばしたかと思うと、また丸くなる。

「俺は今まで俺と一緒に目を覚ます女におつき合いしたことはないが」と彼は言う。「今や、一緒に起きてくれる猫もいなくなったか。まあいいから寝てろ。どのみち嘘《うそ》だよ、今のは。俺と一緒に、いや、俺より早く目が覚める女がいたんだからな。貴様の知らん女さ。貴様が知ってる女はろくでなしばかりだ。運が悪いのさ、貴様は、な、ボイシー。要するにどうでもいいことだ。

「なあ、貴様、俺たちには気の好い女が必要だ。貴様と俺と二人して惚《ほ》れたってかまわん。貴様、養ってゆけるなら、貴様に進呈してもいいぞ。鼠を食って長いこと生きてゆける女など、いまだかつてお目にかかったことはないがね」

茶を飲んだせいで、しばらくは空腹が鎮まっていたが、またひどく腹が空《す》いた。海にいれば一時間前にたっぷりと朝飯を食い、お茶はさらにその一時間前に飲んでいるところだ。帰路は海が荒れて料理ができず、ブリッジでコーンビーフ・サンドを二枚、上に厚切りの生玉葱《たまねぎ》を載せて食べた。だが、今はすっかり腹が減っている。台所に何も無いのが癪《しゃく》だった。帰って来た時に備えて、罐詰でも少し買い込んで置いておかなければ。しかし、そうなれば、召使たちが平らげてしまわぬよう、錠のついた戸棚が必要になる。家の中で食物に鍵《かぎ》をかけてしまっておくのも不愉快だ。

　とどのつまり、ハドソンはスコッチの水割りを作り、椅子に坐って溜まった新聞を読んだ。酒が空腹を和らげ、家に帰って昂《たかぶ》った神経を鎮めてくれるのが分る。今日は飲みたければ飲んでもいいぞ、と自分に言い聞かす。ただし、報告が終ってからだ。こう寒いと『フロリディータ』には、あまり人は集まってはいまい。だが、またあそこに行くのは楽しかろう。食事はあそこでしようか、『パシフィーコ』でしようか。『パシフィーコ』も寒そうだが。セーターに上衣を着て行けば良い。バーのカウンター横の壁で、風がさえぎられるテーブルがあったはずだ。

「貴様、遠出が好きならいいんだがな、ボーイ」と猫に話しかけた。「今日なら、町に出て面白おかしくやれるのに」

　ボイシーは遠出が嫌いである。てっきり獣医の所に連れて行かれるものと思い込んで、恐《こわ》がるのだ。まだ外科手術におびえている。「大山羊《やぎ》」なら車に乗せて歩くには格好の猫だ。船にもうってつけ――しぶきをいやがるのが玉に瑕《きず》だが。猫を皆出してやったほうがいい。何かお土産を買って来られれば良かった。町に売っていれば、またたびを買って来て、今夜は「大山羊」とウィリーとボイシーを酔わせてやるとするか。猫部屋の戸棚の引出しにまだ少し残っていたはずだが、乾いて効力が無くなっているかもしれない。熱帯ではすぐ気が抜けてしまうし、庭に植えても全然効力が無いのしか育たないのだ。我々非猫族にも、またたびのように無害で強力な物が何かほしいところだな、と思う。どうしてああいう酔わせてくれる物が無いのか？

またたびといえば、家の猫どもは妙だ。ボイシー、ウィリー、「大山羊」、「一人ぼっち次郎」、「チビ子」、「毛皮屋」、「機動部隊」と揃ってまたたび中毒。「王女」――というのは青いペルシャ猫の「ベビー」に召使たちがつけた名――はおよそ見向きもしない。灰色ペルシャ猫の「ウルフィー小父《おじ》」もそうだ。「ウルフィー小父」は姿はきれいだが馬鹿《ばか》な猫で、またたび嫌いは馬鹿で了見が狭いせいかもしれぬ。この猫は新しい物には決して手を出さず、変った餌《えさ》を出すと慎重に嗅《か》ぎ回るばかりで、そのうちに他の連中に皆食われてしまい、何も残らなくなる。だが、「王女」の場合は――「王女」はこの猫一族全員の祖母に当り、頭も良く、デリケートで、気位が高く、貴族的かつ愛情こまやかな猫だ――またたびの臭いを嫌がり、悪徳同様に忌《い》み嫌って逃げてしまう。「王女」は実にデリケートで貴族的な猫だった。煙を思わせる灰色に金色の目、鮮やかな立居振舞、堂々たる威厳。この猫にさかりのつく時期を見ていると、さながらすべての王家の醜聞の入門書、解説書、評釈書と段階を追って読むような気になる。「王女」のさかり

――といっても破瓜《はか》期の悲劇調のそれではなく、すでに美しく育ってからのこと――を見、彼女の威厳と落ち着きのすべてが一瞬にして淫蕩《いんとう》さに変るところを目撃して以来、ハドソンは、この猫のように美しい王女と一度契《ちぎ》らなければ、死んでも死にきれぬと思うようになった。

その姫君は、恋をし、契りを交わすまでは、この猫同様、厳粛でデリケートで美しくなければならぬし、一度床に入れば恥知らずで淫蕩なこと、これまたこの猫同様でなければならぬ。時々、この姫君を夜夢に見ることさえあった。もちろんこの世の出来事で夢の上を行くことなどありえはしないが、ハドソンは本当にそれを求めていたし、また、もしそのような姫君さえ現実にいれば、必ず自分は思いを遂げるだろうと確信していたのである。遺憾ながら、ハドソンが契りを交わしたことがある姫君といえば、イタリアの公女たち――これはカウントに入らぬ――を除けば、足首が太く、脚もあまり結構とはいえぬ、どこから見ても不美人の妃殿下が一人いただけ。が、北国生れの美しい肌に、良く梳《す》かれたつやのある髪の持主で、顔と目がハドソンの気に入り、彼はこの女性を憎からず思った。船でスエズ運河を下り、イスマイリア*の町の灯が見え始めるころ、船の手摺《てすり》に寄りそって握りしめた彼女の手の感触は快かった。二人は大の仲良しになり、あと一歩で愛し合うところまで来ている。親密のあまり人前では、彼女はハドソンと話し合う声の調子に気をつけねばならぬほどであり、今もこうして手摺に寄りそって手を取り合いながら、ハドソンはお互いのいだく感情に一点の疑念も覚えぬほどなのだった。確信をもってそれを感じながら、ハドソンはそうはっきりと口に出し、或《あ》ることを求めたのである。万事包み隠さずに言うことに、ことさらこだわった二人だったからだ。

「私だって」と彼女。「ご存じね、それは。でもできないのよ。ご存じね、それも」

「だが何か方法があるはずだ」とハドソン。「窮すれば通ずさ」

「救命ボートのことおっしゃってるの？　私はいや、ボートの中なんて」

「なあ、君」そう言うとハドソンは、彼女の乳房の一つに手をかけ、指先で乳房が息づき、頭をもたげるのを感じた。

「いいわ、それ」と彼女は言葉を挟《はさ》む。「二つあるのよ、お分り？」

「分ってる」

「とてもいい。私、あなたが好きなの、ハドソン。今日気がついたんだけれど」

「どう気がついた？」

「ただ気がついたの、それだけ。そんなに気づきにくいことでもなかった。あなたは？何か気づかなくて？」

「気づく必要などありはしなかったからね、僕のほうは」これは嘘だった。

「嬉《うれ》しいわ。でも救命ボートは駄目。あなたの船室も駄目。私の船室も駄目」

「男爵《だんしゃく》の船室に行けばいい」

「いつでも誰かいるの、あの人の部屋。悪党よ、あの男爵。だけど、悪党の男爵がついてるなんて、昔話みたいですてきだと思わない？」

「確かにな。だが、奴《やつ》の部屋に誰もいないってことを確かめれば良かろう」

「いいえ、駄目よ。ね、そのままにして私をうんとかわいがって。私を精一杯愛してると思って、今のままのことをなさって」

彼はそうし、またほかの或る事をした。

「駄目、それはいけないの。我慢できないのよ、それ」

そこで彼女が或る事をし、「これ、我慢できる、あなた？」

「ああ」

「良かった。じゃ、私、そこをしっかり押えてるわ。いえ、駄目、キスはやめて。デッキの上でキスするなんて、いっそ全部してしまうのと同じ」

「じゃ、いっそ全部しちまえば？」

「どこでするの、ハドソン？　どこで？　一体全体どこで？」

「どこでよりも、なぜかを言わせてくれ」

「なぜは一から十まで分ってるわ。どこでが問題なのよ」

「とても好きだ、君が」

「ええ、私もあなたが好き。でもろくなことにはならないわね、こんなこと。二人が愛し合う、とりえはそれだけ」

そこで彼は或る事をし、「お願い、やめて。そんなことなさると、私はあっちに行ってしまうから」

「腰を下ろそう」

「いいえ。このまま立っていましょう」

「今君がしてること、好きなの?」

「ええ、大好き。あなたはおいや?」

「いやじゃないが、いつまで続けてるわけにもいくまい」

「分ったわ」と言うと彼女は首をひねり、すばやく彼にキスすると、ふたたび過ぎ去って行く夜の砂漠を見やるのだった。冬の夜気は涼しく、二人は身体《からだ》を寄せ合って立ち、まっすぐ向うを見ている。「いいわ、なさっても。これでやっとミンクのコートが熱帯で役に立つわけ。あなた、私の先には駄目よ、分る?」

「ああ、大丈夫」

「約束?」

「ああ」

「ああ、ハドソン。お願い、今よ。今、お願い」

「君が、もう?」

「ええ。あなたとなら、いつでも。今よ、今。ああ、そう、それ。今」

「本当に今？」

「ええ、そう。信じて、今」

終って二人はたたずみ、町の灯はかなり近くに見え、運河の岸と遠いかなたの景色は相変らず徐々に過ぎて行く。

「私のこと、これで恥ずかしくお思いになったでしょうね？」

「いいや。君が大好きだ」

「でもあなたにとっては悪いことだもの。私のわがままよ」

「いや、悪いことだったとは思わんし、君はべつにわがままじゃなかったさ」

「無駄なこととお思いにならないでね。無駄じゃなかったもの。本当よ、私にとっては」

「なら決して無駄じゃなかった。キスして」

「いえ、できないわ、私。手でじっと私を押えていてちょうだい」

あとで彼女は言った。「私、あの人がとても好きなの。気になさらない？」

「気にするものか。プライドの高い人だな、彼は」

「秘密を教えましょうか」

彼女は或る秘密を告げたが、べつにさして驚くにも値せぬことだった。

「邪《よこしま》かしら、そういうこと？」

「いや、愉快じゃないか」

「ああ、ハドソン、私あなたがとても好き。さ、お行きになって。身づくろいが全部おすみになってから、またここに来てちょうだい。リッツ・バーでシャンペンでも飲みましょうか？」

「そいつはいい。ご主人はどうする？」

「まだブリッジをやってるわ。窓から見えるの。終ったらきっと私たちを探して一緒になるわ」

というわけで二人は船尾にあるリッツ・バーに行き、一九一五年のペリエ・ジュエ特辛口《ブリュ》を一本、さらにもう一本干し、しばらくすると夫の殿下がやって来て一緒になった。殿下は好人物で、ハドソンは好感が持てた。ハドソンもそうだったが、殿下夫妻は東アフリカで狩猟をやった帰り途《みち》で、ナイロビの『ムサイガ・クラブ』*と『トーズ』*と二カ所で出会い、さらにまたモンバサから同じ船に乗り合せたのである。世界一周旅行の汽船で、モンバサに寄港してからスエズ、地中海と通り、サザンプトンが終着となる。超豪華船であり、船室は全部何部屋続きかの個室だった。船旅流行《ばや》りの時代で、世界一周旅行としては満室になっていたが、インドで下船した客が何人かおり、よくいる手合だが、こういうことについては地獄耳の或る男が、『ムサイガ・クラブ』でハドソンに、この船が数室空部屋をかかえて寄港すること、かなり格安の料金で客を乗せてくれるかもしれぬということを教えたのだった。ハドソンは殿下夫妻にこれを伝えたが、当時の鈍足のハンドレー・ページ機で、ケニヤまで空の長道中にうんざりしていた夫妻は、船旅と格安の料金を朗報として受け取ったのである。

「うん、これは楽しい旅ができそうだね。君、知らせてくれて実にありがたい」と殿下は言い、「明日朝、さっそく電話で手配しよう」

確かに楽しい旅だった。インド洋は青く、船は新しくできた港をゆっくりと出て行き、やがてアフリカは背後になった。大木をめぐらし、緑一色を背にした古く白い町、船がそばを通ると、長い磯《いそ》に波が砕け、続いて船は加速して外海に出、前方の海面を割って飛魚が舞い出るのだった。アフリカは青く長い線となってあとに残り、ボーイが銅鑼《どら》を鳴らし、ハドソンと殿下夫妻と男爵はバーでドライ・マーティーニを飲んでいた——男爵は夫妻の旧友でアフリカに住んでいるのだが、聞きしにまさる悪党である。

「銅鑼など気にせんで放っておけ。リッツで昼飯にしよう。どうかね？」と男爵。

ハドソンはまだ船上で妃殿下と寝ることができずにいる。が、パレスチナのハイファに着くころには、寝る以外のありとあらゆることをやってのけ、一種絶望の陶酔感といったものを二人揃《そろ》って感ずるようになっていた。この感情は至極強烈で、他の理由はさておき、張りつめた二人の神経を救うためだけにせよ、法律で一緒に寝かせたほうが良い——もうたくさんと言いたくなるまでとことん寝かせること——といったところまで来ているのだ。だがそうはゆかず、代りに二人はハイファからダマスカスまで自動車旅行などに出かけたのである。往路、ハドソンは助手席に坐《すわ》り、夫妻が後ろに坐った。行きにハドソンは聖地パレスチナのごく一部とアラビアのロレンスゆかりの地のごく一部、それに荒涼とした丘陵の数々と砂漠をたっぷり見、帰りは二人が後ろに坐り、夫の殿下が助手席に坐った。帰路ハドソンが見たのは、殿下の後頭部に運転手の後頭部、それにダマスカスから船が碇泊《ていはく》するハイファまでの道路が、河沿いに走っていたことを今でも思い出す。河の途中に険しい峡谷があったが、小型の起伏地図を地で行ったようなごく小さなもので、峡谷に挟まれて河中に島が一つあり、この旅行といえば何よりまずこの島のことが記憶に浮ぶ。

ダマスカス旅行は大した救いにもならず、船はハイファをあとにし、地中海に出た。二人は救命ボートのあるボート・デッキにいる。北東風でデッキは寒く、海が荒れだし船はゆっくりと揺れ始めていた。彼女が言う。「何とかしなくては、私たち」

「何とかしなくては程度ですむのかい、君？」

「いえ、そんなつもりじゃ。私、一週間くらいベッドの中で過してみたい」

「一週間などすぐ経《た》ってしまう」

「じゃ一カ月にするわ。とにかくたった今しなくちゃいけないのに、たった今、何もできやしない」

「男爵の部屋に行けばいい」

「いいえ。私、全然心配無しにできるまではしたくないの」

「今はどんな気分？」

「気が狂いそう。もう七、八割は狂ってしまってるみたい……」

「パリに行けばベッドの中でできるさ」

「でも、どうやって逃げ出すの？　私、まだ経験が無いから」

「買物に出る」

「買物に出る時は、誰かお供がいなければ」

「お供を連れて出れば良い。誰か信用できる人間はいないのか？」

「そりゃいるわ。だけど、私そんな真似《まね》したくなくて」

「じゃよせばいい」

「いいえ、どうしてもしなければ。分ってるのよ。でも、分ってるからといって救いにはならない」

「浮気は初めてかい？」

「ええ。絶対浮気はするまいと思ってたの。でも、こうなってみると、したいのはそれだけ。けど、人に知られると思うととても辛《つら》くて」

「何か方法を考えるさ」

「抱いて、強く抱き寄せて、話すことも、考えることも、心配することもよしましょう。ただあなたの腕で強く抱きしめて、そして私を精一杯愛してちょうだい。私、身体中《からだ》が疼《うず》いてしまって」

しばらくして、彼は言った。「なあ、君、いつするにせよ、これは今同様君にとっては辛いことなんだ。君はご主人を裏切りたくないし、人に知られるのがいやだ。しかし、いつしたって、それは同じことだよ」

「したいわ、私。でも夫を傷つけたくないの。だけどせずにはいられない。もう私の力ではどうにもならないこと」

「じゃ、することだ、たった今」

「でも、とても危険でしょ、今は」

「君、君は、この船内で僕たち二人のことを見、聞き、知ってる人間で、僕たちがまだ寝てないなどと思う奴がいると思ってるのか？　今まで僕たちがしてきたことが、寝ることと少しでも違うとでも思ってるのか？」

「もちろん、まるっきり違うわ。全然別なことよ。赤ちゃんはできないもの、今まで私たちがしてきたことなら」

「すばらしい人だよ、君は。まったくすばらしい」

「けど、赤ちゃんができたら、私は嬉しいわ。夫は赤ちゃんとてもほしがってるのに、どうしてもできないんですから。私、すぐあとで夫と寝る——そうすれば、私たちの子供だってこと分らないでしょ」

「すぐあとはよしにしとくがね、僕だったら」

「それはそうね。じゃ、次の晩」

「ご主人と最後に寝てからどのくらいになる？」

「あら、毎晩寝てるのよ。そうせずにはいられないもの。私、とても興奮してしまうものだから。最近夫が毎晩遅くまでブリッジをしてるのは、そのせいもあると思うの。部屋に帰った時、私がもう眠ってるようにと。あなたと私がこうなってから、夫は少し疲れ気味らしいわね」

「結婚してから、ほかの男に惚《ほ》れたのはこれが最初？」

「いいえ、ご免なさいね、最初じゃないのよ。ほかの人が好きになったことは数度あるの。でも、実際に夫を裏切ったことは一度も無いし、しようとも思わなかった。夫は実に良い人、主人としては本当に立派——私、夫がとても好きだし、夫は私を愛してくれて、とても親切にしてくれるし」

「さて、リッツに行ってシャンペンでも飲んだほうが良さそうだな」とハドソンは言ったのだった。かなり複雑な気分がし始めていたのである。

リッツは空っぽで、給仕の一人が壁ぎわのテーブルに坐った二人にシャンペンを持って来た。このころになると、例のペリエ・ジュエ・ブリュ（一九一五）をいつも氷で冷やしておいてくれるようになり、ただこう聞いただけだった。「同じのになさいますか、ハドソンさん？」

二人はお互いのためにグラスをかざし、妃殿下が、「私、このお酒大好き。あなたは？」

「大好きだ」

「何考えてるの？」

「君のこと」

「もちろんだわね。私だって、あなたのことしか考えてないもの。でも、私のことって、どんなことを？」

「今すぐ、僕の部屋に行くべきじゃないか、とな。僕らはおしゃべりといちゃつきにかまけるばかりで、何もしちゃいない。君の時計は何時だ？」

「十一時十分過ぎ」

「君の時計は何時だ？」ハドソンは酒係の給仕に聞いた。

「十一時十五分になります」給仕はカウンターの奥の時計を見た。

給仕が向うに行き、聞かれる気づかいが無くなると、「彼は何時ごろまでブリッジをやってるのかな？」

「遅くなるから先に寝ていてくれって」

「これを空けたら、僕の部屋に行く。少しなら僕の部屋にも置いてある」

「でも危険よ、とっても」

「いつだって危険なことに変りはない。せずにいるほうが、よほど危険というところまで来てる」

　その夜、ハドソンは彼女を三度抱き、あとで部屋まで送って行った。そんなこといけないと彼女は言ったが、送って行ったほうが無難に見えるとハドソンは言った。夫の殿下は送って行った時、まだブリッジの最中。ハドソンはまだ開いているリッツ・バーに戻り、例のシャンペンをもう一本注文して、ハイファで積み込まれた新聞を読んだ。新聞を読む時間など絶えて久しく無かったことに気づき、晴れ晴れとくつろいだ心地で読む。ブリッジがお開きになると殿下は通りすがりにリッツをのぞき、ハドソンは寝しなの一杯はどうかと誘って、殿下がますます好きになり、強い身内意識さえ覚えたのである。

　ハドソンと男爵《だんしゃく》はマルセイユで下船した。ほかの乗客たちの大部分は、そのまま周航の旅を続け、サザンプトンで終りということになる。マルセイユの旧港《ヴュー・ポール》区の、とある歩道に張り出したレストランで、ハドソンと男爵は貽貝《いがい》のソース煮を肴《さかな》に赤葡萄酒《あかぶどうしゅ》をカラフェで取って飲んでいた。ハドソンはひどく空腹だった。思い出すと、ハイファを出て以来、ほとんど腹が空《す》きっぱなしだったのだ。


（下巻につづく）

注解

ページ

一一　*バティニョル　モンマルトルに隣接するパリの一区域。

一九　*バスク・シャツ　横縞《よこじま》入り、ニットのセーター型シャツ。

二一　*ポンセ・デ・レオン亭　ポンセ・デ・レオンは十五世紀から十六世紀にかけて活躍したスペインの探検家。ビミニ群島にあると伝えられた「若さの泉」を求めて航海するうちに、現在のフロリダを発見。

二二　*『ママは豌豆豆《えんどうまめ》もお米もココナッツ油もいらないよ』　一九三〇年代初めバハマ諸島ではやった歌。

二三　*ジョン・ジェイコブ・アスター　一八六四―一九一二、同名の米富豪の曾孫《そうそん》にあたる金満家。

二四　*メアリー皇太后　一八六七―一九五三、英国国王ジョージ五世の后《きさき》。

二四　*島　ビミニ群島はバハマ諸島の一つであり、英国領。

二五　*アンゴスツラ・ビターズ　トリニダッド産のビターズ。種々の薬草を混ぜて作られる。

二七　*ナソー　バハマ諸島のニュー・プロヴィデンス島にあり、バハマ諸島の首都。

三二　*ゴロゴロ屋《ローラーズ》たち　ペンテコステ派の一部につけられた渾名《あだな》、法悦境に入ると転げ回ったりすることからくる。

三五　＊アレクザンドラ皇太后　一八四四―一九二五、英国国王エドワード七世の皇后。

三八　＊羊飼い病　往年の米国西部においては、羊飼いが長期間山にこもり、世間から隔絶された生活を送るため、孤独のあまり羊と性交にふけり、あげく発狂するという伝説があった。

三九　＊チュパンゴ　豆から作るメキシコ風のソースをさすらしいが、不詳。

四一　＊メイ・ホイティー　一八六五―一九四八、英国生れの女優。英米の舞台、映画で活躍。

五七　＊〈ネンビュトール〉　鎮静、睡眠剤。

七四　＊シーダーズ・オブ・レバノン病院　ハリウッドの東にある病院。

七八　＊ヘンリー・ローソン　一八六七―一九二二、オーストラリアの詩人、小説家。

九一　＊エヴァグレイズ　フロリダ州南部の森林湿地帯、国立公園がある。

九三　＊『クロズリー・ド・リラ』　モンパルナス大通りの起点近くにあるレストラン兼カフェ、古くから作家たちの溜《たま》り場になった。

九三　＊キャフェ・オ・レー　ミルクとコーヒーが半分ずつのミルク・コーヒー。

九三　＊アルザス学院　パリの名門私立中等学校。

九四　＊ブルヴァール・サン・ミシェル　サン・ミシェル大通り。

九四　＊クリュニ美術館　十五世紀末に作られたゴシック建築の僧院で、現在は中世およびルネッサンス美術工芸品の美術館になっている。

九四　＊『双猿亭《ドゥー・マゴ》』と『リップ』　作家たちの溜り場として有名なサン・ジェルマンのカフェ。

九五　＊〈ボック〉　ジョッキで飲むビール。

一〇〇　＊クロスビー　ハリー・クロスビー、一八九七―一九二九、米国の詩人、「失われた世代」グループの一人。パリでピストル自殺した。

一〇〇　＊ジョイス　ジェイムズ・ジョイス。

一〇二　＊フォード　フォード・マドックス・フォード、一八七三―一九三九、英国の作家、編集者。

一〇二　＊パウンド　エズラ・パウンド。

一〇五　＊タイ・カッブ　一八八六―一九六一、往年の大リーグの強打者。

一一四　＊ディック・ランドルフとディック・カー　共に一九一〇年から二〇年代にかけて有名だった大リーグ投手。

一一四　＊アール・サンド　一九二〇年代から四〇年代にかけて活躍した米国のジョッキー。

一一五　＊マソン　アンドレ・マソン、一八九六―一九八七、キュービスム、シュルレアリスムの影響を受けたフランスの画家。挿絵《さしえ》画家としても有名。

一一五　＊パスキン　ジュール・パスキン、一八八五―一九三〇、ブルガリア生れ、のちアメリカに帰化した画家。パリの風俗画、特に娼婦《しょうふ》の絵で有名。

一一五　＊ウォルドー・パース　一八八四―一九七〇、米国の画家、印象派の影響を受け、「アメリカのルノワール」と呼ばれた。闘牛の絵を能《よ》くし、ヘミングウェイの親友の一人。

一一八　＊セーヌ河左岸　作家、芸術家の集う区域。

一二五　＊セシル・B・デミル　一八八一―一九五九、ハリウッドのプロデューサー兼監督。スペクタクル映画を十八番とした。
一二九　＊ギャリー　炊事を行う区画。
一三一　＊トップサイド・コントロール　大型クルーザーでは、操縦、操舵《そうだ》装置が上下二段についていて、どちらからでも操艇でき、上のほうのをトップサイド・コントロールと呼ぶ。
一三三　＊フィーンド・オイル　ガン・オイルの一種。
一三三　＊『マンリッヒャー・シェーンアウアー』　オーストリア製の有名なライフル。現在のモデルは銃身長二〇―二二インチ。
一四六　＊シグナル・ロック　ビミニ沖にある大きな珊瑚礁《さんごしょう》。
一六三　＊『二一』　ニューヨークの高級レストラン。
一六三　＊『ストーク・クラブ』　ニューヨークの高級ナイトクラブ、今は無い。
一六三　＊『エル・モロッコ』　同前。今は無い。
一六三　＊『カブ・ルーム』『ストーク・クラブ』で最高級とされた一室。
一六三　＊パーク・アヴェニュー　ニューヨークの高級住宅街。
一六八　＊三六スレッド　一〇八ポンド・テストのライン、一スレッドは三ポンド荷重でテスト済みのラインを示す単位。
一六九　＊チャトニー　葱《ねぎ》、にんにく、りんごなどをすり混ぜ、黒砂糖、酢などを加えて作る調味料。
一七三　＊ド・モンフレ　アンリ・ド・モンフレ、一八七九―一九七四、作家、探検家。『紅海の秘密』、『ハシッシュ航海』などの著作がある。
一七三　＊白奴隷《どれい》　女の人身売買。

一七六　＊竿受け《ギンブル》　釣椅子《ファイティング・チェア》に固定された竿《さお》受けの一種で、竿の上下動だけを許すタイプ。
一七七　＊ドラッグ　糸のブレーキ装置。
　　　　＊ハーネス　肩と腹からリールに掛けるベルト。
二〇五　＊ポンピング　トローリング用語。身体《からだ》を前後に曲げながらリールを巻く操作。
二二四　＊チリコンカルネ　メキシコ料理。唐辛子、肉、豆などを煮合せたもの。
二三四　＊ローガンベリー　きいちごの一種。
二四一　＊ハウスボート　舫《もや》っておき、住居として用いる型の船。
二六二　＊ラム・スイズル　ラム酒、ライム・ジュース、氷、ビターズで作る西インド諸島のカクテル。
二六三　＊バカルディ　キューバのラム。
二八七　＊デーモンとピシアス　ローマの伝説に登場する友誼《ゆうぎ》に厚い二人の青年。
二八七　＊ダビデとヨナタン　ダビデ王とその親友。旧約聖書サムエル前書に言及がある。
二九六　＊テニエル　サー・ジョン・テニエル、一八二〇―一九一四、英国の漫画家、挿絵画家。『アリス』物の挿絵は有名。
二九八　＊初金《はっきん》　カトリック教徒の信心日。毎月第一金曜。
三〇二　＊シュレーヌ　パリ西郊外、セーヌ河左岸の町。
三〇二　＊シャラントン　パリ南東部に隣接する町、セーヌ河右岸。
三〇七　＊チャーリー・ニッカーボッカー　一九二〇年代から三〇年代にかけてニューヨークの新聞のゴシップ欄を担当し、広く読まれたジャーナリスト。本名モーリー・H・B・ポール（一八九〇―一九四二）。

三一七　＊「里程標《マイルストン》」『タイム』誌の誕生、結婚、死亡案内欄。

三一七　＊サン・ジャン・ド・リューズ　フランス南西部、ビスケー湾に面した保養地。

三一八　＊救イノ神ノ……　エドワード・フィッジェラルド訳、オマー・カイヤムの『ルバイヤット』の一節をもじったもの。

三二〇　＊『リング』　米国のボクシング専門誌。

三二〇　＊『アトランティック・マンスリー』　米国のハイブラウ総合雑誌。

三二三　＊モーロの砦《とりで》　ハバナ港入口にある旧跡。十六世紀末に作られた。

三二六　＊バイア・オンダ　ハバナの西南西五十マイルにある港町。

三二九　＊コヒーマル　ハバナ東の近郊にある漁師町。

三三二　＊グアナバコア　ハバナ東三マイルにある都市。

三三三　＊バルバラ様　三世紀に殉教した聖女。キューバではキリスト教とアフリカ・ニグロ系の呪術《じゅじゅつ》信仰が重なって行われるので、このキリスト教聖女も漁師の守護聖者であると同時に実は呪術を司《つかさど》る本尊にもなっている。前記のグアナバコアは呪術の特に盛んな町。

三三九　＊フローズン・ダイキリ　ラム、糖蜜《とうみつ》、グレープフルーツやライムのジュース、かき氷を電気ミキサーに入れて作るキューバ式カクテル。ちなみにヘミングウェイの大好物の一つ。

三四九　＊イスマイリア　スエズ運河の中間点にある町。

三五四　＊『ムサイガ・クラブ』　ナイロビ郊外にある高級カントリー・クラブ。

三五四　＊『トーズ』　ナイロビにあった高級ホテル。

Title : ISLANDS IN THE STREAM（vol. I）
Author : Ernest Hemingway

海流《かいりゅう》のなかの島々《しまじま》（上）

新潮文庫　へ - 2 - 8

昭和五十二年十月三十日 発行
平成十九年六月二十五日 四十一刷改版
令和五年六月五日 四十六刷

訳者 沼《ぬま》澤《さわ》洽《こう》治《じ》
発行者 佐藤隆信
発行所 株式会社 新潮社
郵便番号 一六二—八七一一
東京都新宿区矢来町七一
電話 編集部(〇三)三二六六—五四四〇
読者係(〇三)三二六六—五一一一
https://www.shinchosha.co.jp

価格はカバーに表示してあります。

乱丁・落丁本は、ご面倒ですが小社読者係宛ご送付ください。送料小社負担にてお取替えいたします。

印刷・東洋印刷株式会社　製本・加藤製本株式会社
© Shinobu Numasawa 1977 Printed in Japan

ISBN978-4-10-210008-0 C0197